Das Mainzer Mörderpendel

Ein Krimi aus Mainz und Rheinhessen
von Jean C. Becker

erschienen im Selztal-Verlag, Appenheim
Lektorat Ute Schmitz, Iris Hartmann, Christiane Mohr
Umschlaggestaltung, Fotos und Bildbearbeitung:
Rainer Sauer
Druck: Schneider Druck, Bingen

1. Auflage 2005

Printed in Germany
ISBN 3-936929-05-X

www.jean-becker.de
www.selztal-verlag.de

Für unsere Kinder,
denn sie sind
unsere Zukunft

Ich danke meinen lieben Kollegen und Freunden für die Unterstützung in einer sehr turbulenten Zeit.

Personen und Ereignisse in diesem Roman sind frei erfunden. Ähnlichkeiten mit lebenden Personen und Geschehen wären rein zufällig. Insbesondere beziehen sich die Schilderungen nicht auf die Abteilung Chemie Lehramt an der Universität Mainz.

Die Sau wird nicht beim Wiegen fett.

Bauernweisheit, die sich noch nicht überall herumgesprochen hat

*

Er macht Männchen, holt das Stöckchen und kuscht,
kurzum, sein Charakter ist völlig verpfuscht.

aus Ulrich Roski: "Des Pudels Kern"

*

Sie war für Stalingrad bestimmt gewesen und hatte dort die Wolga überqueren sollen, für einen Brückenkopf beim Vormarsch tief im Feindesland. Ein ineinander gefügtes Ensemble von großen Stahlträgern und überdimensionalen Schrauben, das, noch in Einzelteilen, kurz vor seinem Bestimmungsort umkehren musste, weil sich die Situation dramatisch geändert hatte. Die Speerspitze war im Winter in einen Kessel mutiert und der schmutzige Vormarsch in ein elendes Schlachten und Sterben fern der Heimat.

So war die Brücke wieder per Zug zurück gekommen an den Ort, wo sie entstanden war, nach Mainz. Statt der Wolga überquerte sie nun den Rhein oberhalb von Winterhafen und Mainspitze, eine zweigleisige Eisenbahnbrücke mit einem öffentlichen Fußweg auf der flussabwärts gelegenen Seite.

Der war gerade fast leer, an diesem schönen Nachmittag im August, kurz vor vier Uhr. Die Sonne brannte „aus allen Knopplöchern" und jede Gelegenheit zu Abkühlung wurde von den Einheimischen genutzt. Von der Kostheimer Seite kam nur ein junges Mainzer Ehepaar samt kleinem Töchterchen mit ihren Fahrrädern vom Badeausflug zurück. Die Kleine schlief im Kindersitz, auf dem Kopf einen leichten weißen Stoffhut zum Schutz vor der Sonne, Wangen und Lippen von einem vorher geschleckten Eis verklebt. Auf der Mainzer Seite lehnten nicht weit vom Ufer zwei Personen am Brückengeländer.

Sie wirkten äußerlich sehr unterschiedlich. Schon die Massenverteilung war – so würde ein Physiker sagen – im Ungleichgewicht. Der Unterschied zwischen vielleicht 60 kg und mindestens drei Zentnern, zwischen Schmerbauch und Frustfalten, war auch von einem Betrachter ohne Diäterfahrung problemlos zu definieren. Während der Kleine mit einem verwaschen aussehenden grauen Pulli und einer ausgebleichten Leinenhose bekleidet war, trug der Dicke ein schreiend gelbes Hawaii-Hemd, das über den Bauch hing und die Befestigung der farblich passenden Hawaii-Hose gnädig verbarg.

„Noch fünf Minuten" stellte der Dicke genüsslich fest, drehte den Kopf und blies den Rauch einer übelriechenden Mehari Zigarillo seinem Gegenüber ins Gesicht. Nervös zwinkernde Augen, wippende Fußspitzen und rötliche Erregungsflecken auf den speckigen Wangen verrieten seine Unruhe.

„So so. Ihre Andeutungen interessieren mich nicht. Was wollen Sie eigentlich?" entgegnete sein Gegenüber und wedelte unwillig den Rauch mit einer hektischen Handbewegung von sich weg, wobei sein Blick kurz unwillkürlich in die Tiefe abglitt und er mit der rechten Hand plötzlich auf dem Eisengeländer trommelte. Sofort zog er mit der Linken einen kleinen Asthma-Inhalator aus seiner Tasche und zog gierig daran. Schnell wurde er wieder ruhig und seine zuvor unkontrolliert zuckenden Gesichtsmuskeln wandelten sich zu einem höhnischen Grinsen, in dem die kleinen grauen Augen gefährlich glitzerten.

Die Gleise begannen zu singen, die Stahlträger vibrierten immer schneller, dann ein Donnern, das jede Unterhaltung unterband. Der Fahrtwind fegte über die beiden auf dem Fußweg, riss an ihren Hosen und brachte die schwarz gefärbten Haare des Dicken in Unordnung. Dann ein lautes metallisches Kreischen, als die Bremsen griffen und schon neigte sich der Zug nach rechts und glitt in den aufwändig über mehrere Jahre renovierten Eisenbahntunnel unter dem Volkspark. Die Maschengitter, die die Gleise vom Fußweg trennten, zitterten noch nach, dann war wieder weitgehend Ruhe. Nur ein leer bergauf fahrender Massengutfrachter schob sich zwischen dem zweiten und dritten Pfeiler stromaufwärts, und die schwere Dieselmaschine sandte ihre rhythmischen Schwingungen in die Stahlträger.

„Sollten Sie aber." Der Dicke schaute demonstrativ rheinabwärts, wo der elegante Bogen der Theodor-Heuss-Brücke den Fluss überspannte. Deren Pfeiler waren auch aus der Entfernung gut zu erkennen, Busse schoben sich langsam von einer Seite auf die andere. „Noch vier."

Wieder sangen die Gleise, aber tiefer. Aus dem Tunnel glitt mit zunehmender Geschwindigkeit die S-Bahn nach Frankfurt, beschleunigte weiter und verschwand hinter den grünen Lichtzeichen auf der hessischen Rheinseite. Die Schwingung wurde sanfter, der Luftzug schwächer, dann war sie vorbei.

„Was soll das Theater? Sie wissen nichts. Ich gehe." Der Kleine mit seiner

Bubikopf-Frisur versuchte selbstsicher zu grinsen, doch es misslang ihm erneut und er nahm noch einen tiefen Zug aus dem Inhalator. Ihm wurde die Situation auf der zugigen Brücke sichtlich unangenehm, was der Dicke zufrieden zur Kenntnis nahm. Direkt unter dem Fußweg strömte mit steter Vehemenz der Rhein Richtung Nordsee. Wenn man sich übers Geländer beugte, wirkte das graugrüne Wasser wie ein Sog. Schaute man nach einer Weile wieder auf ein festes Objekt, schien sich dieses zu bewegen, gerade entgegengesetzt. Auch der Kleine schien zu lang aufs Wasser geschaut zu haben, denn als er sich abwandte, stockten seine Schritte plötzlich und die Beine zitterten.

„Zu spät“ waren die letzten Worte, die er bewusst zur Kenntnis nahm, bevor er zusammenbrach und mit dem Gesicht voran auf die Betonplatten des Fußgängerweges fiel. Blut strömte ihm aus der Nase, Zuckungen ergriffen von den Beinen ausgehend seinen Körper. Panik ergriff ihn, Adrenalin ließ wabernde Helligkeit vor seinen Augen tanzen, betäubte die Schmerzen. Mit krampfenden Armen versuchte er das Geländer zu greifen, um sich wieder hoch zu ziehen. Aus seinem Mund kamen unverständliche Laute, unvermittelt zwischen Wimmern und Schreien schwankend. Seine Hände umklammerten das rostige Eisen, doch hoch kam er nicht. Alle Teile seines Körpers krampfen und zuckten im Stakkato, seine Fingernägel brachen an den Geländerstäben ab, Blut schoss ins Nagelbett. Der Kopf schlug hin, die Beine zuckten wild hin und her, die Haut platzte durch den Aufprall auf.

Die Familie mit ihren Rädern war inzwischen kurz vor den beiden angelangt und sah erschrocken die für sie unverständliche Situation. Das Töchterchen auf dem Kindersitz war von den Geräuschen aufgewacht und rieb sich die Augen. Schnell verdeckte die Mutter die Sicht und lenkte das Kind ab, während sich die Zuckungen des kleinen Mannes weiter steigerten, bis sie schließlich in ein letztes Zitter mündeten und der Körper plötzlich erstarrte. Die Hände umklammerten immer noch das Geländer und auch die Beine des zusammen gekrümmten Körpers pressten daran, als wollten sie sich daran vor dem Absturz in den Tod festhalten.

„Was ist geschehen?“ Der Vater wollte helfen, auch wenn er sichtlich geschockt war.

„Ich weiß auch nicht“ meinte der Dicke im auffälligen Hawaii-Hemd, „so etwas habe ich noch nicht gesehen. Könnten Sie vielleicht Hilfe holen?“

„Natürlich. Wir gehen schnell zum Bootshaus.“

Sofort machte sich die Familie auf den Weg zur Gaststätte, während der Dicke neben dem Kleinen stehen blieb. Als die Radler um die Brückenabfahrt

verschwunden waren, griff er schnell in die Hosentaschen des Kleinen, holte ein Döschen heraus und steckte ein anderes hinein, auch einen Schlüsselbund und ein Handy steckte er ein. Dann wartete er in aller Ruhe auf die Rettungskräfte.

Keine fünf Minuten später rollte der Notarztwagen auf den Parkplatz direkt am Brückenturm aus und zwei Sanitäter mit einer Trage und der Notarzt mit seiner großen Tasche sprinteten den Aufgang zur Brücke hinauf. Doch der Arzt konnte nur noch den Tod feststellen, Wiederbelebungsversuche blieben erfolglos.

Der Dicke blieb bei diesen Aktionen in der Nähe, gab bereitwillig seine Personalien an und fuhr nach dem Abtransport der Leiche mit seinem Wagen in die Stadt.

Drei Tage später wurde der Tote auf dem Mainzer Hauptfriedhof beerdigt. Im Testament war eine Erdbestattung verfügt worden, das notwendige Geld würde problemlos von den Konten des Verblichenen gedeckt werden. Nach der Beisetzung zerstreute sich die wohlgekleidete kleine Trauergemeinde schnell in Richtung der sich an den Friedhof anschließenden Universität.

Am Tag vor der Beisetzung erschien eine Todesanzeige in der Allgemeinen Zeitung Mainz. Sie war nicht zu klein, um nicht den Anschein der Knauserigkeit zu erwecken, aber auch nicht so groß, dass man auf eine überragende Bedeutung des Verblichenen hätte schließen können. Gestorben war überraschend, wenn auch nach langer schwerer Krankheit, Dr. Äger, Honorarprofessor und Abteilungsleiter in der Abteilung Lehramt der Chemie an der Johannes-Gutenberg-Universität Mainz im Alter von 53 Jahren. Natürlich trauerten die Kollegen im Fachbereich um ihn und würden ihn auch immer in ehrender Erinnerung behalten, wurde schwarz auf weiß versichert. Von Angehörigen war nicht die Rede. Soweit war der Normalität Genüge getan.

Doch es gab – direkt darunter und genauso groß – noch eine zweite Todesanzeige dazu. Der Anfang las sich ähnlich: „ ... überraschend gestorben ... in Erinnerung behalten ... „ doch dann kam „ ... vielen Dank den Heuchlern und Schleimern für ihre Anteilnahme“. Abschließend ein „... deine Freunde“.

Hauptkommissar Herbert Wülfing von der Mainzer Kripo faltete die Seite mit den schwarz umrandeten Anzeigen sorgfältig und reichte sie kopfschüttelnd an seinen Freund und Kollegen Hajo Hessinger weiter, der einen Blick darauf warf, während er bereits seinen zweiten Morgenkaffee schlürfte.

„Was soll ich mit den Todesanzeigen?“

„In meinem Alter schaut man da mal eher hin, mein junger Freund. Die Einschläge kommen näher.“

Wülfing schaute versonnen aus dem Fenster zum Hartenberg hin und goss sich bereits die dritte Tasse ein. „Lies mal die zweite von oben.“

„Nix Besonderes, gerade wie die darüber. Ein Dr. Äger, plötzlich verstorben ... doch halt ... danke den Heuchlern?“

„Das klingt nicht nach harmonischem Miteinander.“

„Lange schwere Krankheit, aber dann doch überraschender Tod? Passt auch nicht zusammen.“

„Nachkarten tun viele – aber auch noch nach dem Tod? Wer mag das sein? Die Freunde? Mir scheint eher, dass sich irgendwelche Personen ihre Feindschaft über den Tod hinaus erhalten wollen. Diesem Äger scheint wohl ein “r” an der zweiten Stelle im Namen gefehlt zu haben. Aber jetzt werde ich geschmacklos. Insgesamt wohl eher ein amüsanter Fall für die Boulevardpresse, jetzt im Sommerloch. Es gibt Wichtigeres im Leben.“

So rechtes Interesse an dem Tod dieses Honorarprofessors konnten beide zunächst nicht entwickeln, denn sie unterstützten seit einigen Tagen die primär zuständigen Kollegen vom Rauschgiftdezernat bei einem ausgesprochen beunruhigenden Fall, der alle Kräfte erforderte. Kokain war in einer neuen Qualität und zu geringeren Preisen auf den Markt gekommen, offensichtlich aus einer neuen Quelle. Die hatten sie noch nicht lokalisieren können, die herkömmliche Verteilerkette wurde umgangen, so dass Tipps aus dem Milieu Fehlanzeige waren. Wie kam der Stoff direkt an den Endkunden und woher stammte er? Selbst die Kollegen vom Zoll, die normalerweise die Bezugsquellen kannten, konnten sich keinen Reim darauf machen. Auch die Szene selbst war verunsichert, wie eine Bandenschießerei in der Vorwoche im Frankfurter Bahnhofsviertel zeigte. Da traute keiner mehr dem anderen über den Weg. Eines war klar: Wenn der Stoff in größerer Menge und billiger verfügbar war, würden neue Konsumentenschichten angesprochen. Kokain könnte von der teuren Modedroge zum Allerweltskick mutieren. Die Folgen wagte sich Wülfing nicht auszumalen, wusste er doch um die immer neuen Tricks der Dealer, sich Zugang zu den Schulen zu verschaffen, um ihre “Ware” an die finanziell gut bestückte Jugend zu verkaufen.

Im Gegensatz zu Alkohol und Zigaretten wäre Kokain wesentlich leichter zu verstecken, unauffälliger zu konsumieren und verlieh dem Konsumenten ein Gefühl der Überlegenheit. So eine Art Kontrastprogramm zum dämpfenden Ritalin, von dem seine Lebensgefährtin Elvira, eine lang gediente Lehrerin, immer öfter erzählte.

*

Die Hitze hielt an, die Trockenheit nahm weiter zu. Bis in den Oktober erreichte, abgesehen von einigen Hitzegewittern, fast kein Regentropfen den ausgedörrten Boden. Die Landwirte mussten bei ein- und mehrjährigen Kulturen Einbußen hinnehmen, die Weinberge aber profitierten von der Sonne und brachten einen Jahrhundertwein hervor. In Koblenz waren schon lange die „Hungersteine" in der Moselmündung zu sehen, die ihren Namen daher bekommen hatten, dass ein niedriger Wasserpegel früher ein sicherer Vorbote von Nahrungsknappheit war.

Die Besitzer der Sonnenstudios erlitten Umsatzeinbußen, während die Getränke- und Eishersteller Sonderschichten fahren mussten, um die explodierende Nachfrage zu befriedigen. Bäche versiegten; der Bodensee trat weit von seinen Ufern zurück und legte Brandbomben aus dem Zweiten Weltkrieg frei, die sich durch den Luftzutritt selbst entzündeten. Auch im Rhein legte das an vielen Stellen weit zurück weichende Wasser eine Menge Altlasten aus dem letzten Krieg frei, beispielsweise Panzerfäuste und Flakmunition nur ein paar Meter vor der Böschung zur Eleonorenstraße in Mainz-Kastel. Angler gingen auf Sandbänken bis fast zur Flussmitte, die Bordwände der Frachtschiffe, die sich durch die immer enger werdende Fahrrinne zwängten, fast zum Greifen nah.

Eine ganze Reihe von "Jägern und Sammlern" suchte mit wachsender Begeisterung die immer weiter in den Fluss ragenden Uferbereiche ab. Konnte man in der Mosel bei Trier erfolgreich auf die Suche nach Münzen und Fibeln gehen, die von den Römern zum Zusammenhalten ihrer Gewänder benutzt worden waren, legte der stetig fallende Rhein nach und nach ein ganzes Sammelsurium meist weniger wertvoller Gegenstände frei. Gestohlene Autos tauchten ebenso auf wie illegal entsorgte Waschmaschinen, verrottete Kähne ebenso wie verrostete Bettgestelle. Blieben diese Funde auch in der Regel von den Sammlern unbehelligt, so waren aufgetauchte und gemeldete Munitionsreste meist schon verschwunden, bevor Polizei und Kampfmittelräumdienst an der Fundstelle sein konnten und dienten aller Gefahr zum Trotz mitunter als Wohnzimmerschmuck mit Gruselgarantie.

Einen besonders gefährlichen Fund machte ein Angler am 1. Oktober 2003: Eine große Bombe lag direkt am Mäuseturm, offensichtlich noch intakt und in seichtem Wasser leicht für jeden zugänglich. Das Risiko, dass an der Bombe manipuliert wurde, war zu hoch und so überwachte die Binger Polizei die Bombe rund um die Uhr. Der Kampfmittelräumdienst musste so schnell wie möglich kommen, um diese Hinterlassenschaft aus dem Zweiten Weltkrieg zu entschärfen.

*

Eine Bombe im Rhein, direkt am Mäuseturm? Entschärfung am Tag der Deutschen Einheit? Nachdem ich den Bericht in der Allgemeinen Zeitung gelesen habe, beschließe ich kurzerhand, dabei zu sein, zumal der 3. Oktober ein Feiertag ist, an dem ich frei habe. Der Sommer ist die Zeit der „sauren Gurken", der Nachrichtenflaute, in der pfiffige bis dumme Ideen von Hinterbänklern im Bundestag von der nachrichtendürstenden Presse begierig aufgesogen und verbreitet werden. Und natürlich taucht dann auch wieder das Ungeheuer von Loch Ness auf, das schon manchem Journalisten das Überleben im Sommerloch gesichert hat.

Nun also eine alte Bombe im Rhein, wen wundert es? Ist doch der direkt neben dem Mäuseturm gelegene große Verschiebebahnhof Bingerbrück ein massiv bombardiertes Ziel gewesen. Heute heißt er Bingen Hauptbahnhof und besteht, nachdem ein Großteil der Gleise abgebaut ist, zum Rhein hin aus einem malerischen Mix von Ödflächen, halb demolierten ehemaligen Betriebsgebäuden und Hallen sowie liebevoll gepflegten Kleingärten. Da dürften nicht nur angenehme Überraschungen im Untergrund schlummern und auch der dicke Schlick hinter der Naheaufstauung verbirgt sicher noch manche Überraschung.

Die Bombe - wie mag das tödliche Stück Sprengstoff und Eisen 60 Jahre nach dem Krieg aussehen? Das Bild in der AZ – offensichtlich im trüben Wasser aus relativ kurzer Entfernung aufgenommen - zeigt einen teilweise mit Pflanzen bewachsenen, dunklen, zylinderförmigen Körper mit abgestumpftem Ende. Er wirkt massig, schwer und – mit der auf die Kamera gerichtete Spitze – bedrohlich. So wie Bomben halt sind, dumm, gefährlich und zum Töten geschaffen. Wenn man genau hinschaut, erkennt man eine kleine Ausbeulung an der Spitze – das dürfte der Zünder sein.

Sind die Zünder noch intakt? Was für Menschen sind die Entschärfer, bei denen ein falscher Handgriff über Leben und Tod entscheiden kann? Sicher ein interessantes Thema nicht nur für die Allgemeine Zeitung. Zwar bin ich nach mehreren Jahren einer stetig zunehmenden Auftragsdürre in der Presse inzwischen durch eine Verkettung glücklicher Umstände Lehrer geworden, halte aber natürlich ich immer noch engen Kontakt mit den Kollegen in den Redaktionen.

Mit Herzklopfen hatte ich vor ein paar Wochen in der Realschule Gau-Odernheim das erste Mal vor einer Klasse gestanden, die ich vertretungsweise unterrichten sollte. Der Stress war enorm gewesen, die Achtklässler wollten den Neuen offensichtlich testen. Und das konnten sie so gut, dass ich mir nach dem ersten Tag in zwei achten Klassen die Frage gestellt hatte, ob ich einen Strick nehmen sollte oder eine Kugel. Nachdem ich mich nicht entscheiden konnte, war ich am nächsten Tag wieder in der Schule angetreten - und plötzlich war die Welt wieder in Ordnung gewesen. Denn es waren zwei fünfte und eine siebte Klasse dazu gekommen, die viel Freude machten. Schon nach ein paar Wochen hatte ich die Arbeit als Lehrer und die Schüler so lieb gewonnen, dass ich beschlossen hatte, auf meine alten Tage noch „echter“ Lehrer zu werden. Meine Freundin Jana, die Psychologin, hatte mir zugeraten und meine pädagogische Ader gelobt. Meine Kinder Dominik und Linda hatten die Augen verdreht und sich beglückwünscht, nicht in eine meiner Klassen zu kommen.

Doch ganz so schnell wird man in Deutschland nicht richtiger Lehrer mit einer unbefristeten Stelle, da haben die Bürokraten etliche formale Riegel vorgeschoben. Schließlich habe ich mich trotz meines Universitäts-Diploms zu einem Ergänzungsstudium als Lehrer breitschlagen lassen, um meiner Tätigkeit den von oben gewünschten formalen Anstrich zu geben. Doch neben Schule und Studium kann ich natürlich nicht ganz auf den Journalismus verzichten. Schließlich kommt man so oft an interessante Leute und Geschehen, so wie jetzt in Bingen.

Die Entschärfung ist für 11 Uhr angesetzt und so bin ich kurz nach neun bei der Wasserschutzpolizei in Bingen, die das Vorgehen koordiniert und leitet und den Rhein bereits vollständig für den Schiffsverkehr gesperrt hat.

Die Spezialisten vom Kampfmittelräumdienst Trier sind auch schon da, acht Männer in olivfarbener, bequemer Kleidung frühstücken in einem Raum neben dem Geschäftszimmer. Zwei haben sich schon am Vortag die Bombe angesehen und äußern zwiespältige Gefühle. Der Bombentyp ist bekannt, erfahre ich, eine amerikanische 5-Zentner-Bombe aus dem Zweiten Weltkrieg, ein Standard-Modell. Allerdings mit zwei Zündern, was die Sache nicht vereinfacht. Besorgnis verbreitet der schlechte Zustand der Bombe. Sie ist aufgerissen und verbogen, die Zünder aber noch intakt. Was ist, wenn die Zünder durch die 60 Jahre unter Wasser so korrodiert sind, dass sie sich nicht entfernen lassen?

Eine Sprengung an Ort und Stelle würde den Mäuseturm teilweise zerstören und Teile von Bingen in Mitleidenschaft ziehen. Vorsichtshalber sind bereits die Wohnungen im Umkreis von 500 Metern um den Fundort evakuiert worden. Ein Wegschleppen der Bombe an einen anderen Ort zur sicheren Sprengung? Mit intakten Zündern zu riskant. Und selbst wenn es gelänge, führt der Rhein jetzt so wenig Wasser, dass die erforderliche Wasserüberdeckung für die risikolose Sprengung einer Bombe dieses Kalibers nicht reichen würde.

Selbst die Annäherung an den Fundort ist problematisch. Von Land kommt man nicht dran, von Wasser aber auch kaum, denn es ist an dieser Stelle nur etwa einen Meter fünfzig tief, zu flach für ein Schiff mit Hubvorrichtung. Ein „einfaches" Herausheben der Bombe ist also nicht möglich. Ein heikler Job für die Kampfmittelexperten, die da scheinbar in Seelenruhe nebenan ihre mitgebrachten Brote verzehren und launige Witze reißen.

Dabei will ich nicht länger stören und fahre zum Rhein-Nahe-Eck, wo die Kollegen von SWR, HR, Sat1 und ZDF sowie der Bildzeitung mit den Teleobjektiven ihrer Kameras die Spitze der Mäuseturminsel schon im Visier haben. Doch noch tut sich nichts und so werden die umstehenden Zuschauer befragt. Es müssen einige Sendeminuten mit Nachrichten aus dem Lande gefüllt werden, gerade jetzt am Feiertag, an dem gewöhnlich nur Hollywood-Schinken im Dutzendpack die Mattscheiben verstopfen.

„Wenn die Bomber kamen, dann sahen wir die Bomben als kleine schwarze Punkte am Himmel. Wenn die direkt über uns abgeworfen wurden, war das keine Gefahr" erinnert sich ein älterer Mann mit lebhafter Gestik. „Aber wenn die schon vor Rüdesheim ausgeklinkt haben, dann sind wir gerannt, was wir konnten. Und nachts suchten die Scheinwerfer-Batterien am Rheinufer den Himmel ab. Sobald die einen im Lichtkegel hatten, bellte die Langenlonsheimer Flak los." Er deutet die Nahe hoch. „Die haben schon einige abgeschossen, aber es kamen immer mehr. Und einmal hat eine Bombe die Unterführung unter den Bahngleisen getroffen, wo viele Schutz gesucht hatten. Es gab sehr viele Tote. Im Bingerloch-Stollen vom Bergwerk war man sicher, aber den hat man nicht immer rechtzeitig erreicht."

Die Presse- und Fernsehleute zeichnen die Interviews auf, während das Boot der Wasserschutz-Polizei auf dem Rhein patroulliert. Längst ist der Rhein für jeden Schiffsverkehr gesperrt und eine gespenstische Ruhe breitet sich rund um die Nahemündung aus. Endlich kommen auch die Männer vom Kampfmittel-Räumdienst, die Hälfte in Taucheranzügen. Mit einem Sturmboot jagen sie den Rhein hinunter, um dann kurz hinter dem Mäuseturm durch das seichte Wasser im Schleichtempo zur Bombe zu fahren.

Auch in 500 Meter Entfernung, dem Sicherheitsbereich rund um den Fundort, glaubt man ihre Vorsicht zu spüren. Die auf die Mäuseturminsel gerichteten Teleobjektive der Pressekollegen und die auf mehrere hundert Personen angewachsene Menschenschar am Rhein-Nahe-Eck scheint den Leiter des Räumkommandos allerdings wenig zu stören. Ungeniert zeigt er den Zuschauern, was er von der Bombe hält und lässt an der Spitze der Mäuseturm-Insel erst einmal kräftig Wasser ab.

Dann gehen die Taucher ins Wasser, spannende Momente. Sie hantieren herum, sind mal kurz unter Wasser, dann wieder an Land. Es wird schon gerätselt, ob sie die Bombe vielleicht nicht finden – was ich mir allerdings nicht vorstellen kann. Was ist der Grund für die Verzögerung? Kann man die Zünder trotz aller Tricks nicht entfernen? Die Minuten verrinnen, vier Taucher sind im Wasser, die anderen hantieren mit einer Trosse an Land herum, reichen sie mal ins Wasser und dann wieder heraus. Was ist? Noch zehn Minuten dauert es, bis sich endlich die Wasserpolizei per Handy meldet: die Entschärfung ist geglückt.

Schnell fahre ich mit dem Kollegen der Bildzeitung zur Wasserschutzpolizei, die die versammelte Journaille auf ihrem Dienstboot zur Entschärfungsstelle mitnimmt. Noch bleibt der Rhein für alle Schiffe gesperrt und ein Kranponton macht sich auf den Weg. Von den Tauchern wird eine Stahltrosse in die ausgebauten Zünderhalterungen geschraubt und endlich ist es soweit: Der Kranponton zieht die Bombe aus dem Wasser.

Sie ist aufgerissen, verbeult und strömt etwas von einem fetten, rissigen Stück Tod aus, wie sie da am Kranhaken hängt. Rostbraun bis schwarz vom Schlick des Rheins, mit einer teilweise noch weißgrau schimmernden Füllung, die den Jahren im Wasser getrotzt hat und immer noch darauf wartet, gezündet zu werden. Dick und schwer pendelt sie am Haken, mit professionellem Schaudern bestaunt von den Kamerateams, die endlich ihre ersten „richtigen" Bilder im Kasten haben. Beide Zünder sind ausgebaut – der vordere ist durch einen Schekel ersetzt, der mit der Trosse verbunden ist. Wo der hintere Zünder war, verrät ein leeres Gewinde.

Ob dieses alte Ding nach 60 Jahren im Wasser noch explodiert wäre? Die Entschärfer haben keine Zweifel, da beide Zünder noch intakt waren. Nicht auszudenken, wenn man bei Niedrigwasser durch den Rhein gelaufen und auf die falsche Stelle getreten wäre.

Doch die Gefahr ist nun vorüber. Der Ponton mit der Bombe wird zum alten Hafenkran transportiert und inmitten der dort wartenden Menschenmenge auf den Kai gehoben. Die Fernsehleute machen ihre Interviews, während der gefährliche Fund auf eine Palette geschnallt und schließlich mit dem LKW der Kampfmittelräumer abtransportiert wird.

Dann dürfen die Bewohner des Altenwohnheims und die anderen Anlieger wieder zurück in ihre Wohnungen, das Rheinufer füllt sich zusehends mit Spaziergängern. Auch ich betrachte noch einmal vom Nahe-Eck die Fundstelle der Bombe, so nah am Mäuseturm und so nah am Ufer, während im Hintergrund die dumpf dröhnenden Schiffsdiesel die Frachter und Passagierschiffe rheinauf und rheinab durchs Binger Loch treiben. Was wird das extreme Niedrigwasser noch so alles an den Tag bringen? Trotz der erfolgreichen Entschärfung bleibt ein ungutes Gefühl. Diese Faszination von so etwas eigentlich nur Schlechten, der Kitzel, den die Nähe zum Tod offensichtlich für so viele auslöst ist beunruhigend. Ist sie nur ein Kennzeichen unserer an Reizen so übersättigten Zeit oder liegt die Anziehungskraft der Gefahr, des Überschreitens von Grenzen, im Menschen selbst? Denn gerade junge Menschen suchen stets nach neuen Grenzen und machen es denen leicht, die nur ihr Bestes wollen: Ihr Geld.

*

Es ist eine bunte Truppe, die sich über den Email-Verteiler der Fachschaft Physik als Fahrgemeinschaft zur Mainzer Universität zusammen gefunden hat. Alle haben einen unterschiedlichen Werdegang, aber ein gemeinsames Ziel: Lehrer zu werden. Da ist Torsten, ein promovierter Geologe, der nach einer Auftragsflaute jetzt in Chemie und Geografie reüssieren will. Jens war es im EDV-Bereich ähnlich ergangen. Er ist der Erfahrendste von uns, hat schon das erste Staatsexamen Realschule in Physik und Religion, sogar das Referendariat schon absolviert. Dann hatte ihn die Fachleiterin Religion mit einem „Sie führen die Schüler zu eng. Ich weiß gar nicht, wie sie es wenigstens auf eine Fünf schaffen wollen!" durch die zweite Staatsprüfung fallen lassen. Der Effekt war, dass er trotz guter Leistungen in Physik überhaupt keine Vertretungsverträge mehr bekam und auch keinen Realschul-Lehrabschluss mehr machen konnte. Also hatte er einen neuen Versuch in der Hauptschule mit Physik und Mathematik gestartet, wo er sich erneut durchs Referendariat kämpfen will.

Nina ist eine „richtige" Lehramtsanwärterin, frisch von der Schule und mit einigen Monaten Erfahrung im örtlichen Kindergarten gesegnet. Ich selbst habe inzwischen reichlich Unterrichtserfahrung, einem Universitätsdiplom in den Naturwissenschaften und viel Freude an der neuen Arbeit. Da sollte das Zweitstudium doch ein Klacks sein, stelle ich mir vor. Ein wenig Pädagogik kann nicht schaden und in Physik und Chemie sollte ich fachlich in der Lage sein, meinen Studienkollegen helfend zur Seite zu stehen..

Eine kleine Rundtour in Gau-Algesheim, dann ist fast die ganze Mannschaft auf den Polstern von Torstens Citroen versammelt und erst kurz nach acht geht es auf die A60 Richtung Mainz – Nina hatte Verspätung. Die Autobahn ist gespickt mit Pendlern, die ungerührt die rechte Spur freilassen und die mittlere blockieren.

Torsten nimmt die kleine Verspätung zum Anlass, seinen Emotionen freien Lauf zu lassen.

Seine nicht ernst gemeinten Bemerkungen wie „Mach dich vom Acker, du Schnecke. Parken kannst du in der Garage!“ oder „Ich glaube, den sollte man mal mit dem Wagenheber belehren!“ wird von uns Mitfahrern mit fröhlichem Gejohle belohnt und er setzt noch einen drauf. Auf dem Armaturenbrett hat er eine kleine schwarze Box installiert, deren Sinn ich erkenne, als er auf einen Knopf drückt. Zunächst ertönt eine amerikanische Polizeisirene, dann rattern Maschinengewehre und schließlich schallt eine Detonation aus dem integrierten Lautsprecher.

Jens und Nina sind erst verblüfft, aber lachen dann mit mir los. Das werden noch nette morgendliche Fahrten zur Uni werden! Was allerdings bei Torstens Auto noch fehlt, sind mit der Zauberbox verbundene Außenlautsprecher. Denn der stinkende Diesel vor uns fährt stur weiter auf der mittleren Spur mit etwa 110. Ist vielleicht auch gut so, denn Radarkontrollen sind auf der A60 rund um Mainz gar nicht so selten, beispielsweise am Parkplatz Heidesheim.

Schließlich sind wir an der Uni und verteilen uns auf die Fachbereiche. Bei mir steht der Praktikumsbeginn auf dem Programm und dann eine Vorlesung in organischer Chemie. Das habe ich zwar alles schon einmal in wesentlich größerem Umfang in meinem Diplom-Studium gemacht, aber die Bürokraten wollen es so. Es beginnt mit der Sicherheits-Einweisung.

Vor der Tafel bauen sich ein korpulenter Dr. Haiger auf, dessen Miene eine Mischung von Desinteresse und Langeweile zeigt, daneben seine dralle Assistentin, die beim Färben ihrer Haare wohl zu tief in den Hennatopf gegriffen hat und ehrerbietig den großen Herrn und Meister anschaut. Unwillkürlich fühle ich mich an mein 20 Jahre zurück liegendes Erststudium erinnert. Schon damals hatten in der Chemie die merkwürdigsten Typen die festen Stellen ergattert.

„Herzlich willkommen im Praktikum. Wir werden sicher noch viel Spaß haben“ Haiger setzt ein Grinsen auf, das genauso deplatziert wirkt wie sein kurzer schwarzer Schnauzer, „aber die Sicherheit geht vor. Dafür ist in erster Linie Frau Wald zuständig“, eine kurzer Blick zur Seite genügt ihm als Vorstellung.

„Aber natürlich werde auch ich genau darauf achten. Im letzten Semester musste ich leider zwei Studenten aus dem Praktikum ausschließen, weil sie sich nicht an meine Anweisungen gehalten hatten. Die glaubten, sie müssten das nicht. Leider“, wieder sein selbstgefälliges Grinsen, während die Henna-Henne scheinbar unbewegt die Studenten anschaut, die ein beschwichtigend-erpresstes Lachen äußern, was der Fettwanst zufrieden und mit verschlagenem Blick zur Kenntnis nimmt. Auch solch merkwürdige Begrüßungsrituale zur Einschüchterung sind mir noch in unliebsamer Erinnerung.

Nach dieser Einweisung darf dann Frau Wald in ihrem blütenweißen Laborkittel übernehmen. Sie führt durch das Labor, erläutert dies und das, während Haiger sich wieder in sein Notebook vertieft und auf den Ebay-Seiten zugange ist. Das allgegenwärtige Internet zumindest gab es in meinem Diplomstudium Chemie vor zwanzig Jahren noch nicht; Unfähigkeit, Selbstgefälligkeit und Willkür aber auch schon in überreichlichem Maße.

„Das ist ja wie beim Äger“ spreche ich meine Gedanken aus, was eine Kommilitonin, dem Alter nach Quereinsteigerin wie ich, aufschauen lässt.

„Weißt du das denn nicht? Äger gibt es nicht mehr. Es ist ein neuer Abteilungsleiter gekommen, der auch die Organik machen wird. Haiger ist sauer, wollte es wohl selbst werden.“

Das erstaunt mich sehr und ich hake bei Christel nach, deren grünliche Augen trotz der angespannten Situation von einem Lächeln umspielt werden. Sie hatte als Diplom-Biologin bereits im Semester vor mir ihr Zusatzstudium begonnen und das Theater um die Dozentenstelle teilweise mitbekommen. Offensichtlich hatte es vor einigen Jahren Dr. Äger, der bestgehasste habilitierte Giftzwerg, nach jahrelangen fruchtlosen Versuchen im Diplom-Studiengang schließlich doch noch im Lehramt Chemie zum Professor gebracht und war vor einigen Wochen plötzlich gestorben. Schon kurz danach war ein Neuer „aus dem Osten“ bestallt worden – dass konnte dem geltungssüchtigen Haiger natürlich nicht gefallen, der sich selbst einmal Professor nennen lassen wollte. Er sieht für einen Moment mit verkniffenem Gesicht auf und beäugt unsere Unterhaltung kritisch, kann aber wohl nichts verstehen und konzentriert sich wieder auf seinen Monitor.

Nach einer Stunde ist die Sicherheitsbelehrung vorbei. Vor Praktikum und Vorlesung steht das Mittagessen in der Mensa auf dem Programm und ich erfahre noch mehr von Christel, an der ich ohne Laborkittel und Schutzbrille viel Neues entdecke. Ihre halblangen dunkelblonden Haare spielen in einen locker gebundenen Schal in warmen Farben über. Unter ihrer erdfarbenen leichten Bluse zeichnen sich die Umrisse kleiner, spitzer Brüste ab. Die engen Jeans zeigen schlanke Beine und einen wohl geformten Po, so gerade zum Anbeißen. Sie bemerkt meine bewundernden Blicke und kommentiert sie mit einem überlegenen Lächeln.

Das vorherrschende Gesprächsthema sind die neuen Institutsstrukturen nach Ägers Tod, der einen denkbar schlechten Ruf hatte und unter Kollegen wie Studenten sehr unbeliebt war. Ob sich das mit dem Neuen ändern wird? Der neue Abteilungsleiter heißt Wendig, ist wohl knapp über 40 und hat vor kurzem in Berlin habilitiert. Wenn ich die weltweit einzigartig langen akademischen Ausbildungszeiten in Deutschland rechne, muss Wendig schon zur Wende promoviert haben - das aber durften in der DDR nur linientreue Kader. Wie kommt so jemand an eine zentrale Stelle der Lehrerausbildung? Chrissie ist jedenfalls ebenso neugierig wie ich auf den Neuen und erhofft sich wohl davon ein Gegengewicht zum allseits unbeliebten Haiger.

Den ersten Eindruck vom Abteilungsleiter bekomme ich in der Nachmittags-Vorlesung. Ein kleines Männlein mit Brille in frischgebügelten Leinenhosen und farblich dazu passendem gebügelten kurzärmeligem Hemd, das mit ausdruckslosem, ebenfalls glattgebügelt wirkendem Gesicht und bemühter Beflissenheit die Lehramtsstudenten in die Geheimnisse der organischen Chemie einweihen will. Er hält sich immer etwas seitlich der zentral angebrachten Tafel, als wollte er den Blicken der Studenten ausweichen. Zum Anschreiben nutzt er sie zunächst nicht, sondern teilt zehn Blätter mit mehr als 120 Fragen aus, die er in der Examensprüfung stellen wird "... aber natürlich können auch noch andere dazu kommen, die ich mir kurzfristig überlege".

Viele Studenten sind beeindruckt oder tun so, ich weniger. Auch dieses Theater kenne ich bereits aus dem Diplom-Studiengang, denn es ist nur allzu logisch, dass der Prüfer seine Fragen und in den meisten Fällen auch die passenden Antworten kennt. Außerdem hat er mangels Kontrolle immer Recht, besonders, wenn er nicht Recht hat.

Dann schreibt Wendig mit langsamer, sorgfältiger Schreibschrift ein paar Namen an die Tafel: Cannizzaro, Claisen, Grignard und so weiter. Ein Interesse heischender Blick: „Was sagt Ihnen das, meine Damen und Herren?"

Christel meldet sich, will mit einem verlegenen Lachen wohl gut Wetter machen: „Namens-Reaktionen?"

Ja, bestätigt der Wendehals, stolz auf seinen pädagogischen Erfolg, das seien Namensreaktionen. Und Namensreaktionen seien in der Chemie sehr wichtig, das gelte in der anorganischen Chemie, aber noch mehr in der organischen Chemie, weil es dort noch mehr Namensreaktionen gebe. Ich verdrehe innerlich die Augen wegen eines solchen Blödsinns, der jeder wissenschaftlichen wie schulischen Realität Hohn spricht und fühle mich an Molieres „Der eingebildete Kranke" erinnert. Woran liegt die Wirkung von Schlafmitteln? An der der einschläfernden Wirkung!

Es fehlen jede Menge Lehrer in den naturwissenschaftlichen Fächern, es ist schwer genug, die Schüler zu disziplinieren und zu motivieren und was machen die Hochschullehrer, die die Schullehrer ausbilden, die die Schüler ausbilden sollen? Das stumpfsinnige Auswendiglernen von absolut überholtem Wissen kannte ich aus dem Diplom-Studium Chemie bereits - im Lehramt scheint das genauso zu sein. Nach der Vorlesung zum Praktikum endet für mich der Unitag und frustriert sitze ich wenig später neben meinen Studienkollegen im Auto.

Die sind ganz anderer Laune. Denen hat der erste Tag sichtlich Spaß gemacht – in Physik, Biologie und Geografie scheinen ein anderer Geist und Ton zu herrschen. Ein Professor aus der Physik hatte unter dem Beifall des Auditoriums in der Einführungsveranstaltung den Unterschied zur Chemie lächelnd so zusammen gefasst:

“In der Physik stimmt die Chemie zwischen den Mitarbeitern und Studenten, in der Chemie noch nicht einmal die Physik.”

Auch die Mathematik scheint noch altvorderen Grundsätzen zu folgen. Jens stöhnt über Zahlentheorie, auch wieder ein Feld, das mit dem Schulalltag überhaupt nichts zu tun hat – im Real-, Haupt- und Grundschulbereich schon gar nicht. Schon nach so kurzer Zeit wundert mich nicht mehr, dass Chemie- und Mathematiklehrer absolute Mangelware auf dem Schulmarkt sind und dieser Unterricht immer häufiger ausfällt oder wie es so schön heißt “fachfremd” von Kollegen unterrichtet werden müssen. Ähnliches höre ich von der Musik an der Uni Koblenz, wo wohl viele Studenten aus nicht nachvollziehbaren Gründen erst gar nicht zum Studium zugelassen werden sollten - auch das nicht zufällig ein Mangelfach. Immerhin hat die Ausbildungsblockade in manchen Fächern auch etwas Positives für mich selbst, denn schließlich bin ich ja darüber an meine Vertretungsstelle gekommen.

Zu Hause versuche ich im Internet Näheres über Haiger und Wendig zu finden, es gibt aber erstaunlich wenig. Noch nicht einmal die Privatadressen oder Telefonnummern sind angegeben, ebensowenig irgend etwas über den Werdegang - sehr ungewöhnlich. Warum wollen die nicht, dass man ihre Privatadresse kennt? Im Telefonbuch sind sie natürlich auch nicht verzeichnet und die Email-Adressen scheinen sie auch öfter zu wechseln.

Erst die Nachfrage bei Christel bringt die Info, dass Haiger wohl aus irgend einem kleinen Dorf im Hunsrück stammt, gar nicht weit weg von ihrem Heimatort, und auf merkwürdige Weise die unbefristete Planstelle bekommen hatte. Habilitiert hat er nicht, so dass er von vornherein keine Chance auf die Dozentenstelle hatte, die Wendig bekam. Aber vielleicht hätte er auch das hinbekommen, denn bereits die Promotionsarbeit soll so manche Fragen zu seiner Kompetenz aufgeworfen haben, ohne seiner Karriere zu schaden. So sitzt er nun unkündbar und offensichtlich unangreifbar auf einer mit 5000 Euro monatlich dotierten A15-Planstelle, etwa vergleichbar einem Professorengehalt, Wendig bekommt - verdient kann man bei ihm wohl auch nicht sagen - als C3-Professor etwa das Gleiche.

Beide haben nie in der Schule gearbeitet und schon gar nicht in der freien Wirtschaft. Das sind aus meiner Sicht sicher keine guten Voraussetzungen für eine Leitungsfunktion in der Lehrerausbildung.

Aber ich will nicht gleich alles schwarz malen, denn vielleicht birgt das Studium nach dem missratenen Anfang ja noch Überraschungen. Eine erlebe ich noch am gleichen Abend, als ich zum Go-Abend auf die Uni fahre: Ich sehe Christel und Haiger in einer Ecke des weitläufigen Parkplatzes so intensiv miteinander reden, dass sie mich gar nicht bemerken. Vertraut legt Haiger seine Hand auf ihre Schulter, bevor sie wegfährt. Wie passt denn das mit ihren Aussagen zu Haiger zusammen? Haben die beiden gar etwas miteinander?

*

Mittwochmorgen, strahlendes Wetter nach einer Nacht, in der sich die am Vortag schwüle Luft in beeindruckenden Gewittern entladen und wild zuckende Blitze die Hochebene des Westerbergs in gleißendes Licht getaucht hatten. Der Wecker klingelt wie gewohnt um halb sieben, aber heute geht es nicht nach Gau-Odernheim, sondern nach Bingen, wo ich „meine" Englischklasse 7c mit ihrer Klassenlehrerin Steffi treffe, um sie durch den Binger Wald zu führen. Das Echo auf diese Ausflugsplanung war gemischt, denn Waldwanderungen sind für die heutige Jugend wohl ziemlich uncool. Immerhin waren dunkle Ecken eingeplant und auch ein Burgbesuch mit Pizzaessen - das überzeugte. Oder vielmehr: die überzeugte, nämlich die Pizza.

Und da stehen sie schon am Binger Hauptbahnhof, wo der Bus sie abgesetzt hat: 27 frühpubertierende Jungen und Mädchen in einer gesunden Stimmung zwischen verheimlichter Abenteuerlust und cool aufgetragener Unlust. Meine liebe Kollegin Steffi hat sie gut hierher geführt und jetzt will ich den Leithammel durch den Binger Wald geben. Das erste Highlight kommt noch im Bahnhof: Die dunkle Unterführung vom Bahnsteig zum Rhein, deren Lichtschalter ich demonstrativ übersehe. Wildes Gekreische im Dunkeln, die Taschenlampen flackern auf und die Jungs versuchen den Mädchen Angst einzujagen. Im Krieg gab es hier wirkliches Entsetzen, als bei einem Bombenvolltreffer viele Leute starben.

Nachdem wir den Tunnel verlassen haben, leuchten schon die Spitzen des Mäuseturms in der Morgensonne vor uns auf. Am Rheinufer zeige ich die Bilder der Bombenentschärfung. Es ist erstaunlich, welche Faszination tödliches, rostiges Eisen auch auf die heutige Generation noch ausübt. Aber war das im Krieg damals wirklich anders? Da sammelten die Kinder die Metallsplitter der Flakgeschosse und tauschten sie untereinander.

Vereinzelte Dunstschleier ziehen über den Rhein und lösen sich immer schneller auf, der Boden dampft noch hier und da von der Feuchtigkeit. Lena entdeckt eine kältestarre Königslibelle und kümmert sich um sie, während der Rest der Klasse Angst vor dem harmlosen Insekt hat. Danach geht es die Kreuzbachklamm hoch. Die Erde ist feucht und schlüpfrig, die Sonne scheint noch nicht bis in die Klamm hinein und einige heimliche Raucherinnen machen nach hundert Höhenmetern in ihren Diskoschläppchen schlapp. Die Karawane zieht sich in die Länge.

Bei der Suche nach kleinen Krabbeltieren entdeckt die Libellenliebhaberin sogar Feuerwanzen bei ihrer wichtigsten Beschäftigung.

„Tun die es wirklich, Herr Sander?“ fragt sie etwas unsicher, was ich nur grinsend bejahen kann.

Nach einer Rast im Forsthaus Heiligkreuz geht es über den Eselsweg zum Schweizer Haus, der Weg wird schlammiger und fordert von den Kindern ohne geeignetes Schuhwerk so manchen gewagten Sprung über Rinnsale und Pfützen. Nach einem unbedachten Schritt steckt ein Schüler im Schlamm fest und weiß sich nur so zu helfen, dass er die Schule aufschnürt und auf Socken durch den Schlamm stapft. Keine gute Idee – jetzt hat er Schlammsocken und seine Schuhe müssen wir auch noch bergen.

Schließlich bietet ein kleiner Vorposten einen wunderbaren Blick auf die sich gewagt an steile Felsen klammernde Burg Rheinstein. Die Geschichte der Burg spiegelt die wechselnden Machtverhältnisse am strategisch so bedeutsamen Eingang ins Rheintal wieder. Vom 13. Jahrhundert an diente sie zunächst als Zollburg am Rhein dem Gelderwerb der Mainzer Kurfürsten, im 19. Jahrhundert erwarb sie ein Preußenprinz und ließ sie aufwändig im Sinne der Rheinromantik auf- und umbauen. 1975 schließlich kaufte sie der Opernsänger Hermann Hecher, dessen Familie die wunderschöne Burg heute bewohnt und bewirtschaftet.

Auf der Rheinseite findet sich neben dem drohend am Turm hängenden Feuerkorb auch eine Kapelle, ebenfalls bedrohlich knapp auf einem steil abfallenden Felsen errichtet. Als ich den Kindern erzähle, dass in der Gruft der Kapelle noch einige Sarkophage mit Preußenprinzen liegen, ist kein Halten mehr – alle wollen zunächst dorthin. Nachdem sich der erste Ansturm gelegt hat und die wilde Horde unter Steffis Anleitung den Rest des Schlosses unsicher macht, schaue ich mir die Gruft einmal genauer an.

Feiner Staub liegt über dem Fußboden, die steinernen Sarkophage mit ihren protzigen Inschriften stehen da wie schon seit Jahrhunderten, Orden auf verblichenem Samt zeugen vom Glanz längst vergangener Tage. Die Lage der Kapelle ist so schön, wie sie nur sein kann. Von hier kann man die Spitze des Mäuseturms durch die hohen Bäume auf seiner Insel schimmern sehen. Dort hatte die Bombe gelegen, die nun sicher schon auf einem Kampfmittelräumplatz vernichtet worden ist.

*

„Ein wenig Fliegerschokolade?" Torsten klemmt das Lenkrad mit den Oberschenkeln fest, als er auf 130 beschleunigt, greift eine Blechdose aus der Mittelkonsole und öffnet sie mit beiden Händen. Ich will das Verteilen für ihn übernehmen, aber er wehrt ab, steckt sich ein paar Stücke in den Mund und hält die Dose den Mitfahrern hin. Dann nimmt er sich noch ein paar Stücke, bevor er die Dose zurück legt und wieder das Lenkrad greift.

Ich zweifle kurz, ob ich weiter diese Fahrgemeinschaft nutzen sollte, aber bis auf Torstens Fahrakrobatik ist die Truppe eigentlich gut drauf und der Erfahrungsaustausch mit anderen Lehrämtlern scheint mir sehr wichtig. Vor allem Nina ist begeistert von der Schule, hat eine Schwangerschafts-Vertretung am Gymnasium in Kirchheim-Bolanden erwischt und ist damit das nächste halbe Jahr finanziert. Sie schwärmt von den Schülern und den Kollegen, Disziplinarprobleme gibt es keine – es sei denn, die Schulkatze Pussi fährt gegen zudringliche Schüler die Krallen aus. Bei Jens läuft es nicht so gut. Zwar hat auch er eine Vertretungsstelle auf einer Hauptschule bekommen, aber er beklagt die Disziplinlosigkeit und das mangelnde Leistungsvermögen der Schüler. Ich selbst fühle mich pudelwohl auf der Schule und hoffe auf eine interessante Zeit und einen schnellen Studienabschluss.

Auf dem Flur vor dem Praktikum warten bereits die anderen Studienkollegen, Haiger sitzt im Zimmer der Henna-Tante, schwätzt mit ihr und trinkt einen Kaffee, den Rücken zur Tür. Praktikumsbeginn ist zehn Uhr, jetzt ist es zehn Minuten danach. Haiger rührt sich nicht und schwätzt weiter. Ich spreche ihn an:

„Guten Morgen. Wann beginnt das Praktikum?"

Frau Wald schaut mich kurz an und dann Haiger, der ungerührt weiterschlürft.

„Wann beginnt das Praktikum, Herr Haiger?" wiederhole ich.

„Sprechen Sie mit mir?" kommt es missgelaunt, ohne dass sich der Angesprochene umdreht, „seien Sie nicht so ungeduldig."

Fünf Minuten später bequemt sich dann schließlich die Sicherheitsbeauftragte ins Praktikum und kontrolliert erst einmal, ob alle ihre Laborkittel ordentlich geschlossen haben und teilt die Laborplätze zu. Meiner ist direkt neben ihrem und Haigers Platz, ich bin also unter besonderer Obhut.

Was das bedeutet, wird mir schnell klar. Greife ich einmal ein falsches Bauteil, gibt es gleich einen herablassenden Kommentar der Sorte „Wollen Sie wirklich dieses Röhrchen einbauen? Das würde ich aber nicht machen", gefolgt von einer direkten Benachrichtigung an Haiger. Der kommt dann ein paar Minuten später vorbei, um noch einen drauf zu setzen.

„Wollen Sie uns in die Luft jagen? Noch einmal und Sie sind das letzte Mal im Praktikum gewesen."

Dabei bin ich kein Einzelfall, mit den anderen Praktikanten geht er ähnlich um. Lediglich bei den Frauen wechseln sich Drohungen und Anbaggern auf versucht väterliche Art ab. Bei mir will er es wohl auf die Spitze treiben, bezeichnet meine Labor-Erfahrungen und mein Diplom als „Antiquitäten". Noch nehme ich es mit Geduld und hoffe auf Besserung. Diese Hoffnung nimmt mir beim gemeinsamen Mittagessen Christel, die ihn aus anderen Lehrangeboten kennt.

„Der ist so" konstatiert sie trocken, „treibt sein Unwesen schon seit 15 Jahren hier. Wegen ihm haben sicher mehr als die Hälfte aller Chemie-Lehramtstudentenstudenten in den letzten Jahren das Studium abgebrochen. Auch in der Biologie hat der Gröpaz etliche Studienkollegen psychisch so drangsaliert, dass sie das Studienfach wechselten oder das Studium ganz abbrachen. Einige sind heulend aus den Prüfungen und Praktika rausgerannt."

„Gröpaz?"

„Größter Praktikumsleiter aller Zeiten. Den kennt jeder, der ein wenig länger auf der Uni ist. Jedenfalls hält er auch eine Pflicht-Vorlesung Chemie für Biologen – mit bis zu 90 % Durchfallquote. Und bezeichnet die Biologen wegen dieser schlechten Ergebnisse als Idioten."

Das ist mir aus der Chemie bestens bekannt: Dozenten, die ihre eigene Unfähigkeit zur Wissens- und vor allem Methoden-Vermittlung auf diese Weise bemänteln wollen. Da werden einfach die Studenten für dumm erklärt und damit ist man fein aus dem Schneider. Was solche Leute unter den Schulkindern anrichten können, ist leicht vorstellbar - aber wir sind doch alle schon erwachsene Leute und müssen es uns doch nicht gefallen lassen. In meinem Diplomstudium hatten wir auf der Uni Mainz über einen Streik den entsprechenden Schikaneuren die Zähne gezogen. Hat das hier noch keiner gemacht?

„Ein Streik? Mit unseren Kommilitonen? Einen Streik in diesem Fachbereich gab es noch nie. In der Physik ist das anders, da hat im letzten Semester so ein Haiger-Typ nach Protesten der Kommilitonen seinen Lehrauftrag gleich wieder verloren. Da haben die Kommilitonen noch Mumm und die Dozenten sind für die Studenten da und nicht umgekehrt. Aber in der Chemie?"

„Wir waren in Mainz auch die ersten nach dem Krieg, die sich das trauten. Ein paar Jahre nach uns kehrten die alten Zustände wieder ein und keiner muckte mehr auf. Aber vielleicht machen ja eure Profs in der Biologie was? Ich hatte mir vorgestellt, dass in der Lehrerausbildung gegenseitiger Respekt üblich ist."

„Vergiss es – die Herren halten sich fein zurück. Was sollen sie auch machen? Der Gröpaz hat eine feste Planstelle als Beamter. Los werden die den bis zur Pensionierung nicht mehr, mit dem müssen sie noch einige Jahre auskommen. Dagegen sind die Studenten halt irgendwann weg. Ob mit oder ohne Abschluss ist dem Lehrkörper egal, zumal in Biologie ja sowieso kein Lehrermangel ist. Aber auch in den Mangelfächern Chemie und Mathematik ist das für die Profs offensichtlich kein Thema. Also lassen sie den Gröpaz munter gewähren und gehen ihren eigenen Interessen nach."

Ich bin mal gespannt, wie es am Nachmittag weiter geht. Doch da gibt sich der Herr Praktikumsleiter überraschend friedlich und ist nur mit seinem Notebook beschäftigt. Als ich in der Nähe vorbei komme und einen Blick auf den Monitor erhasche, erkenne ich ein Mail-Programm. Er bemerkt meinen Blick, schließt sofort den Deckel und schaut mich böse an. Doch schließlich zeichnet er mir mit aufgesetzt gönnerhaftem Gepolter drei Versuche ab, so dass ich guten Mutes meinen Unitag beende.

*

„A... loch!"

„F... dich im A...!" Auch hier wurde der Stinkefinger gezückt.

An der Ampel vor dem Kasteler Bahnhof zur Auffahrt zum Kreisel warteten nebeneinander zwei nagelneue Karossen. In der Waschstraße blankpoliertes Blech nach neuester Ingenieurskunst aus Zuffenhausen und München mit ebenso blankpolierten Alufelgen. Die Fahrer schienen desorientiert, hielten ihre Motoren im Leerlauf mit ständigen Gasstößen auf hohen Drehzahlen und erzeugten damit einen enormen Lärm. Nervös fingerten sie an den Bedienungsknöpfen der Fensterheber herum, um die Verbalinjurien dem Gegenüber noch ein wenig deutlicher zu vermitteln.

Beide Fahrer hatten auf den ersten Blick eine erstaunliche Ähnlichkeit miteinander: Glattrasiert, kurze Haare, Anzug mit Krawatte und etwa Mitte zwanzig, beide einen hochroten Kopf mit angeschwollener Zornesader auf der Stirn. Sie durchtrainiert - so, wie Yuppies beschrieben werden, die neudeutsche Abkürzung von Young Urban Professionals, also gutverdienenden jungen Erfolgsmenschen, beispielsweise Aktienhändlern oder IT-Spezialisten. Was nicht zum durchgestylten Ambiente passte, war der schwarze Wuschelhund auf dem Beifahrersitz des BMW Z4, der sein Herrchen beim Ankläffen des Kontrahenten unterstützte.

Als die Ampel auf gelb sprang, heulten die Motoren des BMW und des Porsche gleichzeitig auf, beide Wagen beschleunigten vehement die Rampe hoch, schossen mit kreischenden Reifen schlingernd in den Kreisel und nahmen dabei einem älteren Ehepaar auf seinem Feiertagsausflug die Vorfahrt. Zunächst lag der Boxter lag auf der inneren Spur besser und der Z4 fiel auf der Außenspur mit ihren Spurrillen etwas zurück, und setzte sich ausgangs des Kreisels messerscharf vor den BMW, um ihn auszubremsen. Dessen Fahrer hatte schon darauf gewartet, wechselte seinerseits die Spur und beschleunigte maximal. Mit heulenden Motoren schossen beide Cabrios Seite an Seite auf das nahe Ende der Brücke zu, einhundert – einhunderfünfzig – zweihundert Stundenkilometer - so schnell, dass beide an dem kleinen Fahrbahnbuckel vor dem letzten Brückensegment kurz abhoben. Die Mainzer Seite flog beängstigend schnell heran und es musste wohl zumindest dem Porsche-Fahrer plötzlich klar geworden sein, dass ein Bremsmanöver unausweichlich war, wollte er nicht geradewegs von der Brücke in den Sandsteinbau des Landtags fliegen. Jedenfalls bremste der Porsche heftig ab, der BMW wähnte sich als Sieger im Duell und schnitt nach rechts, doch die rechtwinklig abbiegende Brückenrampe war schon da.

Beide Wagen kollidierten in der scharfen Rechtskurve. Der BMW wurde am Heck herum geschoben, überschlug sich und flog über das schmiedeeiserne Brückengeländer. Eine Flugsekunde später – die Beschleunigungssensoren hatten bereits die Airbags und den Überrollbügel ausgelöst - knallte der Wagen kopfüber auf den Bürgersteig der Peter-Altmeier-Allee und rutschte weiter über die Wiese bis an die Mauer des Landtags, wo er die Alarmanlage auslöste und völlig demoliert liegen blieb.

Auch der Porsche überschlug sich, vom Zusammenprall in der Kurve abrupt aus der Bahn geworfen, knallte gegen das Brückengeländer, riss es halb aus seiner Verankerung und blieb etwa in halber Höhe zwischen Brückenrampe und Rheinallee hängen. Glaskrümel der zerborstenen Windschutzscheibe regneten vor den Eingang zum Wasserlabor im Brückenkopf. Der Fahrer hatte seinem Sicherheitsgurt nicht angelegt und wurde durch die Airbags hindurch auf den Boden geschleudert, wo er merkwürdig verrenkt liegen blieb. Der Hund, zunächst von den Airbags aufgefangen, wurde bei der letzten Schleuderbewegung aus dem zerborstenen Fenster in einen Cotoneaster-Busch geschleudert und blieb dort liegen. Obwohl es zu keiner direkten Kollision mit dem fließenden Verkehr gekommen war, verursachte der Überflug im regen Mittagsverkehr eine Kette von Auffahrunfällen.

*

Wenn man über 60 ist, ändern sich das Leben ein wenig. Nicht, weil man Dinge tut, die man vorher nicht hätte tun können, sondern weil sich die Prioritäten verschieben. Die Lust auf Neues nimmt allmählich ab, die bestehenden Dinge werden mehr gepflegt. Dazu gehörte für Herbert Wülfing inzwischen untrennbar der Sonntagsbrunch in der Stadt – mal im Eisgrub-Bräu, mal im Newscafé und bei gutem Wetter war etwas Deftiges im Biergarten im Schlosshof ein gelungener Auftakt zu einem schönen Tag. Heute war ein solcher Tag. Nachdem sich der Morgennebel aufgelöst hatte, schüttete die Sonne verschwenderisch Licht und Wärme über Mainz.

Eigentlich hätte der Hauptkommissar schon seine Pension genießen dürfen, wenn nicht die Sparmaßnahmen seine Dienstzeit mal eben so um drei Jahre verlängert hätten. Und wer weiß, was in drei Jahren sein würde? Eine erneute Verlängerung um weitere drei Jahre? Doch Herbert wollte sich nicht beklagen, hatte er doch beruflich in Hajo Hessinger einen ausgesprochenen Energiemenschen an seiner Seite, der ihn enorm entlastete. Und auch privat stand es gut, er war nun schon einige Zeit mit seiner Elvira zusammen, die auch bald kürzer treten würde, ging sie doch auch schon auf die sechzig zu. ??Heiraten? Nein, das würden sie nicht, würde dabei doch ein erheblicher Teil ihrer Rente wegfallen, da beide im öffentlichen Dienst waren??. Sie war Lehrerin in der Grundschule am Mäuseturm in Bingen, er bei der Mainzer Kripo. Doch wozu diese weit schweifenden Gedanken?

Herbert saß er mit seiner Elvira im Biergarten hinterm Schloss und ließ es sich gut gehen. Die Sonne schien mit wohltuender Wärme auf seinen breiten Rücken, der Springbrunnen plätscherte und die Düfte der gebratenen Currywürste zogen an ihm vorbei. Seine ihm schräg gegenüber sitzende zierliche Partnerin hatte sich wegen ihrer empfindlichen Augen eine Sonnenbrille aufgesetzt. Sie trug ein leichtes buntes Sommerkleid, das ihre schlanken Beine gut zur Geltung brachte. Auch wenn sie öfter versucht hatte, Herbert andere Kleidungsstücke als seine Standard-Kordhose nahe zu bringen, hatte sie das nicht geschafft. Doch was machte das schon?

Auch sie ließ es sich gut gehen. Um 12 wollte Hajo mit seiner neuen Flamme kommen. Herbert war gespannt auf die Neue. Hajo hatte schon einige LAGs – Lebens-Abschnitts-Gefährtinnen – gehabt, die den Schichtdienst auf Dauer nicht ausgehalten hatten. Immerhin sollte es diesmal eine Kollegin sein, eine Julia. Das würde von den beruflichen Voraussetzungen für eine längerfristige Beziehung sprechen, aber auch hier kam es wie immer eigentlich nur auf eins an: Gingen beide mit diesem Glitzern in den Augen aufeinander zu? Diesem Willen, den anderen zu spüren und von ihm gespürt zu werden? Hajo jedenfalls war völlig begeistert von der Neuen, auch wenn sie noch gar nicht zusammen geschlafen hatten. Er wollte halt nichts überstürzen, hatte er zu Herbert gemeint. Diesmal solle es wirklich was fürs Leben werden. Ob diese Julia seine Zurückhaltung nicht als sexuelles Desinteresse, als Zurückweisung empfinden würde? Oder eben gerade als Anreiz? Wie soll ein Mann jemals die Frauen verstehen? Selbst Herbert mit seinem gerüttelten Maß an Menschenkenntnis scheiterte in solchen Fällen gewöhnlich, aber seine Elvira mit ihrem geschulten Blick durchdrang jede aufgesetzte Fassade mühelos.

„Ich hole mir etwas." Herbert erhob sich und zeigte auf den kleinen Pavillon, wo Bratwürste und Steaks nebeneinander auf dem Grill brutzelten und verführerische Düfte entwickelten.

„Geh du mal" lächelte Elvira nachsichtig und setzte sich auf der etwas unbequemen Bank zurecht, „ich hole mir später einen Salat."

Herbert erhob sich umständlich und strich beim Aufstehen wie unabsichtlich über ihre Schulter, was sie mit einem wissenden Lächeln beantwortete. Ja, es war gut, einen Mann an seiner Seite zu haben. Versonnen blickte sie ihm ein wenig nach und schloss genüsslich die Augen für einen Moment. Wenig später hörte sie wieder Herberts Schritte, der geschickt einen Teller und ein großes Kristallweizen zum Tisch balancierte.

Gerade als er es absetzte, schallte das kreischende Geräusch hoch drehender Motoren in den Schlosshof, zunächst mit gleich bleibender Lautstärke, dann mit dem Geräusch quietschender Reifen untermalt und schließlich schnell lauter werdend. Unwillkürlich ließ er seinen Blick aus dem Schlosshof auf die Große Bleiche und die Theodor-Heuss-Brücke gleiten. Auch Elvira drehte sich wie die meisten Gäste an den Nebentischen um. Es dauerte nur wenige Sekunden, dann waren zwei Wagen zu sehen, die mit weit überhöhter Geschwindigkeit von Kastel über die Brücke rasten und scheinbar an der Brückenrampe kollidierten, denn plötzlich überschlugen sie sich, dann das dumpfe Geräusch sich verformenden Blechs. Der weitere Ablauf war nicht mehr zu sehen, weil der Sandsteinbau des Landtags die Sicht verdeckte, aber das Quietschen von Autoreifen und weitere dumpfe Schläge verrieten genug. Dann eine unwirkliche Stille.

Sofort war der Hauptkommissar wieder im Dienst. Per Handy alarmierte er den Notartzt und sagte – bereits auf dem Weg zur Unfallstelle – der Polizeiinspektion Bescheid, die ihrerseits die Feuerwehr alarmierte. Ein solch schwerer Unfall hatte sicher Schwerverletzte oder gar Todesopfer gefordert.

Elvira seufzte, als sie ihm auf dem Weg zur Unfallstelle nachsah. Die Currywurst würde kalt werden.

Kaum war Herbert aus dem Schlosshof, kamen auch schon Hajo und seine neue Flamme vom alten Knast her. „Hallo Elvira, wie geht es dir?“ begrüßte er Elvira mit dem ihm eigenen Schwung. „Das ist Julia.“

„Wo ist Herbert? Holt er gerade seine zweite Currywurst zum Stereomenü?“ Hajo hatte längst die unangetastete Portion auf dem Tisch entdeckt und reckte vergeblich den Hals beim Versuch, seinen Arbeitskollegen irgendwo im Biergarten zu erspähen. „Und wieso heult da eine Alarmanlage?“

„Ein schwerer Unfall an der Brücke – Herbert ist gerade hingegangen.“

„Sei uns nicht böse ...“

„Ich weiß, geht schon mal. Ich halte den Platz frei.“

Als die beiden mit federnden Schritten Richtung Brücke liefen, schaute Elvira ihnen bewundernd nach.

Elvira aber war in einem Gewissenskonflikt. Die Currywurst wegwerfen, das widersprach ihrem Sinn für Sparsamkeit. Der Figur zuträglich war sie allerdings auch nicht. Kurzerhand aß sie die Hälfte ...

Vor der Unfallstelle leitete Herbert den Verkehr kurzerhand in die Große Bleiche um und winkte Gaffer unnachgiebig weiter. Julia und Hajo untersuchten derweil die Fahrzeugwracks. Aus dem BMW kam kein Lebenszeichen mehr, der Fahrer war eingeklemmt. Der Porsche hing völlig demoliert in den Resten des schmiedeeisernen Brückengeländers. Der Fahrer lag regungslos auf dem Sandsteinpflaster zwischen Brückenkopf und Straße, Blut floss aus seinem Mund.

Die drei von der Kripo waren froh, als praktisch zeitgleich die Kollegen der Polizeiinspektion Innenstadt und zwei Notarztwagen von der Uniklinik eintrafen, wenig später die Berufsfeuerwehr. Binnen kürzester Zeit war die Unfallstelle abgesperrt und die Rettungsmaßnahmen liefen an. Zunächst wurde mit der hydraulischen Rettungsschere der Fahrer aus dem Z4 geschnitten, doch eine Wiederbelebung war nicht möglich.

Die Bergung des Porsche zögerte sich heraus. Der Wagen hing immer noch in instabiler Lage und wurde provisorisch mit Seilen gesichtert. Nach einem erneuten Anruf machte sich auch der Bergekran der Feuerwehr auf dem Weg.

Herbert, Hajo und Julia wurden nicht länger gebraucht und kamen zurück zum Biergarten im Schloss und Elvira konnte endlich Hajo und Julia genauer betrachten. Beide waren im luftigen Sommerdress, jedenfalls, was die Zutaten zu den doch bei jedem Wetter unvermeidlichen Jeans betraf. Hajos enges Shirt zeichnete seine Muskulatur gut nach und Elvira konnte einen kurzen Moment der Versuchung nicht widerstehen, einen kleinen optischen Vergleich mit Herberts nicht unbeträchtlicher Ober- und Unterweite anzustellen. Julia war groß, fast so groß wie Hajo, hatte rote Haare und war schlank. Wie eine Gerte, hätte man früher gesagt, doch heute war das wahrscheinlich normal. Unter dem weißen, durchscheinenden Sommertop zeichneten sich kleine Brüste ab, von dem unvermeidlichen BH verdeckt. Zweifellos eine schöne Frau, die zu Hajo passte.

Die Polizisten waren noch so unter dem Eindruck der Ereignisse, dass sie keinen Blick zurück warfen, denn sonst hätten sie bemerkt, dass ihnen jemand folgte. Ein Bein nachziehend, kam ein schwarzer Wuschelhund hinter den dreien her gelaufen, genau hinter Herbert. Im Schlepptau der drei lief er mit in den Biergarten und als sie an Elviras Tisch ankamen, war er immer noch dabei. Wie selbstverständlich legte er sich neben den Tisch, leckte sich umständlich die rechte Hinterpfote und schaute Herbert erwartungsvoll an.

Der wusste nicht so recht wie ihm geschah, war er doch absolut kein Hundeliebhaber. Mehr noch, diese Viecher oder „Tölen“ wie er sie oft nannte, verbrauchten Unmengen an Zeit, störten bequeme Skat- und Fernsehabende durch Gassigehen und überhaupt ... der Hund gehörte sicher irgend jemand. Also kein Problem, dachte der zu Bequemlichkeit neigende Hauptkommissar und äußerte zur bekennenden Hundeliebhaberin Elvira betont lässig ein „Wo kommt der denn her? Muss dir wohl hinterher gelaufen sein. Am besten ist, wir bringen ihn ins Tierheim."

Doch seine Elvira wollte dieses Problem – wenn es denn eins sein sollte – nicht so leicht abtun.

„Schau doch erst mal nach, ob etwas im Halsband steht."

„So er denn eins hat, in diesen Haarbergen könnte sich Hannibal mit seinen Kriegselefanten verstecken."

Herbert beugte sich zu dem Vierbeiner, der ihn erwartungsvoll anblickte und griff ihm an den Hals, misstrauisch von ihm beäugt. Gerade als er das Halsband zu fassen bekam, zuckte der Hund zurück, schnappte und jaulte fast gleichzeitig. Herbert zog schnell seine Hand zurück und zuckte die Schultern.

„Der will nicht. Aber ein Halsband hat er" stellte er trocken fest.

„Ich glaube eher, du willst nicht. Er hat vielleicht Schmerzen." Seine bessere Hälfte ließ nicht locker und auch Julia mischte sich nun ein: „Männer haben halt nicht das Feingefühl für so empfindliche Tiere."

Jetzt griff auch sie nach dem Hund, doch der schaute misstrauisch und humpelte schnell zwei Schritt zur Seite, um sich mit einem Seufzer wieder hin zu legen.

Hajo und Herbert warfen sich beredte Blicke zu. Klar, dass so ein zotteliger schwarzer Hund mit Schmerzen, möglicherweise verletzt, wichtiger war als sie beide. Verletzt?

„Vielleicht hat er etwas mit dem Unfall zu tun? Ist vielleicht von einem Auto getroffen worden und in Panik weg gerannt?" kam es wie aus einem Munde.

„Typisch Männer – denkt immer nur an die Arbeit. Hier geht es um ein armes Tier, das gar nicht weiß, wie ihm geschieht."

Das allerdings schien gar nicht der Fall zu sein, denn der Hund erkannte offensichtlich durchaus, was um ihm herum vorging. Er stieß einen kläglichen Seufzer aus und sah die beiden Frauen fast unverwandt erwartungsvoll an, nur unterbrochen von vorwurfsvollen Blicken zu den Männern und einem deutlichen Schnüffeln Richtung Tischplatte.

„Da siehst du, er hat Schmerzen. Und Hunger hat er sicher auch." Elvira nahm die Reste der inzwischen kalten Currywurst und legte sie dem Hund hin, der sie erst vorsichtig beschnupperte und dann mit Vehemenz verschlang.

„Willst du ihn nicht doch ins Tierheim bringen? Vielleicht kennen die den Besitzer? Da gibt es doch diese eintätowierten Nummern im Ohr, hast du mir mal erklärt."

„Papperlapapp. Der kommt erst einmal mit nach Hause und morgen gehen wir zum Tierarzt. Dann ist es immer noch früh genug, den Besitzer zu suchen."

Das klang endgültig und Frauen sollte man nicht widersprechen. Hajo und Herbert holten sich zunächst in aller Gemütsruhe ein Bier und das von ihren Begleiterinnen georderte Wasser für den Hund, während diese genaue Pläne schmiedeten, wie denn dem Hund zu helfen sei. Der genoss die Fürsorge sichtlich, ließ aber Herbert auf dem Weg zur Biertheke nicht aus den Augen.

„Der hat sich sein Herrchen ausgeschnüffelt" stellte Elvira fest und Julia nickte.

„Typisch Männer – der Hund ist auch ein Männchen. Gell!" sprach sie den Hund direkt an, „Männer haben kein Gefühl und dir armem Hund geht es so schlecht. Wie heißt du eigentlich?"

Doch so genüsslich dieser auch die Aufmerksamkeit genoss, eine Antwort darauf konnte er nun einmal nicht geben. Vielleicht, sogar wahrscheinlich, stand sein Name im Halsband. Und das musste halt bis morgen warten. Die vier blieben noch bis um zwei im Biergarten, hatten ein dominierendes Gesprächsthema und Elvira stellte fest, dass sie sich mit Julia bestens verstand. Der Hund lag die ganze Zeit dabei und döste vor sich hin, nachdem er die Currywurst mit Wasser aus einem Edelstahl-Napf herunt er gespült hatte. Natürlich kam er danach mit nach Mombach zu Elvira und Herbert, in die Wohnung am Westring mit der schönen Holzdecke in der Diele. Und mit dem neuen Teppich, schön hellblau. Bis sich herausstellte, dass Hunde im allgemeinen nicht Currywurst fressen sollten und dieser hier schon gar nicht.

*

Montag ist Schontag, sagt der Volksmund. Denkste. Wer einmal am Montag Morgen wochenend-gestresste Achtklässler wieder in den Schulalltag zurück führen will, weiß, was er getan hat.

Die fünften Klassen sind glücklicherweise noch ganz begeistert von der schönen Schule und den netten Lehrern, überschlagen sich vor Begeisterung und Eifer. Da laufen natürlich auch die Lehrer zur Hochform auf. Auch die siebte Klasse mit ihren sehr eifrigen und talentierten Kindern macht große Freude und wir kommen in Englisch gut voran.

In den achten Klassen wird es dann kritisch, auch wenn die Geschichte in englischer Sprache eigentlich für die Schüler interessant sein sollte. Doch die Klassenclowns schreien sich gegenseitig an, werfen Gegenstände und wollen sich vor den Mädchen produzieren, so dass ich sie auf den Gang hinaus setzen muss. Die verbliebenen Pubertäter haben auch alles andere als Unterricht im Sinn und versuchen mal wieder, heimlich Briefchen mit irgendwelchen Botschaften auszutauschen. Der Inhalt ist meist ebenso niveaulos wie eindeutig. Wie hieß noch dieser französische Film über Teenies in der Pubertät? Wo bitte bleibt die Zärtlichkeit – Et la tendresse? Bordel!

Heute sind die Zeiten anders als zu meiner Schulzeit, man geht viel freier miteinander um. Waren es früher schmachtende Blicke zwischen den Geschlechtern, sind es heute manchmal direkte Aufforderungen, miteinander „in die Kiste“ zu gehen. Und auch die Mädchen gehen untereinander beneidenswert unverkrampft um, begrüßen sich mit einem Kuss auf den Mund. In der Regel bedeutet das den direkten Kontakt von Zahnspange auf Zahnspange, was ich irgendwie richtig nett finde.

Die neunte Klasse wirkt gegen die pubertäre Kraftmeierei richtig abgeklärt. Vor allem die Versuche machen allen Spaß. Diesmal ist es das Foucaultsche Pendel, mit dem man schön zeigen kann, dass sich die Erde dreht – und auch, auf welchem Breitengrad der Erdkugel man ist.

In der nächsten Woche wollen wir Bewerbungsgespräche üben – da setze ich mich vorher noch einmal mit meiner psychologischen Ratgeberin Jana zusammen. Denn alle meine Schüler haben ihre Qualitäten und eine sinnvolle Arbeit verdient. Und das soll nicht an Formalien scheitern.

Als der Gong zum Unterrichtsende ertönt, wird es schlagartig laut. Schüler packen die Rucksäcke zusammen und rennen in einem derartigen Tempo durch die Flure, dass die ganze Schule in weniger als zwei Minuten schülerfrei ist. Kein Alarmplan könnte das so schnell schaffen.

An der Bushaltestelle gibt es ein wenig Geschubse, aber da bin ich nicht allein, sondern zwei Kollegen unterstützen mich bei der Aufsicht. Fünfzehn Minuten später sind alle Schüler mit den Bussen nach Hause verschwunden. Wir Lehrer haben noch eine Dienstbesprechung zum Schulqualitätsprogramm. Da soll in Managermanier Papier mit leeren Worthülsen produziert werden, eine Aussicht, die keinen Kollegen mit Begeisterung erfullt.

Das Ganze wird so verstanden, dass die Bürokraten eine Weisheit nicht verstanden haben, die jeder Bauer kennt: Die Sau wird nicht vom Wiegen fett. Oder anders formuliert: Wenn man mit ungeeigneten Methoden ungeeignete Inhalte vermitteln muss, nützt es nichts, schwierige Tests zu schreiben.

Um fünf bin ich ziemlich erschöpft zu Hause. Während eine Pizza aus dem Tiefkühlfach im Backofen bräunt, sinne ich über meinen neuen Job nach. So schön es auch ist, mit jungen Menschen zu arbeiten, die Anforderungen sind enorm. Ob ich dem lange gewachsen bin? Unterricht in fünf Klassen und vier Fächern, dazu das zusätzliche Lehramtsstudium, das mir vielleicht bei der Unterrichtsgestaltung helfen kann. Aber ich bin guten Mutes, denn die Lebendigkeit und Dankbarkeit meiner Schüler haben mir in den wenigen Wochen meiner Lehrertätigkeit schon so viel gegeben.

*

Mürrisch saß Herbert Wülfing am Frühstückstisch. Eine Horrornacht lag hinter ihm, zum Schlafen war er kaum gekommen. Nicht nur, dass Elvira sich nach dem Brunch bis in den Abend hinein ausschließlich um die Töle gekümmert hatte, deren Namen sie immer noch nicht wussten. Sie hatte ihm Futter von der Nachbarin besorgt und ihn sogar auf Herberts Sofaplatz schlafen gelassen –mit der kurzerhand dazu deklarierten Hundedecke, die vorher Herberts Fernsehdecke gewesen war.

„Ach schau doch mal, wie süß er guckt“ war seinen anfänglichen Protesten entgegen gehalten worden und auch der Hund hatte unterstützend geschnieft und sich demonstrativ die Hinterpfote geleckt. Herbert hatte sich dabei ertappt, wie er berufsbedingt darauf geachtet hatte, ob sich der Hund auch immer die selbe Stelle leckte, aber diesen Test hatte das Fellmonster sicher bestanden. Mit einem Hundebestimmungsbuch hatte Elvira schnell herausgefunden, dass es sich um einen Tibet-Terrier handelte. Ein lebhafter Familienhund, der durchaus dominante Züge haben kann, wie alle Hunde. Der Größe nach war ihr Hund etwa ein halbes Jahr alt und passte genau in den Pappkarton vom neuen Staubsauger, den sie mit der Hundedecke ausgepolstert und vor die Schlafzimmertür in den Flur gestellt hatte.

Schon kurz vor zehn waren sie ins Bett gegangen und Herbert wollte wieder seinen Frieden mit der Welt schließen. Um drei nach zehn war ein leichtes Seufzen im Flur zu vernehmen gewesen, das sich bis um zehn nach zehn so weit gesteigert hatte, dass er völlig entnervt den Hund in seinem Korb ins Schlafzimmer bugsierte.

Dann war zunächst Ruhe gewesen, bis er davon aufgewacht war, dass eine kalte Zunge dankbar seine Wange und sein Ohr eingespeichelt hatte. Natürlich hatte der Hund auch noch ins Bett gewollt und wenn er nicht das Pfotenproblem gehabt hätte, hätte er das wohl selbständig in die Tat umgesetzt.

Da war Herbert laut geworden, Elvira war aufgewacht, der Hund hatte schuldbewusst geguckt und zunächst keinen weiteren Versuch unternommen, ins Bett zu kommen. Herbert war jedenfalls erst einmal ins Bad gegangen, hatte sich gewaschen und war nun wach. Als er wieder ins Bett ging, schlief Elvira schon wieder und der Hund schnarchte in seinem Behelfskorb, die Schnauze auf die Kante des Pappkartons gestützt. Herbert fing an, Schäfchen zu zählen und er war ungefähr bei siebenhundertsechsundreißig, als der Hund plötzlich hustete, sich aufstellte und krampfend asthmaähnliche Geräusche von sich gab. Schnell schob Herbert den Hund nach draußen Richtung Bad, doch weit kam er nicht. Im Flur erbrach der Hund zunächst sein Hundefutter vom Abendessen und dann – in einem zweiten Anlauf – als Dekoration die halbverdauten Reste der Currywurst obendrauf. Er krampfte noch ein paar mal, doch es kam nichts mehr. Schnell wollte der Hund das Erbrochene wieder fressen und ins Schlafzimmer, doch Herbert hatte nun genug.

Als Elvira, die inzwischen aufgewacht war, in den Flur kam, die Bescherung sah und zu putzen begann, bedeutete ihr Herbert recht deutlich, dass der Hund am nächsten Tag ins Tierheim komme. Sie sagte zunächst nichts und reinigte den Teppich, während sich Herbert wieder ins Bett zurück zog, aber ohnehin nicht in den Schlaf finden konnte. Der Hund blieb jedenfalls im Flur, als Elvira wieder ins Bett kam und mit ihm kuscheln wollte. Doch Herbert war nicht dazu in Stimmung und drehte sich um.

Auch beim Frühstück wollte die frostige Atmosphäre nicht recht weichen. Ausweichend und einsilbig reagierte Herbert auf die Versuche seiner Lebensgefährtin „gutes Wetter" zu machen, während der Hund sich demonstrativ auf Herberts Füße legte und sich nicht wegschieben ließ. Scheinbar ging es ihm etwas besser, die verletzte Pfote schien er schon etwas mehr zu belasten. Doch ein Abnehmen des Halsbandes war immer noch nicht möglich. Zunächst äugte er nur misstrauisch, doch sobald man versuchte, das Halsband abzulösen, knurrte er, schnappte er nach der Hand und schniefte gleichzeitig dazu.

Aber wohin mit dem Hund? Diese Woche hatte Elvira noch frei und zum Tierarzt musste sie nun sowieso. Der würde sicher das Halsband entfernen können. Als Herbert aus dem Haus ging, wollte der Hund mit. Als er bei Elvira in der Wohnung bleiben musste, schniefte er vernehmlich, legte sich mit einem Seufzer auf dem inzwischen gereinigten Flurteppich plumpsen und ließ die Wohnungstür nicht aus den Augen. Doch Herbert war längst unterwegs zum Büro.

„Na, wie geht es deinem neuen Mitbewohner?“ begrüßte ihn Hajo frohgelaunt im Büro.

„Frag lieber nicht“ knurrte ihn Herbert an. „Ich habe die ganze Nacht kein Auge zugetan. Was gibt es hier Neues?“

“Wir haben möglicherweise einen ersten Anhaltspunkt beim Billig-Koks. Die scheinen tatsächlich an die Jugendlichen heran zu wollen. Ein aufmerksamer Lehrer wurde stutzig, weil er auf dem Schulhof nagelneue Magic-Cards fand. Normalerweise werden die von Schülern nicht weg geworfen, sondern sorgsam in Plastikhüllen geschützt. Als er sie neugierig aufhob, fand er daran angeklebte aufgerissene Tütchen, in denen unter der Lupe ein paar weiße Punkte in den Ecken zu erkennen waren.”

“Könnte tatsächlich Koks sein. Wie viele?”

“Zwei. Wenn die Schüler die nicht einfach auf den Boden geworfen hätten, sondern in den Papierkorb, würden wir bis jetzt nichts davon wissen. Die Laborergebnisse kommen heute Nachmittag.”

Wülfing war sehr besorgt. In Japan kommerziell äußerst erfolgreiche Konsumströmungen verbreiteten sich rasant weltweit in Schülerkreisen. Sie waren einfach “in” und wurden ohne Hinterfragen von Kindern und Jugendlichen übernommen. Wer immer das Gift auf diese Weise verteilte, war von besonderer Skrupellosigkeit.

Unwillkürlich fiel ihm ein Fall ein, in dem ein Menschenhasser in einem besonders heißen Sommer in Japan mit Zyankali vergiftete Getränkeflaschen in Telefonzellen deponiert hatte. Mehrere Menschen waren damals qualvoll gestorben. Ob der Rauschgift-Dealer ein Japaner war? Er konnte sich an keinen einzigen Fall erinnern, in dem ein Japaner eine Rolle gespielt hatte. Aber was war, wenn sich die japanischen Yakuza die ohnehin gefährliche Drogenszene in Deutschland auch noch erschließen wollten? Immerhin war es von einer neuen Qualität, also aus einer neuen Quelle, die schnellstens gestopft werden musste.

Jeder Tag, den die Giftmischer weiter daran arbeiten konnten, gefährdete junge Menschen. Wieder kamen ihm Bilder von den beiden Jugendlichen in den Sinn, die sich im letzten Jahr in der Bahnhofstoilette den letzten Schuss gesetzt hatten, beide aus gutem Haus, aber den Eltern längst entglitten. Bilder aus Berlin, von Mädchen und Jungen, die schon mit 13 anschaffen gingen und ihre Körper auf verwahrlosten Grundstücken oder in düsteren Tiefgaragen von gewissenlosen Freiern missbrauchen ließen, um den nächsten Schuss zu finanzieren.

Auch wenn diese Szene nach außen nicht mehr so sichtbar war, drängte sich der Alkohol immer mehr in den Vordergrund. Sogenannte Alkopops aus Limos, Schnäpsen und Rum waren bei Jugendlichen sehr beliebt, kompensierten sie doch mit der Süße die Schärfe des Alkohols. Ganz legal waren sie in jedem Supermarkt und jeder Tankstelle zu erhalten und bescherten den Herstellern ständig neue Umsatzrekorde, vom Gesetzgeber schon eine unerträgliche lange Zeit toleriert.

In den Schulen waren sie allerdings kaum zu konsumieren, schon wegen der „Fahne". Kokain wäre dagegen unbemerkt zu schnupfen und man fühlte sich gleich stark und mächtig. Das reizte alle - vom mediengeilen Fussballtrainer bis zum schmierig-geschniegelten Talkmaster, der sich gleich eine ganze Gruppe Zwangsprostituierter aufs Hotelzimmer kommen lässt. Und natürlich würde es auch pubertierende und selbstzweifelnde Schulkinder anziehen.

Noch vor dem Mittagessen schaute er mit Hajo im Labor vorbei, nach so vielen Dienstjahren immer noch neugierig darauf, die Ergebnisse als erster in die Finger zu bekommen. Und da gab es einige. Es handelte sich tatsächlich um Kokain-Reste, mit Puderzucker als Streckmittel. Alle Substanzen waren ungewöhnlich sauber, klinisch rein, könnte man sagen.

Ein paar Krümel waren noch in der Klebemasse eingebettet, mit der das Papier am Rand der Magic Card angeklebt worden war. Also war das Kokain auf die Rückseite geschüttet und dann mit dem Papier abgeschlossen worden, ein einfaches und schnelles Verfahren. Fingerabdrücke gab es viele auf dem Tütchen, der Größe nach von Jugendlichen. An einigen klebten winzige Partikel des Pulvers. Das Papier hatte eine glatte, gewachste Oberfläche, ähnlich dem Papier, mit dem in der Lebensmittelindustrie Waren verpackt werden.

Beim Mittagessen gab es ein großes Hallo im Kollegenkreis, denn Hajo hatte am Vormittag von Herberts Hundeglück erzählt. Die Kommentare reichten von sarkastisch-mitfühlend („Schade um den schönen Teppich, aber ich dachte, du magst bunte Muster") bis hin zu nicht ernst gemeinten Angeboten („Du kannst ihn gern im Urlaub zu mir bringen. Wenn ich weg bin, haha"). Wülfing war jedenfalls bedient und sein Entschluss klar: So schnell wie möglich musste das Tier zurück zu seinem Besitzer!

Da traf es sich gut, dass ein Kollege, der den Unfall bearbeitete, gerade am Nebentisch saß. Er meinte, dass der Unfall schon einige Merkwürdigkeiten aufweise. Nach dem Navigationssystem kamen beide Autos aus der Hochstraße in Frankfurt und beide hatten dasselbe Ziel auf der Uni Mainz eingespeichert. Ebenfalls ungewöhnlich war, dass beide Fahrer jeweils etwas über 3000 Euro in bar dabei hatten, dazu diverse Kreditkarten. Angehörige hatte man noch nicht erreicht. Die auf den jeweiligen Handys gespeicherten Nummern gehörten Freunden, die offensichtlich mit der eigentlichen Familie der Unfallopfer keine Verbindung hatten.

*

Große dunkle Augen schauen dich an. Erst erwartungsvoll fragend, dann bestürzt und schließlich mit einem Weltschmerz, der alles Leid seit der Entstehung des Lebens vor vielen hundert Millionen Jahren beinhaltet. Als sich das schwarze Fellmonster nach Herberts Abschied dann auch noch demonstrativ so hinlegte, dass es die Wohnungstür immer im Blick hatte, seufzte zur Abwechselung Elvira und fing an, diese merkwürdigen, als Mensch-Hund-Dialog getarnten Selbstgespräche zu führen.

„Ja, da geht es weg, das Herrchen. Und jetzt komm und friss was, gleich geht es zum Onkel Doktor.“

Sie hielt ihm einen Napf mit frischem Hundefutter hin, aber der Hund schaute nur eine Zehntelsekunde hin, zog vorsichtig ein wenig Luft durch seine schwarze Nase, stieß sie entschlossen wieder aus, fixierte dann wieder die Wohnungstür und schniefte.

„Gell, die Männer gehen einfach aus dem Haus und kümmern sich um nichts. Noch nicht einmal um einen armen, verletzten, süßen Hund wie dich!“

Der arme, verletzte, süße Hund rührte sich nicht und starrte weiterhin die Tür an.

„Wie kannst du dir nur so jemand ausschnüffeln, der gar kein Interesse an dir hat. Komm doch zu mir, du fehlgesteuertes dummes Tier!“

Ein mitleidiger Blick über die Hundeschulter, dann schwenkte der Blick des fehlgesteuerten dummen Tiers wieder in die alte Richtung. Er streckte die Vorderpfoten aus und legte den Kopf darauf. Augen, Ohren und Nase wiesen eindeutig zur Wohnungstür.

Elvira seufzte. Eine Woche hatte sie noch Urlaub, dann die Herbstferien, aber was würde dann werden? Vielleicht würde Herbert ja doch etwas Freude an dem Hund bekommen und dann waren da noch Ronni mit seiner Flocki und Julia, Hajos Flamme. Wenn sich alle zeitweise um den Hund kümmerten, würden sie den Hund vielleicht behalten können, denn in der Wohnanlage am Westring waren Haustiere eigentlich nicht erlaubt. Aber alle Überlegungen in diese Richtung würden bald sowieso Makulatur sein, denn sicher gab es einen Hundebesitzer, da war sie sich mit Julia einig und falls dieser eines der Unfallopfer war, sollte es Angehörige geben. Der Tierarztbesuch würde viele Fragen klären.

Um neun schloss sie die Wohnungstür auf und band dem Hund ein rotes Tuch so um den Hals, dass sie ihn gut packen konnte. Aber der ging freiwillig mit, wenn auch nicht mit der freudigen Erwartung, die er gezeigt hatte, als Herbert gegangen war. Stattdessen trottete er mit hängendem Schwanz und einer Leidensmiene, die dem letzten Gang eines Delinquenten zum Galgen angemessen gewesen wäre, hinter Elvira her und sprang, wenn auch mühsam und umständlich, in ihren Polo.

Das Aussteigen beim Tierarzt klappte problemlos, aber bei Annäherung an die Praxistür wollte der Hund schlagartig kehrt machen und wegrennen. Elvira kannte diese Reaktion schon von ihren früheren Hunden, ausgelöst durch die Angstsekrete anderer Hunde, packte den Hund schnell am Halstuch und schob ihn in die Praxis.

Das Wartezimmer war trotz der frühen Stunde gut gefüllt, ganz im Gegensatz zu den Praxen der Allgemeinmediziner seit Einführung der Praxisgebühr. Ein Platz in der Mitte der Fensterseite war noch frei. Der Hund setzte sich zitternd unter den Stuhl und versuchte beim nächsten Neuankömmling zur Tür hinaus zu schlüpfen, aber das Frauchen passte auf.

Es waren vor allem Frauen, die ihre Lieblinge brachten. Ein Wellensittich und ein Chinchilla waren in kleinen Käfigen auf dem Schoß ihrer Besitzerinnen, ein Rottweiler saß ängstlich neben seinem Besitzer auf dem Boden. Dazu kam ein altes Mütterchen mit ihrem betagten Dackel mit seinen krummen Beinen. Auch wenn sie ihre horrenden Krankenkassenkosten kaum zahlen können, kratzen weniger betuchte Menschen für ihre Lieblinge oft ihr letztes Geld zusammen. Tatsächlich verdienen Tierärzte ein Vielfaches niedergelassener Allgemeinmediziner – ohne die bürokratischen Abrechnungsmechanismen der Krankenkassen mit ihren aufgeblähten Verwaltungs- und Kostenapparaten.

Es ging recht flott voran und um zehn war Elvira dran. Der Hund wollte wieder zur Tür hinaus ins Freie stürmen, wurde aber vom Praxispersonal geschickt ins Behandlungszimmer umgeleitet. Dort saß er nun mit eingeklemmtem Schwanz auf dem Untersuchungstisch und zitterte wie Espenlaub. Der Tierarzt machte einen zielstrebigen, sicheren Eindruck und auch er beherrschte das Hundebesitzer-Kauderwelsch hervorragend.

Mit einem „Na, was fehlt uns denn?“ näherte er sich seinem neuen Patienten, der so eingeschüchtert war, dass er zwar automatisch knurrte, aber ganz vergaß, dazu passend die Zähne zu fletschen.

„Ein Unfall, er humpelt und lässt sich nicht am Halsband anfassen.“

„Das haben wir gleich. Aha.“ Er holte eine Schere und schnitt rund um das Halsband das Fell zurück. „Einige kleine Blutverkrustungen im Fell.“ Nun löste er das Halsband, ohne dass der Hund sich traute zu schnappen und legte es auf den Tisch. Als er die Pfote untersuchen wollte, knurrte der Hund, jaulte und schnappte gleichzeitig.

„Da könnte eher etwas sein. Sollen wir ihn röntgen? Besser wäre es.“

Elvira willigte ein und untersuchte das Halsband im Wartezimmer, während der Hund in den Nebenraum gebracht wurde. Eine halbe Stunde später wusste sie Bescheid. Der Hund hieß Gyelpo, hatte ein Zettel in der in das teure Halsband eingearbeiteten Tasche verraten und die Sprechstundenhilfe hatte noch dazu gesagt, dass man das “Geppo” aussprechen würde. Der oder die Besitzer hießen Stiegler und gleich zwei Handynummern waren angegeben. Schließlich präsentierte der Arzt sein Untersuchungsergebnis: Gyelpo hatte sich nichts gebrochen, die Verletzungen waren oberflächlich und würden bald wieder heilen. Dieses erfreuliche Ergebnis garnierte er mit ein paar Zahlen: 180 Euro musste Elvira bezahlen. So würde der Hund bald wieder beim Besitzer landen, der bestimmt froh war, seinen Liebling weitgehend unversehrt zurück zu bekommen und Elvira die Tierarzt-Rechnung erstatten würde.

Herbert seinerseits wäre froh, den ungebetenen Gast wieder los zu sein, und alle wären zufrieden – außer ihr selbst. Denn das Zottelmonster war ihr aus unerfindlichen Gründen inzwischen ans Herz gewachsen.

*

Nach dem Mittagessen telefonierten Wülfing und Hessinger mit Kollegen in anderen Städten und Bundesländern. Nur in Frankfurt kannte man bisher die neue Kokain-Qualität, hatte aber die Quelle noch nicht gefunden. In anderen Städten waren diese Stoffqualität und das Verteilen an Kinder und Jugendliche mit Spielkarten bisher unbekannt. Kurz nach fünf hatten beide glühende Ohren und genug gehört.

„Überall sonst ist das Zeug noch nicht aufgetaucht und erst vor einem halben Jahr ist es auch hier erstmals festgestellt worden“ resümierte Hajo, „also dürfte die Quelle bei uns im Rhein-Main-Gebiet liegen."

„Denke ich auch" pflichtete Wülfing bei, „und die Tütchen zeigen, dass es vom Hersteller direkt an die Endkunden geht. Die sehen nicht so aus wie etwas, was ein oft selbst abhängiger Kleindealer herstellt."

„Nein, der macht das über persönliche Kontakte, kleine Papiertütchen oder trägt es im „Gummimantel" im Mund spazieren, aber hier scheint dieser Teil der Kette umgangen zu werden. Warum? Weil die neue Quelle kein Insider der Branche ist. Wofür auch die hohe Reinheit und der Preis sprechen."

„Das werden sich die Drogenbarone aus Kolumbien und ihre Statthalter hier vor Ort nicht gefallen lassen. Die neuen Konkurrenten leben gefährlich - ob Yakuza oder nicht. Vielleicht finden die Platzhirsche ihre Konkurrenten schneller als wir?"

„Wenn die weiter so vorsichtig sind wie bisher, wird auch die Drogenmafia nicht schnell weiterkommen. Aber irgendwann macht jeder einmal einen Fehler."

„Die zwei wichtigsten Fragen bleiben derzeit offen: Wieso ist das neue Kokain so rein und offensichtlich so billig? Kann eigentlich nur synthetisch hergestellt worden sein. Aber die Kollegen vom Labor sagen, dass die synthetische Herstellung teurer als der Anbau und das Schmuggeln ist."

„Also müsste jemand ein neues Verfahren entwickelt haben – vielleicht mit billigeren Ausgangsstoffen" überlegte Hessinger, „gentechnisch oder so?"

„Wer weiß? Der Vertrieb gestaltet sich natürlich recht einfach, wenn das Zeug so billig ist", meinte Wülfing und spielte gedankenverloren mit seiner Brieftasche, die er vor sich auf den Schreibtisch gelegt hatte, „inklusive kostenlosen Kostproben. Ein ebenso altbekanntes wie erfolgreiches Konzept. Aber immer noch: wie kommen die Adressaten an den Stoff?"

„Und wie kommt das Geld zum Produzenten? Ohne, dass es jemand mitkriegt?"

Das Telefon klingelte, Wülfing nahm ab und seine zunächst gespannte Miene hellte sich schnell auf. Schließlich beendete er das Gespräch und schaute auf die Uhr.

„Feierabend Hajo."

„Was wollte Elvira?" Sein Kollege hatte die Nummer am Display abgelesen.

„Wir fahren heute Abend nach Frankfurt in die Fressgass. Endlich mal wieder ein schöner Abend nur mit Elvira. Bummeln, essen und so weiter."

„Und der Hund?"

„Das ist das Beste, mein Lieber. Den Hund geben wir heute Abend dort ab bei den Besitzern. Er gehörte zum Z4, dessen Besitzer tot ist, aber es gibt da offensichtlich eine Angehörige."

„Gratuliere."

„Danke. Gleich kommt Elvira und wir düsen los. Dann bis morgen." Wülfing hängte sich seine Jacke locker über die Schulter und ging in den ungewöhnlich warmen Herbstabend. Auch Hessinger hatte es eilig, zu seiner Julia zu kommen. Irgendwie gibt es nichts Schöneres, als an lauen Abenden die Blumen auf der Wiese zu zählen. Oder die Knöpfe an der Bluse oder der Hose ...

*

Als Lehrerin auf einer Grundschule muss man genauso entschlussfreudig wie die Kinder sein und so hatte Elvira bereits am Nachmittag die beiden Handynummern aus Gyelpos Halsband angerufen. Sie hatte es ganz gegen ihr Gefühl getan, denn so würde der Hund bald wieder weg sein. Aber sie konnte es ohnehin nicht verhindern und das Verhältnis zu Herbert hatte schon unter dem Hund gelitten. Doch zunächst war sie bei der Polizeiinspektion Innenstadt in der Klarastraße gelandet, die den Unfall aufgenommen und die Handys aus den Unfallwagen gelagert hatte. Damit war klar, dass Gyelpo in einem der Unfallwagen gesessen hatte, nämlich dem Z4. Unter der zweiten Nummer hatte sich eine helle Frauenstimme gemeldet, die offensichtlich schon von der Polizei über den tödlichen Unfall informiert worden war.

Sie hatte recht gefasst geklungen und als Elvira ihr bedeutungsvoll mitgeteilt hatte, dass sie eine wichtige Hinterlassenschaft von ihrem verstorbenen Gatten habe, schien sie sich zu freuen – allerdings könne sie selbst nicht kommen, da der Z4 ja kaputt sei. Spontan entschied sich Elvira zu einem Abendausflug mit „ihrem Mann", wie sie Herbert schon längst bezeichnete. Sie war schon lange nicht mehr in einer richtigen Großstadt bummeln gewesen und so konnte sie sich den traurigen Abschied von Gyelpo noch ein wenig versüßen.

Beim Abholen am Valenciaplatz begrüßte der Hund trotz der offensichtlich noch schmerzenden Pfote Wülfing stürmisch und wollte ihm während der Fahrt nach Frankfurt mehrfach von der Rückbank aus das Ohr abschlecken. Das mochte Herbert natürlich nicht, doch seine recht aufgekratzte Stimmung litt nicht wesentlich darunter und auch ein größerer Stau blieb auf dem Weg ins verhochhauste Stadtzentrum von Bankfurt aus.

Zunächst bummelten sie am Römer vorbei, wo kamerabewehrte japanische Touristen einen großen Bogen um den Hund machten, dann ging es stadteinwärts, vorbei an den Galeries LesFacettes, dem Denkmal eines bekannten Immobilien-Pleitiers und Sitz des örtlichen Imax-Kinos. Schließlich die Fressgass mit ihren unzähligen Straßencafés, Restaurants und Geschäften.

Herbert wanderte gemächlich neben seiner Elvira her, die ihm kurzerhand die Hundeleine in die Hand drückte, die sie am Nachmittag gekauft hatte. Der Hund ging brav mit und nutzte die Unterbrechungen an den Schuh- und Dessous-Schaufenstern zu ausgiebigen Schnüffelerkundigungen. Von der schmerzenden Pfote war nichts mehr zu bemerken. Elvira beobachtete die beiden heimlich in spiegelnden Schaufensterflächen und sah, dass die beiden Schnüffler eigentlich gut zueinander passten, wollte es aber nicht erneut thematisieren, denn bald würden sie den Hund ja sowieso abgeben.

Den krönenden Abschluss des Bummels bildete die Goethestraße mit ihren Nobelgeschäften. Wenn es in den Geschäften der parallelen Fressgass Schuhe für 40 Euro gab, waren es hier 400 Euro oder mehr. Herbert studierte interessiert ausgefallene Dessous. Elvira entging dies nicht und sie stellte sich vor, wie es wäre, so einen erotischen Hauch von Nichts zu tragen. Doch 150 Euro für einen Slip und 200 für den dazu passenden BH waren ihr entschieden zu viel. Auch Herbert wunderte sich über die Preise.Wer konnte hier zu Zeiten mit Millionen Arbeitslosen einkaufen? Offensichtlich gab es eine ausreichend solvente Kundschaft, denn sonst könnten diese Geschäfte nicht existieren.

Sie waren nun fast beim Garibaldi´s, dem ausgemachten Treffpunkt für die Hundeübergabe. Der Nobel-Italiener in der Kleinen Hochstraße lag direkt gegenüber vom Club Voltaire, einer verrauchten altlinken Alternativ-Kneipe, die auch ein paar Tische auf der Gasse stehen hatte, wo sich die beiden hinsetzten. Es war erst kurz nach sechs und noch viel Zeit bis zum Treffen. Gyelpo fand sein Plätzchen unter dem Tisch und schlabberte genüsslich Wasser aus einem Edelstahl-Napf, den der Kellner sofort gebracht hatte.

„Der freut sich bestimmt, wenn er wieder zu seinem Frauchen kommt“ meinte Wülfing mit betonter Leichtigkeit.

„Ja, bestimmt“ antwortete Elvira mit einem Unterton, der eher resigniert klang.

Ihm war klar, dass sie den Hund lieber behalten würde, aber er gehörte ihnen nicht und wie hätten sie ihn auf Dauer betreuen sollen?

So studierten die beiden das Garibaldi´s, in dem es so emsig zuging wie in einem Bienenkorb. Es war wesentlich größer als der Club Voltaire, fast alle Tische waren schon so früh am Abend besetzt, auch die auf der Gasse. Die uniform gedressten Kellner kurvten behende zwischen den Tischen herum und servierten mit viel Schwung („Per favore, Signorina") riesige Pasta-Teller. Obwohl die Kleine Hochstraße dafür eigentlich zu eng war, quetschten sich zudem immer wieder Taxen von der Fressgass zwischen den Tischen hindurch und luden neue Gäste ab. Man hätte ja auch die 20 Meter von der Fressgasse gehen können, dachte sich Wülfing, dem die Autos in der engen Gasse fast über die Füße fuhren, aber da brauchen wohl einige ihren großen Auftritt.

Dieser Eindruck verstärkte sich noch, als wieder ein neues Pärchen vorfuhr. Er mit kahlrasiertem Schädel, mindestens 40, in locker geöffnetem Nobel-Jackett, mit im Fitness-Studio durchtrainiertem Körper. Dann kam sie, mit langen, glatten, blonden Haare und einem hübschen Gesicht. Vor allem aber mit einer üppigen Oberweite, die so weit ausgepackt war, dass man gerade die Brustwarzen nicht sehen konnte, aber auch so fest eingepackt, dass die Brüste beim demonstrativ gebückten Aussteigen nicht ganz heraus rutschten. Beide waren offensichtlich im Lokal bekannt und wurden sofort zu einem reservierten Tisch geleitet, wo sie sich unter mehrfachem Vorbeugen umständlich hinsetzte, ihre Haare langwierig ordnete und den ultrakurzen Minirock glatt zog, die neidischen Blicke der anderen Damen und interessierten Blicke der Männer voll auskostend.

„Üppig, üppig. Tante Emmas Milchbar ist nichts dagegen" meinte Elvira, der Herberts intensive Blicke nicht entgangen waren, „Da hat sich einer seine Begleitung gekauft. Wäre die was für dich?"

„Wie alt wird sie sein? Siebzehn?"

„Du wirst es nicht glauben, eher fünfzehn als sechzehn. Ich staune immer wieder, wie körperlich erwachsen und sich ihrer Reize bewusst heute bereits die Mädchen in den achten Klassen oder sogar den siebten sind, auf dem Lande weniger, aber in der Stadt sehr wohl. Da möchte ich oft nicht wissen, wo das Geld für ihre teuren Klamotten her kommt."

„Vater-Tochter dürfte bei den beiden wohl nicht zutreffen. Und den teuren Fummel..."

„... den zahlt natürlich er. Da muss ich an den Jurastudenten denken, der einen Bankierssohn entführte und grausam ermordete, um Geld zu erpressen, mit dem sich sein Schulmädchen in der Goethestraße einkleiden konnte."

„Für einen Studenten ist dieser hier zu alt, seinen Klamotten nach wird er Geld genug haben. Logisch, dass er zahlt. Wohl nicht nur fürs Essen."

Sie saßen noch eine Weile bei ihren Schorlen und spekulierten über die Gäste des Garibaldi´s, während im Club Voltaire eine Band wummernd für ihren abendlichen Auftritt probte. Schließlich war es acht – Zeit fürs Treffen. Elvira zückte mit einem „Mal sehen, wann sie kommt" ihr Handy und wählte die Nummer aus Gyelpos Halsband. Kurz danach griff die junge Blonde in ihre Handtasche und nahm das Handy umständlich heraus, wobei sie ihre glatten, schulterlangen Haare betont in den Nacken warf und beifallsheischend um sich blickte. Ein paar Worte später war es klar – dieses Mädchen war die Person, die sie treffen wollten.

Nachdem sie beim Club Voltaire gezahlt hatten, nahmen sie Gyelpo wieder an die Leine und gingen die paar Schritte zu dem Tisch, an dem die beiden gerade über der Nachspeise – einem überdimensionalen Eisbecher – saßen. Gyelpo lief neugierig vor, schnüffelte einmal kurz an den Beinen der Blonden und kehrte sofort wieder zurück zu Herbert. Ein Kellner brachte schnell zwei Stühle, so dass sie sich an den Tisch setzen konnten.

Die Blonde stellte ihren Begleiter als ihren Freund Ulrich vor, sich selbst als Yvonne. Elvira gab Yvonne die Hand, doch ihr fester Händedruck wurde nur sehr lappig erwidert. Ihr Begleiter Ulrich rückte seinen Stuhl ein wenig vom Tisch ab, als wollte er den Mainzern nicht zu nahe kommen. Herbert und Elvira störte das nicht. Dass sie mit den beiden Frankfurtern nicht zusammen passten, war allen Beteiligten klar. Also wollte Elvira das Geschäftliche möglichst schnell hinter sich bringen.

„Hallo Frau Stiegler, wir wollten Ihnen Gyelpo bringen. Er hat sich zwar beim Unfall leicht verletzt, ist aber jetzt wieder OK. Da freuen Sie sich doch sicher."

„Ja, natürlich" antwortete sie ohne Überzeugung, machte eine Pause und rief unter den Tisch, „komm doch her, Gyelpo!"

Der schaute kurz auf, senkte den Kopf wieder und rührte sich nicht von der Stelle.

„Tja, sie müssen wissen, Marc hat mir den Hund erst vor ein paar Tagen geschenkt. Da kennt er mich natürlich noch nicht."

„Das kann ich verstehen, klar."

„Ja, bestimmt. Sie..." sie zögerte, "... sagten, dass sie noch etwas Wichtiges für mich hätten?"

Herbert und Elvira schauten sich an und dachten dasselbe. Erwartete sie, dass sie Geld mitbringen würden?

„Nun, wir hatten gedacht, dass Sie den Hund vermissen. Jetzt ist er ja wieder da. Wir sind sogar extra beim Tierarzt gewesen. Das hat 180 Euro gekostet, hier haben Sie die Rechnung. Aber jetzt ist er wieder gesund und Sie werden noch viel Freude an ihm haben."

Elvira reichte Yvonne die Rechnung, die sie mit spitzen Fingern an Ulrich weiter reichte. Der studierte sie, zog die Augenbrauen hoch, machte eine kleine Pause und meinte dann:„Tja, es scheint so zu sein, dass der Hund ja lieber bei Ihnen bleiben will. Wissen Sie, Yvonne ist eigentlich nie so recht mit ihm klar gekommen, es war alles eine Idee von Marc."

Er bemerkte die fragenden Blicke von Elvira und Herbert und fuhr fort.

"Marc Stiegler. Der ja leider verunglückte."

Noch eine Pause, dann wandte er sich an Yvonne,

„Wärst du damit einverstanden, den Hund diesem netten Paar aus Mainz zu überlassen? Sie haben sich so gut um ihn gekümmert, da fällt es dir doch sicher nicht so schwer, oder?"

Während er das sagte, taxierte Ulrich genau das Gesicht der beiden Mainzer und erkannte in Elviras Gesicht einen freudigen Funken, während Herbert ausdruckslos schaute. Da wollte er es nicht auf die Spitze treiben und wandte sich erneut an Elvira.

„Er hat viel Geld gekostet, ein echter Rassehund. Aber vielleicht machen wir es einfach so, dass Sie die Tierarzt-Rechnung übernehmen." Wieder eine Kunstpause, dann wandte er sich wieder an Yvonne. „Die Rechnung musst du übrigens sowieso nicht zahlen, aber wir wollen doch den Hund und unsere Besucher glücklich machen, oder?"

Herbert erkannte schnell, dass er es hier mit einem Anwalt zu tun hatte. Solche spitzen, suggestiven Formulierungen waren ihm aus Gerichtsverfahren nur allzu bekannt. Der Hund war den beiden absolut egal, das war klar. Er würde im Tierheim landen und sie würden auf der Tierarzt-Rechnung sitzen bleiben, auch das war klar. Warum also nicht Elvira die Freude machen, die ihn sowieso schon die ganze Zeit hoffnungsvoll von der Seite anschaute? Als er gegen sein inneres Gefühl nickte, strahlte sie.

Im gleichen Moment ertönte „Happy Birthday" von Stevie Wonder aus den im Restaurant angebrachten Lautsprechern. Zwei Tische weiter feierte eine muntere Damenrunde einen Geburtstag, alle Kellner eilten mit einer Geburtstagstorte herbei und küssten die Damen auf die Wangen, das Geburtstagskind unter anerkennendem Gekreische der Tischnachbarinnen und anerkenndem Beifall der übrigen Restaurantgäste sogar auf den Mund. Zeitgleich schrammten gegenüber, im Club

Voltaire, die Gitarren der Band los und erzeugten ein seltsames Klangchaos auf der Gasse.

Herbert und Elvira hatten es plötzlich eilig, schnell wieder nach Hause zu kommen. Dies war nicht mehr ihre Welt, obwohl sie während ihrer Jugend durchaus keine Kinder von Traurigkeit gewesen waren. Sie wollten lieber wieder zurück nach Mainz. Beim Abschied nahm Wülfing noch einmal einen indiskreten Blick in das Yvonn´sche Dekolleté.

„Diese Yvonne scheint sich ja schnell getröstet zu haben", meinte Elvira spitz, als sie mit einem ausgesprochen braven, weil müden, Hund durch die Fressgass zurück schlenderten.

„Sympathisch ist mir dieser Ulrich sicher nicht."

„Yvonne wohl eher. Ich möchte nicht solche Riesenbrüste haben. Du?"

„Man wird ja mal schauen dürfen."

„Sagt dir das Wort Fallschirm etwas?"

„Hast ja recht, ich liebe es so griffig wie bei dir. Außerdem kommt es auf die Frau an, die dazu gehört."

„Das wollte ich auch gemeint haben!"

Er drückte sie kurz und sie hakte sich bei ihm unter. So trotteten sie durch die laue Nacht zurück zu ihrem Auto und fuhren über die Kennedyallee an der Pferderennbahn, dem neuen Waldstadion und dem Flugplatz vorbei nach Hause. Gyelpo schlief im Auto sofort ein und schnarchte mit einer ohrenbetäubenden Intensität.

*

Der Dienstag scheint kein guter Tag zu werden. Das Wetter schlägt langsam um und es wird kälter. Die Pubertäter in der Stressklasse acht sind auch am zweiten Tag nach einem offensichtlich mit Videospielen verbrachten Wochenende nicht zu bändigen. Hatten bisher mehrfach die Jungen Kondome durch die Klasse geworfen, wenn ich ihnen den Rücken zuwandte, um etwas an die Tafel zu schreiben, sind offensichtlich heute einige Mädchen an die Reihe. Sie malen Tampons mit Filzschreibern rot an und bewerfen damit die Jungen, die sie johlend weiter werfen. Da sind die Hormonschübe mal wieder stärker als jede Pädagogik.

Die achten Klassen sind die stressigsten an den Schulen und werden deshalb gern

Neulingen oder Vertretungskräften wie mir zugeordnet – was ich den altgedienten Lehrkräften mit ihrem Dauerstress über viele Jahre nicht einmal verdenken kann. Immerhin habe ich mit den fünften und siebten Klassen viele schöne Erlebnisse, die alles wieder wett machen. Nach der letzten Schulstunde geht es auf der Uni weiter.

Auch heute ist der Gröpaz mal wieder sehr ungnädig, schreit erst Chrissie an, die den Abzug bei einem missglückten Versuch leicht verschmutzt hat: „Sie sind wohl nicht ganz bei Trost! Wollen Sie uns in die Luft sprengen? Noch einmal und ich werfe Sie aus dem Praktikum raus und dann können Sie sehen, wo Sie Ihren Schein machen. Glauben Sie bloß nicht, dass Sie sich einklagen können, das haben schon andere versucht. Und nun machen Sie Ihre Schweinerei weg und zwar dalli. Ich hoffe, Sie haben eine gute Haftpflichtversicherung, sonst zahlen sie es selbst, wenn sie es nicht sauber bekommen."

Anschließend will er sein Mütchen offensichtlich auch an mir kühlen.

„Zeigen Sie mal, was Sie gemacht haben" herrscht er mich von der Seite an. Ich baue gerade zum dritten Mal einen Versuch auf, der bisher weder bei mir noch bei irgend einem der Praktikumskollegen funktioniert hat. Offensichtlich ist die Vorschrift im Praktikumskript fehlerhaft und auch die vom Gröpaz selbst vorgeschlagenen Änderungen bei einer von ihm erfolglos angebaggerten Kommilitonin funktionieren nicht. Eine hat den Versuch gar fünfmal erfolglos durchgeführt, was den Herren Praktikumsleiter dann immerhin zu einer mit einem Minus benoteten Abnahme des Versuchs bewegt hatte. Eine Form pädagogischer Führung, die aus der tiefsten Mottenkiste der militärischen Grundausbildung stammen könnte. Meine Vorstellung, dass man auf der Uni partnerschaftlich Sinnvolles lernen und gemeinsam praxisrelevante Probleme lösen sollte, verfliegt in der Chemie in wenigen Tagen zur Utopie.

„Ich habe den Versuch zweimal durchgeführt, er funktioniert nicht."

„Das ist, weil Sie von Chemie keine Ahnung haben und alles falsch machen" schnauzt er mich an und baut sich mit seiner Fettwampe vor mir auf.

„Die Versuchsvorschrift ist offensichtlich fehlerhaft" entgegne ich ruhig, „sie hat bei keinem Praktikumsteilnehmer funktioniert."

„Das stimmt nicht!" schreit er mir aus zwanzig Zentimeter Entfernung ins Gesicht, während es im Praktikum mucksmäuschenstill wird und die Kommilitonen atemlos auf den Fortgang des Disputs warten.

„Doch, Herr Haiger, ich habe rundgefragt. Zeigen Sie mir doch, was geändert werden muss, damit der Versuch funktioniert. Ich bin doch hier, um zu lernen."

„Das könnte ihnen so passen! Dass er nicht funktioniert, liegt nur an Ihrer Unfähigkeit. Was haben Sie hier überhaupt verloren? Ich hätte Sie gar nicht zum Praktikum zugelassen!"

Aha, deshalb hat er mein Diplom und meine Studienerfahrungen stets als Antiquitäten bezeichnet. Dem Herren Praktikumsleiter passte nicht, dass er sich überhaupt mit jemand beschäftigen soll, der nicht durch seine eigene Knute zum kriechend-dienenden Studenten erzogen wurde. Bei den meisten Praktikumskollegen scheint das gut zu funktionieren. Wie textete Ulrich Roski so schön in "Des Pudels Kern"

Dann werd ich geweckt und zum Major geführt.
Der hat unterdessen meinen Pudel dressiert.
Er macht Männchen, holt das Stöckchen und kuscht,
kurzum, sein Charakter ist völlig verpfuscht.

Haiger steht der Sinn nicht nach Lyrik. Er brüllt in einer Lautstärke weiter, dass es auf dem ganzen Campus zu hören sein müsste:

„Sie halten die Sicherheitsvorschriften nicht ein. Sie sind eine Gefahr für Leib und Leben der Kinder. Ich werde dafür sorgen, dass Sie exmatrikuliert werden!"

Seine feisten Wangen zittern, er läuft knallrot an und ich erwarte, dass er gleich zuschlägt, doch Christel zieht mich schnell zur Seite und raus auf den Gang.

„Lass das, Ronni. Das macht er schon seit Jahren so, alle haben Angst vor ihm, weil sie auch noch zu ihm in die Prüfung müssen. Sei ganz ruhig, es gibt für alles eine Lösung." Sie schaut mich mit ihren großen braunen Augen eindringlich an und als wir kurz danach wieder gemeinsam ins Labor zurück gehen, berühren sich unsere Hände ganz kurz und wie zufällig.

Dieses Verhalten eines Dozenten kann ich so nicht akzeptieren und beende zunächst meinen Praktikumstag, indem ich den Labortisch abräume. Der Gröpaz ist inzwischen in einer anderen Reihe und versucht mit aufgesetzter Fröhlichkeit und ein paar Knallgas-Versuchen die Kommilitonen um sich zu scharen. Die kichern und lachen genauso aufgesetzt wie er und schleimen um die Wette. Meinem Blick weichen sie alle aus, nur Christel arbeitet in sich gekehrt an ihrem Laborplatz weiter.

Ich will direkt den Abteilungsleiter Wendig erreichen, habe aber kein Glück. Die

Tür ist zu, ein Zettel kündet von späterer Wiederkehr. So gönne ich mir in der Zwischenzeit eine Pädagogik-Vorlesung mit dem interessanten Titel „No more Ritalin“ und durchaus kontrovers diskutierten Inhalten.

Danach versuche ich es erneut bei Wendig und habe Glück, denn er ist da, glattgebügelt wie immer, wieder in beige, wenn man von den rehbraunen neuen Halbschuhen absieht. Beige-graue Schuhe wären konsequenter, dann könnte er nahtlos mit den sanitärfarbenen Bodenfliesen verschmelzen. Er begrüßt mich zum Gespräch mit einem so schwammigen Händedruck, dass ich mir schnell die Hand an der Hose abwische, als er nicht hinschaut.

Dann hört er ein paar Minuten zu und unterbricht mich ungeduldig. Ja, er habe bereits Schilderungen des Vorfalls bekommen. Einige Kommilitonen hätten meine Darstellung bestätigt, einige es aber nicht so schlimm gefunden. Allerdings habe sich Herr Haiger sehr über mein „nicht angemessenes“ Verhalten geärgert und verlange eine schriftliche Entschuldigung für mein Verhalten, dann sei er eventuell bereit, über eine Wiederzulassung zum Praktikum mit sich reden zu lassen. Das solle ich mir überlegen oder halt die Uni wechseln, wie das in der Vergangenheit ja schon mehrfach Studenten getan hätten. Ich solle mich halt fügen oder nach Köln oder Landau gehen und dort den Schein machen. Mehr könne und wolle er dazu nicht sagen und ansonsten sei er sehr beschäftigt und müsse ja schließlich seinen Forschungsarbeiten nachgehen. Und dazu müsse er jetzt aufbrechen.

Nach diesem Rauswurf stehe ich wieder da wie vorher und setze mich ins Foyer neben das Foucault´sche Pendel. Wie es unerschütterlich in fortschreitenden Rosetten um seinen Mittelpunkt schwingt, strahlt es eine fast hypnotische Wirkung aus. Ein paar Minuten später verlässt Wendig schnellen Schrittes und ohne mich eines Blickes zu würdigen das Gebäude Richtung Dozentenparkplatz.

Abends rufe ich Christel an. Die kurze Berührung auf dem Flur geht mir nicht aus dem Kopf, sie ist schon eine faszinierende Frau. Wie aber passt ihr Treffen mit Haiger dazu? Stricke ich mir einfach nur ein Wunschbild, weil ich sie so attraktiv finde? Um es heraus zu finden muss ich sie einmal treffen, ganz außerhalb der Uni. Wird sie Zeit dafür haben? Wenn nicht, kann ich meine Hoffnungen wohl begraben. Ein nuschelnder Anrufbeantworter meldet sich.

“Dies ist der Anschluss von Christel. Wer mag, kann mir eine Nachricht hinterlassen. Wer nicht will, lässt es halt bleiben. Sprechen Sie nach dem Ton.”

“Hallo hier ist Ronni. Ich...” In der Leitung knackst es, dann ist sie dran.

“Hallo Ronni. Was gibt es?”

“Wie hast du das Theater im Praktikum empfunden? Magst du mit mir...” ich zögere,” mal darüber reden? Sollen wir uns mal treffen?”

„Du musst halt akzeptieren, Ronni, dass wir zwei die Loser sind. Der hat uns auf dem Kieker, weil wir schon so alt sind und im Experimentellen halt viel falsch machen.“

„Logisch, dass du Fehler machst, wenn du ständig angemotzt wirst. Die anderen sind auch nicht besser, die schleimen nur herum.“

„Und wenn schon. Ich habe noch Besuch und keine Zeit jetzt. Aber vielleicht später. Tschüss, Ronni.“

Sie legt auf.

Das würde ich als glatte Abfuhr bezeichnen, wenn nicht dieses „Aber vielleicht später“ wäre. Oder war das nur eine Beschwichtigungsfloskel ohne Wert? Ich will zwar noch nicht die Hoffnung aufgeben, aber in den nächsten Tagen sind andere Themen angesagt.

So will ich die anderen Herren Professoren für das bereits seit vielen Jahren laufende Treiben des Gröpaz interessieren, werde aber nur hingehalten. Die Fachschaft, von Studenten für die Vertretung studentischer Interessen gewählt, will sich mit meinem Fall ebenfalls nicht beschäftigen. Meine lieben Studienkollegen, auch die, die das Theater im Praktikum miterlebt haben, sagen, Haiger sei schon immer so gewesen und an den persönlichen Eigenheiten könne man halt nichts ändern. Es ist interessant, wie sich in diesem Fachbereich die Studenten willig gleichschalten lassen, wenn sie denn nicht resigniert mit erheblichem Zeit- und Geldverlust das Studienfach wechseln. Wen es betrifft, der duckt sich und wer es hinter sich hat, will sich damit nicht mehr beschäftigen. Irgendwo verständlich, aber auch der Schlüssel zu jahrelang ungestraft praktizierter Willkür.

Die angepassten Studis hoffen vielleicht im Gegensatz zu mir auf die Narrenfreiheit einer Planstelle als Lehrer. Dafür nehmen sie es ganz offen in Kauf, ein paar Jahre auf der Uni dafür zu kriechen und hoffen mit dieser erlernten Technik wohl auch im Referendariat mit seiner willkürlich festgelegten Durchfallquote durchzukommen. Nach meinen Unterrichtserfahrungen ist diese bedingungslose Anpassung allerdings eine Milchmädchenrechnung, die nicht aufgehen wird.

Heute haben die Schüler mehr Mumm als diese Studenten, die mal Lehrer werden wollen. Wie sollen sich diese Weicheier im rauen Schulalltag durchsetzen? Wer so wenig Selbstbewusstsein und Werteverständnis hat und dann noch den Leitwolf mimen soll, den werden die Schüler nicht respektieren. Die haben nämlich ein sicheres Gespür dafür, wie stark oder schwach ihr Gegenüber ist. Und mit Schwachen machen sie, was sie wollen. Da hilft die ganze Pädagogik nicht – sie kann nur dem nützen, der genügend Persönlichkeit hat, sie in einem ständig schwierigeren Umfeld auch umzusetzen. Es ist kein Wunder, dass die psychosomatischen Kliniken voll mit Lehrern sind.

Nachdem die Herren Professoren sich wohl untereinander in meiner Sache abgesprochen, wird mir in den nächsten Tagen bedeutet, dass ich in den Naturwissenschaften nicht auf Unterstützung hoffen kann. Ihre Verpflichtung zur Ausbildung von Lehrern interessiert diese Herren mit ihren fett dotierten Planstellen nicht, sie ziehen sich einfach auf die Freiheit von Forschung und Lehre zurück.

Der Steuerzahler hat diese Freiheit nicht, er zahlt ein horrendes Geld für die Lehrerausbildung, ohne eine ausreichende Anzahl von Lehrern dafür zu bekommen. In vielen Bereichen der Lehrerausbildung wird gemobbt, was der Beamtenstatus her gibt, und auf den Schulen fallen wegen Lehrermangels jede Menge Stunden aus.

Über 50 Prozent Studienabbrecher und –wechsler seien im Lehramt halt üblich und auch in anderen Fachbereichen nichts Ungewöhnliches, bedeutet mir der Dekan und sieht es als einfaches Zahlenspiel. Belegen kann er seine Abbrecherzahlen für die anderen Fachbereiche zwar nicht, aber das interessiert ihn auch nicht wirklich. Und die Gründe dafür, dass ausgerechnet im Fach mit dem höchsten Bedarf die meisten Studienwechsler und -abbrecher sind, auch nicht. Immerhin wolle er, fügt er in verbindlichem Ton hinzu, noch einmal vertrauensvoll mit dem Abteilungsleiter Wendig telefonieren.

Bei Telefonaten in den nächsten Tagen bestätigt sich mein Eindruck aus dem Praktikum: Fast alle meiner Studienkollegen haben einen vollständigen selektiven Gedächtnisschwund erlitten. Die mit einem Lehrer zusammen leben oder aus Lehrerfamilien stammen, sagen mir ganz offen, dass es nicht möglich ist, solche persönliche Willkür zu ändern. Es gibt sogar den Grundsatz, dass im Falle eines Konflikts der nieder gestellte Beamte versetzt wird – die Sachlage ist dabei völlig uninteressant. Das ist praktiziertes Planstellen-Monopoly in den Behörden und Unis: benutze A13, rücke über A14 weiter auf A15 und vermeide auf A16 zu treffen.

Mit Steuergeldern sind über Jahrzehnte wohl behütete Machtstrukturen aufgebaut worden, die jede Reform von oben wie unten gleichermaßen erfolgreich blockieren.

Die wenigen Studienkollegen, die sich bei den Telefonaten noch an die Praktikums-Vorfälle erinnern wollen, will ich nicht bloß stellen. Bei einer offenen Aussage gegen den Gröpaz wäre ihre Karriere als Lehrer wohl beendet, bevor sie begonnen hätte. Doch ein Positives haben die Telefonate - Chrissie ist plötzlich wieder gut drauf und will sich sogar mit mir treffen, um zu beratschlagen. Allerdings wird es Mittwoch der folgenden Woche werden, da sie noch an einem Wochenend-Seminar mit einer Selbsterfahrungsgruppe teilnehmen will.

*

Die letzten Arbeiten stehen an - an allen Schulen drängeln sich vor den Ferien die Stresstermine, damit die Lehrkräfte genug Zeit fürs Korrigieren haben. Bei mir sind es Mathe und Englisch in meiner netten siebten Klasse, Nina lässt mit einem guten Gefühl ihre Klassen schreiben, doch Jens macht sich Sorgen um seine Hauptschüler. Jens fragt sich völlig zu recht, warum deutsche Kinder auf der Hauptschule lernen sollen, Satzkonstruktionen in ihrer Muttersprache mit lateinischen Ausdrücken zu belegen? Und was sollen Kinder ausländischer Mitbürger, auf den Hauptschulen längst in der Mehrheit, damit anfangen?

So sitzt Jens nachmittags voller Sorge neben mir im Pädagogik-Seminar mit dem beziehungsreichen Titel "No more Ritalin", einem Medikament, das ADS-Kinder schultauglich machen soll. Ist also erst einmal das Aufmerksamkeits-Defizit-Syndrom diagnostiziert, kann man mit ein paar Pillen die Schulprobleme bewältigen, meinen manche Eltern. Die Rolling Stones haben das ja schon vor vielen Jahren in "Mothers Little Helper" treffend beschrieben.

Christel dagegen ist blendend drauf, bringt einen Beitrag nach dem anderen und unterbricht ständig andere, wenn diese etwas sagen wollen. Als ich sie nach dem Seminar darauf anspreche, dass sie sich nicht zurückhalten kann, sagt sie, sie hätte keine Zeit. Schließlich geht sie aber dann doch mit auf einen Espresso in das neue ReWi-Gebäude.

Wo früher die Baracken der Lehrwerkstatt standen, residieren jetzt die Rechtswissenschaften hinter großen Glasfassaden mit einer gut frequentierten Cafeteria im Erdgeschoss. Christel sieht wieder hinreißend aus, ihre Haare umschmeicheln das schmale Gesicht mit den großen Augen. Sie trägt keinen BH und selbstsicher streckt sie sich im Stuhl nach hinten, so dass sich ihre kleinen

Brüste durch das weiße T-Shirt hindurch abzeichnen. Ich kann meine Augen nicht von ihr wenden, was sie natürlich bemerkt. Es muss himmlisch sein, sie zu küssen, durch ihre Haare zu wühlen, über ihre Brüste zu streicheln, sie zu riechen ...

“Kann es sein, dass du etwas von mir willst?”

Sie reißt mich aus meinen Träumen.

“Du scheinst ja ziemlich mitgenommen zu sein.”

“Die Schule ...”

“Ach was, so schlimm ist das auch nicht. Dir geht es doch gut, oder?”

“Ja, schon ...”

“Na also” stellt sie mit einem Ton fest, der keinen Widerspruch duldet, “warum ziehst du also so ein Gesicht im Seminar? Das wirkt nicht sehr attraktiv, weißt du?”

“Ich bin halt nicht immer so gut drauf ...”

“... weil du deine Ziele nicht zielstrebig genug verfolgst. Also willst du mit mir schlafen?”

“Ja, aber ...”

Mir verschlägt es die Sprache.

“Nichts aber - nächste Woche Mittwoch habe ich Zeit. Ich rufe dich an.”

Sie stürzt ihren Espresso hinunter, drückt mir einen Kuss auf die Wange und lässt mich verdattert zurück. Ich brauche noch einen weiteren Espresso und laufe danach ziellos durch die Uni. Auch im Botanischen Garten finde ich keine Ruhe und so fahre ich zum Rhein. Nahe der Grünen Brücke stöbere ich zerstreut durch die offene Bücherei, einen Glasschrank am Feldbergplatz, in den jeder Bücher einstellen und ausleihen kann.

Ganz automatisch gehe ich den Rhein hinauf, immer weiter, vorbei am Schloss, der Theodor-Heuss-Brücke, den Anlegstellen der Ausflugsschiffe, dem Fort Malakoff und überquere über die Drehbrücke die Zufahrt zum Winterhafen. Der Biergarten an der Hafenspitze ist voll besetzt, auf den Bänken die typische Mainzer Mischung von jung bis alt vor Spundekäs mit Brezeln oder Pommes rotweiß, Bier und Wein. Ich gehe weiter, vorbei an Paaren und Gruppen, die auf den Rasenflächen picknicken und setze mich schließlich auf eine zum Rhein führende Steintreppe. Die Weisenauer Eisenbahnbrücke schiebt einen Riegel vor den Blick rheinauf, das strömende Wasser zieht meinen Blick magisch auf sich, die Gedanken flirren in meinem Kopf.

Was ist mit Chrissie? Einerseits das himmlische Angebot, mit ihr zu schlafen, andererseits in einer Weise formuliert, die meine feinen Traumbilder in Fetzen gerissen hat, so dass fast nur noch der Wunsch nach Sex hindurch schimmert. Ein verlockender Wunsch mit dieser schönen Frau, keine Frage. Und doch will ich mehr, mehr Nähe, mehr Zärtlichkeit. Aber das wird schon noch kommen, sage ich mir, und selbst wenn es sonst nichts werden sollte, habe ich wenigstens einmal mit dieser Frau geschlafen, sie berührt, sie gespürt, ein Erlebnis, dass ich sicher nie vergessen werde. Oder wird es doch mehr? Vielleicht ist sie ja nur sprunghaft?

Ich sitze noch da, bis es dunkel wird und wandere dann langsam zurück zum Auto. Mit jedem Schritt werde ich sicherer, dass Christel die Frau für mich ist, dass wir uns regelrecht auffressen werden, die Finger nicht mehr voneinander lassen können wie es damals mit Jana war. Ich sauge die Lichter, die Geräusche und die Bewegungen der lauen Nacht in mich auf. Auf der anderen Rheinseite beginnt das Open Air Kino an der Reduit mit seiner Vorstellung und die Lichter der Peter van Aemstel, des Restaurant-Schiffs an der Theodor-Heuss-Brücke, schwanken leicht in der Strömung. Am Rathaus sehe ich vor mir einen Mann und eine Frau laufen, die mich an irgend jemand erinnern. Er legt den Arm um sie und sie lässt ihn gewähren, bis sie links in die Brasserie des Hilton abbiegen. Wie das Licht des Eingangs auf sie fällt, kann ich sie beide schlagartig erkennen: Es sind Haiger - und Christel. Schon wieder - da muss doch etwas sein!

*

Nach dem Schock vom Vorabend sitze ich wie betäubt vor meinen Klassen und bin nur froh, dass ich heute von der ersten bis zur vierten Stunde eine Arbeit nach der anderen schreiben lasse. Diese Stunden sind die ruhigsten in der Schule, die Kinder arbeiten konzentriert oder sitzen verzweifelt vor ihren Aufgabenblättern. Nach zwanzig Minuten wissen viele nicht mehr weiter und fangen an zu pfuschen, Blätter hin und her zu schieben, im Glauben, der Lehrer sähe es nicht. Natürlich sehe ich es, genauso, wie es die Dozenten sehen, wenn wir Studenten pfuschen. Doch wenn es nicht zu offensichtlich geschieht, lässt man es geschehen und unterläuft so in stillschweigendem gegenseitigem Einverständnis die deutsche Prüfungsmanie. Mir ist es lieber, wenn meine Schüler mich als die Mitschüler fragen, denn allzu oft wird falsch abgeschrieben. In einer solchen Kooperation liegt viel mehr Lerneffekt als in diesem ganzen Prüfungsstress, der realitätsfern von oben verordnet und gegen eigene Überzeugung unten praktiziert werden muss.

Mit vier Stapeln Klassenarbeitsheften, insgesamt weit über hundert, geht es zunächst noch einmal in ein Didaktik-Seminar und dann in ein arbeitsreiches Wochenende. Ich habe noch Glück, denn Mathematik lässt sich schneller als Deutsch korrigieren . Da bin auf die Erfahrungen von Jens gespannt, der gerade eine Grammatikarbeit hatte schreiben lassen. Doch als ich auf die Uni komme, finde ich ihn erstaunlicherweise entspannt in der Cafeteria sitzen und gut gelaunt eine ganze Gruppe meiner Kommilitonen unterhalten. Chrissie ist diesmal nicht darunter.

“Hallo Ronni” begrüßt Jens mich, “sag mal, wie sieht eigentlich Viagra aus? Wenn man die Pillen aufbricht?”

“Woher soll ich das wissen?” antworte ich ziemlich perplex.

“Ja, woher auch? Du nimmst auch immer die ganze Pille, oder?”

Unter lautem Gegröle der anderen erfahre ich, dass Jens schon nach der zweiten Stunde frei hatte und seine gute Laune zu einem großen Teil eher Galgenhumor ist, denn es hatte an seiner Schule einen Bombenalarm gegeben.

Jemand hatte kurz nach Beginn der ersten Stunde bei der Feuerwehr angerufen und damit gedroht, die Schule um halb zwölf in die Luft zu sprengen - passend zu den für diesen Tag geplanten Klassenarbeiten. Verlangt wurden 100.000 Euro, an einem Briefkasten in der Nähe zu deponieren.

Und so lief alles nach Alarmplan ab - die Klassen wurden auf Vollzähligkeit geprüft, auf dem Sportplatz gesammelt und die Schüler dann nach Hause geschickt. Die meisten hatten den Alarm mit ausgelassenem Jubel begrüßt, einige Mädchen hatten aber auch Angst. Danach waren alle Lehrer wieder zurück gegangen und hatten mit einem 15-Mann-Team der Kripo alle Räume auf verdächtige Gegenstände untersucht. Dummerweise hatte die Müllabfuhr an diesem Morgen bereits den Container auf dem Schulhof geleert, wo möglicherweise ja auch eine Bombe versteckt gewesen sein konnte. So musste auch dieser Müllwagen auf seinem Weg in die Müllverbrennungsanlage am Industriehafen zu einer offenen Deponie umgeleitet werden. Natürlich hatte sich niemand am Briefkasten eingefunden. Die Kosten für die ganze Aktion hatten sicher mehrere zehntausend Euro betragen, die der Verursacher würde zahlen müssen. Oder seine Eltern.

“Und wer war´s?” frage ich ihn, “Ein Schüler, der die Arbeit nicht schreiben wollte?”

“Kann man noch nicht sagen, aber die Kripo ist sicher, dass sie ihn bald haben. Die technischen Möglichkeiten sind heute enorm - bis hin zum Stimmenvergleich.

Und wie lief´s bei dir?"

"Business as usual."

"Dann hast du wenigstens keine Langeweile am Wochenende. Kann es sein, dass du ein Date hast?"

Offensichtlich waren meine Bemühungen um Christel nicht unbemerkt geblieben, doch ich winkte nur müde ab.

*

Es war kurz vor Mitternacht und neblig. Der Neumond gab kaum Licht und die feuchte Luft saugte das Neonlicht der Campusbeleuchtung fast vollständig in sich auf, so dass außer einem Leuchtkranz um die Lampen der Boden nahezu dunkel blieb. Die feuchte Luft transportierte den Geruch der auf dem Boden vermodernden Blätter durch die Nacht.

Von draußen fielen nur wenige Quanten Licht durch die Glasfassade in die Abteilung für imperative Chemiepädagogik, das im dritten Stock des Instituts für angewandte Umweltphysik, imperative Lingualiteration, Bioredundanz und Ökotrophologie lag. Der Fahrstuhl fuhr vom Erdgeschoss nach oben. Er bewegte sich etwas langsamer als sonst die Stockwerke hinauf, offensichtlich hatte er schwere Last zu tragen.

Schließlich verließ ein Mann im dritten Stock den Fahrstuhl und schwere Schritte hallten durch den Flur. Achtlos ging er an der Aufhängung des Foucault´schen Pendels vorbei, dessen schwere Eisenkugel im unerschütterlichem Rhythmus über Tag und Nacht im Erdgeschoss schwang, aufgehängt an einem dünnen Stahlseil, dass von der Dachkonstruktion über vier Stockwerke lief. Eine elektronische Vorrichtung der Technischen Universität Berlin sorgte durch gezielte Anregung dafür, dass das Pendel stets gleichförmig schwang und nicht von der Rosette in eine Ellipsenbewegung wechselte.

Neonleuchten flammten auf und erhellten den Steinfußboden und die nackten Betonwände mit diesem stromsparenden, gelblich-grünlichen Licht, das alles so tot erscheinen und selbst lebendige, rote Farben zu einem tristen Grau degenerieren lässt. An einer Betonsäule prangte das Bild einer grasenden Kuh mit dem sinnigen Spruch: „Herr lass Gras wachsen! Die Zahl der Rindviecher wird ständig größer." Am schwarzen Brett hingen Mitteilungen des Instituts zur Studienordnung, Sondererlasse oder Prüfungsergebnisse, mitunter mit herablassenden

Kommentaren des Dozenten versehen waren wie „Wann kapieren Sie denn endlich, dass ...“.

Doch das alles interessierte den massigen Mann mit noch vollem schwarzem Haar und rechteckig gestutzen Schnauzer nicht, der zielstrebig eine Labortür ansteuerte, vor der er schnaufend stehen blieb. Sein quietschgelb-grünes Hawaiihemd spannte über seiner beträchtlichen Wampe und überdeckte die Stelle, wo er seine schwarze Stretchkordhose unter den Bauch geklemmt haben musste. Die von der Anstrengung der wenigen Schritte geröteten feisten Backen verrieten mangelnde körperliche Betätigung; ohne Fahrstuhl wäre er kaum in den dritten Stock gekommen.

Ein Schlüsselbund klimperte und dann drehte sich der Schlüssel im leichtgängigen Schloss. Es roch süßlich und leicht abgestanden in dem Geräteraum, obwohl das Fenster geöffnet war. Nachdem er das Licht eingeschaltet hatte, ging er zu einem kleinen Laborschrank mit Bechergläsern, Messzylindern und anderen Glasgeräten. Er schob einige direkt hinter der Schranktür stehende Behälter zur Seite, entnahm eine etwa 20 Zentimeter durchmessende Glasschale und stellte sie auf einen daneben stehenden Rolltisch. Mit einem breiten Spatel kratzte er dann sorgfältig eine fast durchsichtige Substanz heraus, die er in einen kleinen Kunststoffbeutel füllte.

Er war so beschäftigt mit seiner Arbeit, dass er erschrak, als er plötzlich das Geräusch eines laufenden Wasserhahns vernahm.

Ein plötzliches Rauschen, dem ein ebenso plötzliches Ende folgte, typisch für moderne Einhebelmischer. Wer war noch im Gebäude? Hektisch überlegte er, doch er konnte sich niemand vorstellen, der um diese Zeit noch im Institut zu tun hatte. Es musste jedenfalls jemand sein, der den Institutsschlüssel hatte. Oder hatte er bei seinem Kommen vergessen, die Eingangstür zum Gebäude hinter sich zu schließen?

Er fühlte sich umso unwohler, je länger er darüber nachdachte. Schnell kratzte er die letzten Reste aus der Schale in seinen Beutel und ging gerade zur Tür, als er bemerkte, dass das durch den Türspalt fallende Flurlicht ausgegangen war. Eine schwere Tür fiel ganz in der Nähe ins Schloss, ein paar Schritte, wieder Stille. Sein Herz pochte wild. Mit einem entschlossenen Ruck öffnete er die Labortür und schaute nach links und rechts, doch im Gang war niemand zu sehen. Mit zwei schnellen Schritten trat er auf die gegenüber liegende Seite des Ganges und drückte den Lichtschalter, doch das Licht ging nicht an. Stattdessen fiel hinter ihm die Tür zum Geräteraum ins Schloss und damit war auch diese Lichtquelle versiegt, er stand im Dunkeln.

Bis zum Fahrstuhl waren es nur ein paar Meter, die fand er auch so. Aber wer war noch im Gebäude, auf diesem Stockwerk? Ihm wurde kurz schwindlig und Schweiß rann seinen Nacken herunter, als er sich nach rechts wandte, die Hände ausgestreckt, um nicht mit der Glastür im Flur zu kollidieren. Sieben Schritte, dann fühlte er sie schon, er drückte sie auf. Noch vier Schritte bis zum Fahrstuhl, dessen weißlich beleuchteter Schalter mit einem beruhigenden Grün auf seinen Druck reagierte. Die Ziffer der darüber befindlichen Stockwerksanzeige zeigte 0. Wie konnte das sein? Er war in den dritten Stock gefahren - wieso leuchtete das Erdgeschoss auf?

Doch der Fahrstuhl produzierte beruhigende Geräusche, als er sich in Bewegung setzte. Erst ein „Klack", dann ein leichtes Summen, schließlich das schleifende Fahrgeräusch, das von den im Fahrstuhlschacht hängenden Versorgungsleitungen kommt. Dennoch wechselten die Ziffern nur mit unerträglicher Trägheit. Die 1 für den ersten Stock kam in einem Zeitlupentempo, das ihn zunächst daran zweifeln ließ, ob ihn seine Sinne nicht täuschten, die ihm doch so deutlich mitgeteilt hatten, dass dieser Fahrstuhl fahren würde. Dann die 2. Freundlich rötlich lächelnd, doch irgendwie schien sie zu verschwimmen und nur in Zeitlupe aufs Display zu kriechen. Seine Augen fixierten die rote Ziffer, als könnten sie die Zahlenfolge beschleunigen, die die Verbindung zur Außenwelt darstellte. Den Weg über die Treppe, den er sonst aus Bequemlichkeit scheute, wollte er in der Dunkelheit erst recht nicht riskieren. Endlich die 3, doch ihm ging es immer schlechter. Er griff zum Geländer, das die Galerie zum Pendel absicherte und stützte sich ab. Auch ein automatischer Griff zum offenen Hemdkragen brachte keine Linderung. Schwer atmend wartete er auf das Öffnen der Fahrstuhltür.

„Haiger!"

Eine hohe, schrille Stimme durchschnitt die Stille, ein irres Lachen ertönte und der schwere Mann drehte sich erschrocken um. Ein Knall ertönte und der massige Körper sackte übergangslos in sich zusammen und vornüber zum Treppenauge hin. Dort blieb er regungslos liegen, bis er durch nachdrückliches Schieben und einen abschließenden kräftigen Tritt über die Kante rutschte. Etwas über eine Sekunde später hatte die Schwerkraft ihre Arbeit getan und das Blut spritzte, als der Körper auf dem Pendelring auftraf, der Kopf genau in der Mitte. Das Pendel war zum Zeitpunkt des Aufpralls gerade in seiner maximalen Auslenkung. Als die schwere Kugel zurück schwang, traf sie den Kopf mit beträchtlicher Wucht. Knochen knackten und die chromglänzende Eisenkugel blieb mit einem dumpfen Geräusch stecken.

*

Herbert Wülfing hatte eine Horrornacht hinter sich. Am Sonntag hatte sich Gyelpo beim Grillen ein scharf gewürztes Stück Fleisch vom Grill stibitzt und auf der Flucht vor seinen Häschern überstürzt herunter geschlungen. Anschließend war es ihm zunächst gut gegangen, sah man davon ab, dass er einen ganzen Eimer Wasser geschlabbert und sein Magen merkwürdige Geräusche von sich gegeben hatte. Immerhin hatte er nicht erbrochen und war vom Herumtoben so müde gewesen, dass er sich in seinem Pappkarton im Flur nur einmal umdrehte, um sich dann mit einem Seufzer fallen zu lassen und fast augenblicklich einzuschlafen.

Dort schnarchte er allerdings so laut, dass an ein Einschlafen nicht zu denken war. Draußen kühlte es kaum ab, so dass das offene Fenster auch keine rechte Erleichterung brachte. Danach hielt ihn eine Stechmücke mit ihrem widerlich hohen Summen wach. Als er sie endlich erlegt hatte, ohne Elvira aufzuwecken, fand er in einen unruhigen Schlaf und träumte von Hunden, die mit einem brummenden Geräusch durch die Römerpassage flogen und zwischen Buch Habel und dem Isis-Tempel nichtsahnende Passanten überfallartig mit ihrer riesigen, schleimigen Zunge abschleckten.

Entsprechend schlecht gelaunt kam Herbert am Morgen ins Büro, wo sein Kollege ihn mit dem nächsten Fall und einer besorgten Miene erwartete.

„Gerade eben kam ein Anruf von der Uni. Der Hausmeister, ein Herr Stumpen, fand heute morgen eine Leiche. Nach seiner Schilderung der Fundsituation ist ein Unfall möglich, aber auch Selbstmord oder Mord? Die Spurensicherung ist schon unterwegs. Wir sollten auch so schnell wie möglich hin."

„Wieso?"

„Eine interessante Lage mit viel Publikumsverkehr – Welderweg 15."

„Kenne ich nicht – jetzt mach es nicht so spannend." Wülfing´s Laune war ohnehin auf dem Tiefpunkt und jetzt musste ihn Hajo auch noch auf die Folter spannen. Seine Nackenhaare richteten sich auf.

„Das ist mitten in der Uni" verkündete Hajo frohgelaunt und warf sich seine Jacke über die Schulter, „immerhin haben wir keine Parkplatzsorgen."

Widerwillig dackelte der Hauptkommissar seinem jungen Kollegen hinterher, seine schlechte Laune wie eine dumpfe Wolke hinter sich her schleppend. Im Auto erzählte Hajo ihm, was er wusste. Welderweg 15 war ein Altbau der Uni und gehörte zur Chemie. Offensichtlich hatte der Hausmeister die Leiche gefunden, kurz vor acht, als er das Gebäude aufschloss und, nachdem er das der Polizei gemeldet hatte, auf deren Bitte sofort wieder abschloss. Warum hatte er so spät aufgeschlossen? Die Fragen würden sich bald klären. Hajo fuhr am Biertunnel und Taubertsbergbad hoch zur Uni. Die Hinweisschilder führten ihn zuverlässig zum Eingang am Dahlheimer Weg, die Bremsbarrieren vor der Einfahrt ebenso zuverlässig zu einem kräftigen Bremsmanöver mit scharfem Seitenblick seines übernächtigten Kollegen.

Auch in der Uni ging das so weiter – keine Kreuzung ohne Barrieren. Erst an den seelenlosen Neubauten vorbei, dann eine links-rechts-Kombination, die Herbert gar nicht gefiel.

„Da sind wir!" Flott steuerte Hajo den Wagen in die nächste Parklücke – die Autos von der Spurensicherung waren schon da, ein Rettungswagen parkte mit offener Hecktür auf der Sperrfläche direkt vor der Treppe. Das weiße Gebäude sah aus wie zum Abriss vorgesehen, dann aber vergessen. Auf beiden Seiten schlossen sich große Abbruchflächen an und an den seitlichen Fassaden zeigten unverputzte Abschnitte die Querschnitte sich ehemals anschließender Gebäude.

Wie ein abgestorbener Baum, dem schon die Äste abgesägt wurden, dachte sich Herbert, als sie die Treppe hoch zur großen gläsernen Tür gingen. Wenn da nicht diese neuen, weiß strahlenden Schilder gewesen wären:

Institut für angewandte Umweltphysik, imperative Lingualiteration, Bioredundanz und Ökotrophologie.

Und direkt darunter ein kleineres Schild

„Zytolab. Institut für Genuntersuchungen."

Hier war also neues Leben in ein altes Gebäude eingezogen. Und ein Leben war offensichtlich ausgelöscht worden. Der Hausmeister Stumpen, ein etwa vierzig Jahre alter, hagerer Mann in grauem Arbeitskittel mit sympathischen Augen und einem dunklen Oberlippenbart, wollte sie zuerst nicht einlassen, weil die beiden nicht unbedingt nach Polizei aussahen, aber das tun Kripobeamte auf den ersten Blick gewöhnlich ohnehin nicht. Da ist Schlabberlook recht häufig, aber auch durchgestylte Krawattenträger mit teurer Uhr am Handgelenk gibt es durchaus. Insgesamt dürfte der Lederjacken-Anteil gegenüber der Normalbevölkerung deutlich überhöht sein. Ein deutlicheres Kennzeichen ist der stets gespannte, konzentrierte Gesichtsausdruck, der mit dem stressigen Job zusammen hängt.

Stumpen genügten die Dienstausweise, um die beiden vom Valenciaplatz eintreten zu lassen. Zu sehen war zunächst nicht viel, lediglich zwei Sanitäter, die mit ihrer Trage die Treppe herunter gingen. Ein Stahlseil führte im Treppenauge leicht durchhängend vom Untergeschoss nach oben führte oder umgekehrt – wie man will.

Wülfing und Hessinger traten ans Brüstungsgeländer vor und schauten nach unten. Dort machten sich Sanitäter an einer leblosen Person zu schaffen, die etwa in der Mitte auf einer Art Podest lag, argwöhnisch beäugt von den Spurensicherern. Daneben nahm die geschwungene, freitragende Treppe ihren Anfang, die nach oben führte. Auf allen im Blickfeld liegenden Etagen gingen Türen seitlich ab, der Boden war mit altersgrauen Fliesen belegt. Unzweifelhaft dominierte aber das Pendel die Szene. Seine schwere Metallkugel hing an dem Stahlseil, das mit mehreren Kabelbindern seitlich ans Treppengeländer gebunden worden war. An der sonst silbrig glänzenden Oberfläche waren bereits auf den ersten Blick dunkle Spuren zu erkennen, die gerade von der Spurensicherung aufgenommen wurden. War es Blut?

Inzwischen hatten die Sanitäter den schweren Körper, bei dem bereits die Totenstarre eingesetzt hatte, auf eine Bahre bugsiert und Wülfing und Hajo konnten einen genaueren Blick darauf werfen.

Ein fetter, geradezu feister Mann, mit einem quietschgelb-grünen Hawaii-Hemd und Kordhose im XXXL-Format. Wülfing schaute an sich herunter und war beruhigt. So dick wie der war er sicher nicht, aber die Kordhosen-Analogie gab ihm zu denken und er beschloss, bei Gelegenheit nach Alternativen zu suchen. Die Hose des Toten wurde von auffälligen, roten Hosenträgern gehalten. Die Schuhe waren sauber und stark ausgetreten. Im aufgeschwemmten Gesicht mit hängenden Wangen bildete ein kurzer, schwarzer Schnauzer einen deplatziert wirkenden Kontrapunkt. Die Augen waren schon geschlossen worden, aber die Kollegen von der Spurensicherung hatten bestimmt Fotos gemacht, auf denen die Augen selbst zu erkennen waren.

„Habt ihr schon etwas über die Identität des Toten?“ sprach Hajo den nächsten Kollegen an, der gerade die große Stahlkugel auf Fingerabdrücke untersuchte.

„Der Hausmeister hat ihn schon ein paar Mal hier gesehen, kennt ihn aber nicht persönlich. Er muss sich schließlich noch um einige andere Gebäude kümmern. Aber hier ist etwas.“

Er hielt einen Sicherheitsschlüssel mit einem roten, neuen Markierungsring in einer Kunststoff-Tüte hoch.

„Haben wir aus der Hose des Toten. Es ist ein Nachschlüssel von einem Schlüssel-Schnelldienst. Vielleicht passt er auf eine der Türen hier. Abdrücke haben wir schon genommen, aber ...“

„... weiß schon. Danke, Kollege."

Hajo nahm den Schlüssel und zeigte ihn dem Hausmeister, der auch den Markierungsring nicht kannte. Immerhin ähnelten Bart und Schlüsselprofil dem Hausmeister-Schlüssel für diesen Bau. Mit dieser beruhigenden Bestätigung öffnete Hessinger die Tüte, ließ nur den Bart aus der Tüte herausragen und schritt die Türen im Untergeschoss ab. Er passte nicht, eine Etage höher, im Erdgeschoss, auch nicht. Hier war eine Glastür, hinter der ein Gang weiter führte, offen.

„Das ist der Verbindungsgang rüber zum Becherweg 22" erklärte der Hausmeister. „Noch mehr Labors, aber vor allem von Studenten viel genutzter Durchgang zum Hörsaal 22 der Chemie. Die müssen jetzt halt außen rum laufen."

„Wir sollten zunächst hier bleiben und die anderen Stockwerke kontrollieren" wandte sich Hajo zu Herbert und der nickte.

„Geh du nach oben, ich sehe mich im Keller genauer um."

Der Oberkommissar ging mit dem Stumpen im Schlepptau gemächlich die geschwungene Treppe zum ersten Stock hoch und versuchte sich alle Einzelheiten einzuprägen. Auf dem blank gewienerten Linoleum-Fußboden ging er alle Türen ab, wieder erfolglos. Ein klobiger, blau lackierter Tresor auf dem Gang erregte seine Aufmerksamkeit, doch der Hausmeister beschied ihm, dass der zu einem längst emeritierten Professor beziehungsweise der Verwaltung gehörte und ein Schlüssel dafür nicht mehr aufzutreiben sei. Man hätte nur wegen der Kosten den Abtransport bisher gescheut, weil der Fahrstuhl vom TÜV nicht mehr für so hohe Lasten zugelassen worden sei. Schließlich wiege das Monster des Typs Bode Panzer etwa 500 Kilo.

Im zweiten Stock endete die zentrale Treppe, einige Tische und Geräte standen auf dem Gang herum. Auch hier passte der Schlüssel auf keine Tür, auch nicht auf die Schlösser der Einbauschränke.

„Da ziehen jetzt ein paar neue, kleine Labors und Unternehmen zur Miete ein oder sind schon drin" erläuterte der Hausmeister, als Hajo ihn fragend anschaute. „Noch eine Etage höher wird noch renoviert, der Aufgang ist hier an der Seite."

Der Hausmeister ging voraus, eine enge, steile Treppe hoch, die sie in die letzte Etage mit einer niedrigeren Raumhöhe führte. Direkt darüber war das Dach mit seinen eingelassenen, großen Oberlichtern - und mit der aufwändigen Aufhängung des Pendels. Das Stahlseil war unter dem Gewicht der verchromten Stahlkugel straff gespannt und federte, wenn man sie anhob und wieder los ließ. Nach dem Abtransport der Leiche in die Gerichtsmedizin und der Abnahme der forensischen

Spuren durch die Spurensicherung hing das Pendel wieder in seiner normalen Position, war aber vom Hausmeister noch nicht wieder eingeschaltet worden. Hajo Hessinger bat den Hausmeister, wieder ins Erdgeschoss zurück zu gehen, um eventuell seinem Kollegen Herbert befindlich zu sein. Er wollte sich ungestört ein Bild machen. Nachdenklich wog er den Sicherheitsschlüssel in der Hand.

Zwar war er kein Crash-Experte, aber der Zustand der Leiche ließ auf einen Fall mindestens aus der zweiten, vielleicht auch dritten Etage schließen. Die Kollegen von der Spurensicherung waren gerade ein Stockwerk unter ihm zugange und untersuchten das Treppengeländer. Hatte sich der Tote selbst umbringen wollten? Dann wäre das eine unsichere Möglichkeit gewesen. Einen Sturz aus der zweiten Etage kann man durchaus – wenn auch schwer verletzt – überleben. Ab der dritten Etage ist die Chance nur noch minimal. Acht Meter Fallhöhe oder mehr sind absolut lebensgefährlich, vor allem, wenn man mit dem Kopf zuerst aufschlägt. Aber selbst wenn nicht – ein Genickbruch sowie schwere innere Verletzungen, Blutungen und Knochenbrüche sind in diesen Fällen häufig.

Dieser Mann hier war definitiv tot. Ob er sich umbringen wollte? Vielleicht. Ob jemand den schweren Körper über das Geländer gewuchtet haben sollte? Nicht unmöglich, aber nicht sehr wahrscheinlich. Es wäre sicher einfacher, ihn durch die Geländerstäbe zu schieben. Die standen dafür im zweiten Stock aber zu eng zusammen. Hier, in der dritten Etage, war der Abstand der Geländerstäbe groß genug, er entsprach in der baulichen Auslegung nicht den anderen Etagen, war deutlich weiter.

Früher waren hier Werkstätten und Labors gewesen, nach dem zweiten Weltkrieg rasch errichtet, hatte der Hausmeister erklärt. Deshalb auch die im Vergleich zu den anderen Etagen geringere Deckenhöhe und die engeren Gänge. Die Lehramts-Ausbildung mit den Dozenten befinde sich auf der anderen Seite des Gebäudes.

Der Schlüssel ... würde er hier passen? Er sah sich um. Frisch gestrichene Wände, ein gefegter Boden, keine Abnutzungsspuren. Irgend etwas störte ihn an dieser Idylle mit gräulich-glattem Linoleum am Boden und weißem Weiß an Wänden und Decken. Prüfend ging er in die Hocke, trat einen Schritt zur Seite und ließ seinen Blick über den Fußboden schweifen. Die Sonne warf ihr gleißendes Licht durch die großen Oberlichter im Dach seitlich von ihm und ließ alle Einzelheiten des Fußbodens deutlich hervortreten. Eine feine, weißliche Staubschicht überzog den größten Teil des Linoleums, aber einige Stellen und der hintere Teil des Flures schienen wie gewischt staubfrei.

Noch etwas fiel ihm auf, ohne dass er es zunächst benennen konnte. Er ließ seinen

Blick im Stockwerk umher wandern und kam dann wieder zu seiner „Grundeinstellung“ zurück. Da war es! Etwa zwei Meter vor ihm lag ein undefinierbares, verkrumpeltes Stück gelblicher Kunststoff, das auch definitiv nicht hierher gehörte. Er musste die Spurensicherung vorlassen und die Türenkontrolle auf später verschieben. Als der Oberkommissar wieder nach unten ging, kam ihm bereits der erste Kollege entgegen.

Im Erdgeschoss wartete Herbert mit mäßig interessierter Miene auf Hajo.

„Passt der Schlüssel?“

„Wenn überhaupt, nur im obersten Geschoss. Und da müssen erst einmal die Kollegen den Boden unter die Lupe nehmen.“

„Fußspuren?“

„Könnte sein, vielleicht auch Schleifspuren. Und noch so ein gelbliches Stück weicher Kunststoff, das nicht da hingehört.“

„Von einem Luftballon?“ Wülfing hielt einen Kunststoff-Beutel hoch, dessen Inhalt eine große Ähnlichkeit mit dem von Hessinger gefundenen gelblichen Kunststoff-Fetzen hatte.

„Ja genau, jetzt kann ich es auch erkennen.“

„Die Reste eines Luftballons. Je nachdem, wie die Hülle beim Platzen reißt, fliegen die Teile durchaus mehrere Meter in der Gegend herum. Und außerdem ...“

„... werden Luftballons meist mit dem Mund aufgeblasen. Auch wenn es hier viele Gasflaschen im Gebäude gibt – üblich ist der Mund. Eine gute Chance für Zweipfennig mit seinen Genanalysen.“

„Da haben wir etwas“ stimmte Hajo zu, „aber ich glaube, bis die Kollegen unterm Dach fertig sind, brauchst du noch etwas Anregendes. Du siehst immer noch aus wie eine Schlaftablette.“

Sie holten sich in der Philfak, dem Gebäude der Philosophischen Fakultät, noch einen Kaffee und verbrannten sich an den hauchdünnen Kunststoff-Bechern fast die Hände. Von den Studenten wurden sie nicht weiter beachtet, als sie den Fall diskutierten. Immer noch schien alles möglich: Unfall, Selbstmord und Mord. Welche Rolle hatte der Ballon dabei gespielt? Auch wenn die Sturzverletzungen möglicherweise tödlich gewesen waren – die Gerichtsmedizin würde es genau sagen können - was war die Ursache für den Sturz gewesen? Und was hatte der Tote eigentlich allein am Wochenende in der Uni gemacht? In jedem Fall ein unappetitlicher Fall. Beim oder nach dem Aufprall waren Gewebeteile, Lymphflüssigkeit sowie Blut aus dem Körper gespritzt oder gesickert und hingen nun am Pendel, der Treppe und den Wänden. Für die Kollegen keine schöne Aufgabe.

Nach drei Kaffees in Folge fühlte sich Wülfing wieder etwas besser und auch im Jonglieren mit den Kunststoffbechern der Philfak-Cafeteria war er inzwischen geübt, als sie wieder zum Altbau Chemie zurück gingen, um die Ergebnisse der Spurensicherer zu erfragen und den Schlüssel in der obersten Etage auszuprobieren.

*

Die Kollegen von der Spurensicherung waren gerade fertig, als Herbert und Hajo wieder auf der oberen Etage ankamen.

„Wir haben alles aufgenommen – schaut mal in die Tür da vorn hinein."

Sie deuteten auf eine der standardweißen Türen. „Die Spuren führen dorthin."

Tatsächlich – der Schlüssel passte, der Schließzylinder gab ein sanftes Geräusch von sich, als sich der Schlüssel drehte. Der Raum war ebenso in einheitsweiß gestrichen wie alle anderen, ein Bürotisch, ein Drehstuhl, ein Regal an der Wand, ein Kühlschrank, eine billige Spüle. Ein paar leere Weinkartons lagen auf dem Boden.

„Billigfusel vom Supermarkt" stellte Hessinger mit fachmännischem Blick fest. „Hier scheint vor kurzem einer umgezogen zu sein."

„Passt zum Schloss" stimmte Wülfing zu. „Da wir den Schlüssel des Toten haben, hat offensichtlich noch ein Zweiter Zugang zu diesem Raum gehabt."

„Und das alles in einem offiziell noch nicht genutzten Raum und davon gibt es hier viele. Wer immer da drin war, müsste eigentlich irgendwann dem Hausmeister begegnet sein oder einem anderen hier Tätigen."

„Muss nicht sein, wenn er zu ungewöhnlichen Zeiten ein- und ausging. Ob er einen Raum hier hat? Wenn ja, wozu braucht er aber dann einen zusätzlichen unbefugt genutzten Raum?"

„Vielleicht einfach eine kleine Kostenersparnis. Die Labors hier kosten alle Geld und werden nicht mehr nur vom Steuerzahler finanziert. Aber warum ist der Raum dann leer? Wurde er ausgeräumt?"

„Und wenn ja, von wem? Wenn es der Tote war, warum hat er es dann gemacht? Ist ihm jemand mit dem nicht gemieteten Raum auf die Schliche gekommen?

Mal sehen, was die Kollegen von der Spurensicherung noch finden."

Sie versuchten noch der Vollständigkeit halber, ob der Schlüssel auch zu einem anderen Raum im obersten Geschoss passte, hatten aber keinen Erfolg. Beide kehrten an den Valenciaplatz zurück. Am späten Nachmittag kam dann der Bericht der Spurensicherung über den Raum, dessen Schlüssel sie in den Taschen des Toten gefunden hatten. Den Spuren nach war er kärglich ausgestattet gewesen: ein Tisch, ein Stuhl, ein Kühlschrank. An der Wand verrieten Dübellöcher und Abdrücke von Regalschienen sowie Schraubenlöcher in einer ehemaligen Verbindungstür in den Nachbarraum, dass einige große Regale an den Wänden angebracht waren. Dazu hatten zwei Schränke im Raum gestanden.

„Der Raum muss ganz schön voll gewesen sein" konstatierte Hessinger, „wohin ist das Zeug transportiert worden?"

„Es kommt noch besser" Wülfing las den nächsten Satz des Berichts vor, „Wie die Spuren zeigen, wurde der Raum wahrscheinlich erst zwei bis vier Stunden vor der Untersuchung geräumt. Auf dem Boden fanden sich Erdspuren, ähnlich denen an den Schuhen des Toten."

„Interessant ... ausräumen und sterben passen zeitlich gut zusammen und auch wieder nicht. Denn sollte er beim Ausräumen gestürzt sein, wäre die Tür nicht geschlossen gewesen und es hätten noch Dinge herum gestanden. Nein, das Ausräumen hat jemand anders erledigt. Wer hatte ein Interesse daran, einen Raum ohne den eigentlichen Benutzer leer zu räumen?"

„Jemand mit einem eigenen Schlüssel für diesen Raum. Wer immer diesen zweiten Schlüssel hat, müsste uns einige Fragen beantworten können."

„Wer müsste Schlüssel zu diesem Raum von Amts wegen haben? Der Institutsleiter, der Dekan? Die werden wir fragen müssen. Natürlich hat der Hausmeister einen Generalschlüssel, die Einzelschlüssel verwaltet er vielleicht an einem riesigen Schlüsselbrett mit sauber beschrifteten Anhängern. Habe ich mal an einer Schule gesehen. Das war sehr nervig für Fachlehrer, die sich für jede Stunde erneut den passenden Schlüssel holen und nachher wieder abgeben mussten."

„Hat Herr Stumpen einen solchen Kasten? Wer hat wann den Schlüssel ausgeliehen? Ich rufe ihn mal schnell an."

"Übrigens sollten wir unseren Freund Mo mit seinem Zytolab im zweiten Stock nicht vergessen. Der hat sicher auch einen Institutsschlüssel und ist so lange hier, dass er vielleicht etwas gesehen hat."

Doch die Tür zum Zytolab im zweiten Stock war verschlossen. Ein Zettel kündete davon, dass Dr. Mohamed Moustafa derzeit an einem Symposium in Deutschen Krebsforschungszentrum in Heidelberg teilnehme und erst im Laufe der Woche wieder ins Labor komme.

*

Und es gibt sie immer wieder, diese Momente, in denen man sich zum Lehrerberuf beglückwünschen kann. Da haben doch fast alle Fünftklässler die für den Unterricht erbetenen Puddingtütchen von zu Hause mitgebracht. Die Milch sowie die Eiswürfel und das Streusalz für die Kältemischung stammen von mir. Hoch konzentriert mischen alle zunächst Wasser und Eis, messen die erwünschten Null Grad, soweit kennen sie es zum Teil schon. Dann die Salzzugabe - und das Thermometer fällt zum allgemeinen Erstaunen bis auf minus zehn Grad. Anschließend die Vanillesauce gemixt und in Gläsern in die Kältemischung gestellt. Zum Stundenausklang gibt es als Belohnung das erste selbst gemachte Eis. Das wird demonstrativ vor aller Augen in der folgenden Pause verzehrt, macht den anderen Schülern Appetit auf Physik und Chemie und den Lehrer glücklich. Leider klappt das nicht immer so gut, aber auf dem Lande ist die Schule noch klein und die Welt weitgehend in Ordnung.

Dennoch ist auf der nachmittäglichen Fahrt zur Uni die Stimmung gemischt und selbst Torstens Scherze mit seiner Geräuschbox können uns Mitfahrer nicht so recht aufmuntern. Nina hatte das erste Mal Stress auf ihrem Gymnasium. Eine Pubertäterin aus Klasse 7 hatte mal wieder ihre Hausaufgaben nicht gemacht und Ninas Mitteilung an deren Mutter unerwartete Effekte gehabt. Die Mutter war nämlich im Schulelternbeirat, hatte Nina am Telefon beschimpft und mit ihren Beziehungen gedroht. Doch der engagierte Schulleiter hatte sich schützend vor Nina gestellt und auch die Kollegen hatten ihr Mut zugesprochen.

Richtig schlecht lief es dagegen bei Jens, der sich trotz seiner jahrelangen Unterrichtserfahrung weiter durchs neue Referendariat quälen musste. Er hatte eine weitere Lehrprobe gehabt, auf die er sich neben dem Unterricht schon seit Wochen vorbereitet hatte. Für diese eine Stunde hatte er 16 Seiten vorbereitet, von der Verlaufsplanung bis zur sozialpädagogischen Analyse, die betrachtet, welches Kind woher kommt, wie der Klassenverband agiert, wie man seinen Unterricht danach ausrichtet. Alles theoretisch optimal, aber halt nur auf dem Papier. Denn ein durchaus leistungsstarker Schüler, der wegen seiner

Disziplinlosigkeit auf der Hauptschule gelandet war, war während der Stunde aus einer Laune heraus einfach aufgestanden und hatte einem eifrigen Klassenneuling mit einem "Ich f ... deine Mutter" gezielt aufs Auge geschlagen.

Natürlich war Jens sofort dazwischen gegangen, doch die Stunde war gelaufen, der geschlagene Junge musste zum Arzt, der Schläger tat so, als sei es ganz normal, weil ihn der andere ja provoziert habe, ihn schräg angesehen habe. An Unterricht war danach nicht mehr zu denken gewesen, die Kinder waren natürlich außer Rand und Band.

In der Nachbesprechung hatte sich die im Unterricht hinten sitzende Fachleiterin sehr irritiert gezeigt, dass „ ... die Klasse so undiszipliniert ..." sei und auch der Verlaufsplan nicht eingehalten worden sei. Jens könne offensichtlich die Klasse nicht so führen, dass so etwas nicht geschehe und fiel durch die Probe durch. Damit war auch sein zweiter Versuch, in den regulären Schuldienst zu kommen, höchst gefährdet. Ein solches Ereignis in der Examens-Lehrprobe und fünf Jahre Arbeit waren umsonst gewesen. Kein Wunder, dass er heute den Eindruck eines Nervenbündels macht. Soviel Weltfremdheit von Prüfern habe ich auch schon an der Uni kennen gelernt – ich bin mal gespannt, wie es heute im Praktikum weitergeht.

Doch am Institut erwartet uns lediglich ein mit Schreibmaschine geschriebener Zettel an der verschlossenen Eingangstür. Wegen technischer Arbeiten sei das Gebäude heute ganztägig geschlossen. Schön, das hier zu erfahren. Zwar hätte man das auch über den existierenden Email-Verteiler allen Studenten mitteilen können, was denen viel Zeit und Fahrkosten gespart hätte. Aber der so überarbeiteten Institutsverwaltung genügt es, ein Blatt Papier zu tippen und es auszuhängen. Das für die Öffentlichkeit als großartige Neuerung hochgelobte teure Computernetz auf der Uni scheint wohl in der Chemie eher dem privaten Vergnügen einzelner Beamter und Angestellter in der Anwesenheitszeit zu dienen.

Hinter der Glastür sehe ich einige Leute arbeiten, die zur Kripo gehören und recke den Kopf, kann aber Herbert nicht sehen. Da ist offensichtlich etwas geschehen und ich brenne darauf, Näheres zu erfahren. Da auch die Vorlesungen meiner Kollegen ausfallen, fahren wir gleich wieder nach Hause. Dort rufe ich sofort bei der Kripo an, aber mein Freund Herbert ist im Gespräch und wird mich später anrufen, wie mir Hajo erklärt, der selbst nichts sagen will. Merkwürdig ...

*

Die Begrüßung war stürmisch gewesen, der Hund war geradezu über ihn hergefallen, als er zum Mittagessen nach Hause gekommen war. Wülfing hatte Gyelpo mit berufsmäßiger Routine von scinem Gesicht fernhalten können, doch als er Elvira den Begrüßungskuss auf die Wange drückte, hatte der Hund seinem Herrchen doch noch mit einem Sprung die nasse Zunge quer übers Gesicht geschlabbert. Herbert fand das gar nicht gut und wusch sich zunächst im Bad das Gesicht, dann wollte der Hund Gassi gehen – aber nur mit Herbert. Bei Elvira wurde er stocksteif, verkrallte sich in jede Faser des Flurteppichs. Also musste der Hauptkommissar wieder die Treppe hinunter und schließlich wieder hinauf. Seine Lust auf Hund war deutlich gebremst, aber Elvira versöhnte ihn mit einem leckeren Super-Hamburger in einem knusprigen Ciabatta-Brot. Das war etwas anderes als diese Pappmaché-Brötchen aus den Klopsbratereien am Wegesrand, die zwar nicht schmeckten, aber dafür hervorragend an Gaumen, Zahnspangen und Gebissen hafteten. Nach dem Essen entließ sie ihn wieder.

Im Büro erwartete ihn Hajo damit, dass der Hausmeister Stumpen keinen Schlüsselkasten habe und demzufolge auch kein Schlüssel ausgeliehen worden war. Viel wichtiger aber war, dass neue Koks-Briefchen an einer Schule in der Mainzer Innenstadt aufgetaucht waren und endlich ein Verteiler festgenommen worden war. War das endlich der Durchbruch nach mehr als zwei Monaten intensiver Arbeit? Der Mann war bereits ins Präsidium überstellt worden, ebenso das konfiszierte Auto samt mehr als 100 von diesen Koks-Tütchen, erfreulicherweise noch ungeöffnet. Während Wülfing und Hessinger zum Verrnehmungsraum gingen, las Hajo stichpunktartig aus dem Protokoll vor.

So lange diese erste Festnahme gedauert hatte, so einfach war der Grund: Der Mann hatte auf dem Parkplatz des Max-Bahr-Baumarkts neben der Nestlé eine Art privates Autorodeo mit abrupten Brems- und Beschleunigungsmanövern veranstaltet, wohl um seiner Freundin auf dem Beifahrersitz zu imponieren. Ein Streifenwagen war zufällig vorbei gefahren und hatte noch einen Reifen-Burnout teilweise miterleben dürfen, bevor sie bemerkt worden waren und der Verkehrsrowdy flüchten wollte. Das war nicht ganz einfach gewesen, da die Polizisten mit ihrem Streifenwagen die einzige Ausfahrt des großen Parkplatzes blockiert hatten. Da hatte er versucht, über den Radweg Richtung Mombacher Schrebergärten zu entkommen.

Die Verfolgungsjagd war von kurzer Dauer, denn der tief gelegte BMW blieb nach wenigen hundert Metern mit zersplittertem Frontspoiler in den tiefen Schlaglöchern hängen und die Flucht zu Fuß endete schnell in den tiefen Rheinwiesen. Schließlich hatte der Mann bei der Festnahme sogar noch Widerstand gegen die Polizeibeamten geleistet.

„Wie kam der dazu, sich so unvorsichtig zu verhalten, Hajo? Einen im Tee?"

„Der erste Test hat zwar nur 0,3 Promille ergeben, aber immerhin am Vormittag. Vielleicht war das Restalkohol. Angetörnt war er sicher durch das Mädchen, die wahrscheinlich noch schulpflichtig ist. Das prüfen wir noch. Und wenn das nicht reichen würde, wäre auch noch eine Ladung Koks in der Nase denkbar. Die Ergebnisse der Blutprobe kommen noch."

Der Vernehmungsraum war denkbar karg ausgestattet, drei Stühle an einem Tisch, ein Nebentisch mit einem PC, Boden, Wände und Decke hellgrau mit der dazu passenden milchigen Neonröhre an der Decke. Im Hintergrund saß der protokollierende Beamte am PC. Der Fahrer, in dessen Auto man die Manga-Karten mit den bereits angeklebten Koks-Tütchen gefunden hatte, saß am Tisch und schaute Wülfing und Hessinger herausfordernd an.

„Was wollen Sie? Ich habe nichts gemacht, ich unschuldig. Ich will Anwalt, ich sage nichts!" Trotzig verschränkte er seine Arme vor der Brust und lehnte sich zurück. Er trug schwarze Jeans, aus dem bunten, halboffenen Hemd schaute ein Halsband hervor, an dem ein Amulett hing. Seine Augen blitzten in unverhohlener Aggression, die Pupillen schauten starr auf die beiden Beamten.

„Sie müssen nichts sagen, Sie können auch die Aussage verweigern. Es wäre allerdings besser, wenn Sie mit uns zusammenarbeiten" erläuterte Wülfing und machte eine Pause, in der er den vorliegenden Bericht studierte.

Da war das Amulett aufgeführt. Es enthielt ein Bild seiner Eltern und wurde ihm wieder zurück gegeben. Suizidgefahr bestand auch nicht, also durfte er auch die Goldkette behalten. Die anderen Daten ... Mahdi war sein Name, 18, Hauptschule ohne Abgangszeugnis, Ausbildung abgebrochen, mehrfach wegen gefährlicher Körperverletzung zu Jugendstrafe und Mitarbeit in einer gemeinnützigen Einrichtung bestraft.

Woher hatte er das Geld für den Wagen? Die Kollegen hatten in kürzester Zeit eine umfangreiche Vorarbeit geleistet. Die Eltern waren rechtschaffene, hart arbeitende Leute, beide im Beruf, er bei Hakle, sie als Näherin mit eigener Änderungsschneiderei, verriet der Bericht. Sie wohnten im Mombach und hatten selbst kein Auto. Da waren noch drei jüngere schulpflichtige Geschwister, alle eifrige Schüler, hörte man. Nein, das Auto musste sich der Mahdi selbst finanziert haben, musste irgendwann in schlechte Gesellschaft geraten sein. Er war wohl das schwarze Schaf der Familie.

Wülfing schaute auf und in die Augen seines Gegenübers. Der war immer noch still, verharrte in seiner trotzigen Haltung. Wie sollte er ihn aus seiner Passivität heraus locken? Wenn er einfach weiter die Aussage verweigerte, würde die Suche nach der Kokain-Quelle noch länger dauern. Er ging kurz mit Hessinger raus auf den Gang, während sich der sichtlich gelangweilte Kollege am PC den Dealer nicht aus den Augen ließ.

„Ein kleiner Fisch, was denkst du?“

Wülfing nickte.

„Dem traue ich nicht zu, dass er selbst Koks produziert. Er muss sich natürlich vor seiner Freundin als der große Macker produzieren, irgendwie muss er an Geld kommen.“

„Also: wie kommt er an den Stoff? Über Kontakte zur organisierten Kriminalität?“

„Ich weiß nicht, Hajo ... gefühlsmäßig eher nein. Kokain ist eine Sache der Südamerikaner und die Ausländer – gerade die Kriminellen - sind untereinander gewöhnlich spinnefeind.“

„Und weshalb sollten sich die Kolumbianer mit neuem Billigkoks selbst Konkurrenz machen? Nein, das ist eine ganz neue Quelle.“

„Wie ist dieser Mahdi an die Quelle gekommen? Über das Handy?“

„Wenn wir die Szene ausschalten, dann Handy oder Internet. Handys haben heute alle Kinder, viele schon, wenn sie noch nicht mal zehn sind. Alles schön anonym, wenn man die Rufnummer unterdrückt und eine Prepaid-Karte nutzt, denken die.“

„Wir setzen ihn mal unter Druck, vielleicht kommen wir dann weiter.“

Als sie wieder in den Raum zurück gingen, blätterte Wülfing demonstrativ im Bericht, setzte sich gemütlich zurückgelehnt dem jungen Mann gegenüber und nickte Hessinger zu.

„Wollen Sie nun etwas sagen, Herr Mahdi?“

Der schaute unverändert starr.

Hessinger las scheinbar ungerührt weiter im Bericht.

„Sie wissen, dass die Verbreitung von Rauschgift an Jugendliche ein Kapitaldelikt ist? Mit Jugendstrafe ist es diesmal nicht getan. Das gibt einige Jahre, das sollten Sie wissen.“

„Was wollt ihr Alten, he?“ brach es aus Mahdi raus, „glaubt, ihr wisst alles. Einen Dreck wisst ihr. Das Zeug ist gut und sauber, das macht fit! Nehmen alle, Alter! Könntest du auch gut gebrauchen.“

„Tja, das mag so sein“ stimmte ihm Wülfing mit unbewegtem Gesicht zu, „aber hier eben nicht und in der Schule schon gar nicht."

„Du hast keine Ahnung von Schule, Alter! He, was glaubst du, was da abgeht. Musst dich durchsetzen, deine Rechte holen, dann hast du die Frauen. Soviel du willst. Ich kenne die Schule. Da kommst du nur mit, wenn du fit bist und den Lehrern zeigst, wo es lang geht. Scheiß Schule, Scheiß Sozialamt, Scheiß Bullen. Musst die Sache selbst in die Hand nehmen, sonst läuft nix."

Wülfing war einiges gewohnt, aber dieser Wutausbruch eines gerade mal Volljährigen war doch starker Tobak. Hessinger versuchte die Vernehmung in sachliche Bahnen zu lenken.

„Mahdi, wie ..."

„Halts Maul, du Glatzkopf" kam es mit noch mehr Inbrunst, „glaubst du, du kriegst eine Frau, so wie du aussiehst? Ich lege jede flach, so wie ich sie will. Du kannst davon nur träumen."

Wülfing und Hessinger sahen sich an. Wie sollten sie weiterkommen? Offensichtlich war der jüngere Oberkommissar noch verhasster als er. Vielleicht steckte in Mahdi ja der Wunsch nach einem starken Vater?

„Also Mahdi, wir wollen doch hier weiterkommen, damit du irgendwann wieder zu deiner Freundin kommst" begann er auf die bewusst väterliche Art.

„Wo ist sie? Was habt ihr gemacht?"

„Wir werden auch sie fra ..."

„Halts Maul Al ...."

„Halt du mal das Maul, Mahdi, jetzt rede ich und du bist still, sonst knallt´s!" setzte sich Wülfing durch, „Du steckst ganz schön in der Patsche. Woher hast du das Kokain?"

„Glaubst du denn, ich sage dir, wo ich es her habe? Damit mir ein anderer das Geschäft kaputt macht? Vergiss es!"

„Das geht ganz schnell, bilde dir ja nicht ein, dass du der Einzige bist, der glaubt viel Geld auf die ganz schnelle Tour machen zu können. Du wirst so schnell nicht mehr ins Geschäft kommen. Wie heißt der Typ, von dem du es hast?"

„Den kenne ich nicht und wenn ich ihn kennen würde, sage ich es nicht. Was glaubst du denn, wie blöd ich bin, Alter?"

„Aus deinem Handy bekommen wir die Nummer sowieso raus, kannst es auch gleich sagen."

„Denkst du, die Nummer war unterdrückt. Die kann ich nicht lesen und ihr auch nicht. Und vor dem Knast habe ich keine Angst, was glaubst du wohl? Ich habe überall meine Freunde!“

Mahdi Aslan streckte sich selbstbewusst in seinem Stuhl. Es war still im Raum bis auf das eifrige Geklapper des Protokollführers am PC. Wülfing tauschte einen kurzen Blick mit Hessinger aus. Der Handy-Kontakt war also richtig und damit war die Nummer nur noch ein Kinderspiel. Sie hängten es zwar nicht an die große Glocke, aber alle Handy-Gespräche ließen sich problemlos einzelnen Rufnummern zuordnen, sogar der Standort zum Zeitpunkt des Anrufs ließ sich auf ein paar hundert Meter genau bestimmen. Die Kollegen in der Technik sollten sich also besonders auf die Telefonate ohne Absenderkennung konzentrieren.

Das war aber auch schon alles, was aktuell aus dem jungen Dealer heraus zu bekommen war. Als er merkte, dass ein Handy ein ausgesprochen verräterisches Kommunikationsmittel war, sagte er nichts mehr. Hessinger rief bei der Staatsanwaltschaft an, die einen Haftbefehl für den Kleindealer beantragte. Er blieb vorerst in Haft.

Wesentlich gesprächiger als Mahdi war seine Freundin. Sie war 15 und sehr aufreizend gekleidet. Sie war ein hübsches Mädchen, aber ihre eine Nummer zu knapp sitzende, bauchfreie Jeans und die rote, durchsichtige Bluse, locker vor der Brust zusammen geknotet, sahen einfach nur billig aus. Unterstützt von einem Pushup-BH wogte bei jedem Schritt ins Vernehmungszimmer ihre üppige Oberweite aus der Bluse, und man konnte von oben und unten gleichermaßen durchschauen. Das Mädchen vernahmen zwei Kolleginnen, die nach der Vernehmung kurz auf einen Kaffee in Herberts Büro vorbeikamen.

„Da müssen wir sehr vorsichtig sein“ gab die Ältere zu bedenken,“sonst haben wir das nächste Opfer auf dem Gewissen.“

„Bitte etwas konkreter“ bat Hessinger.

„Die scheint mehr Angst vor ihrem Vater zu haben als man glauben kann. Sie soll sogar schon verheiratet worden sein! Mit 15! Wenn der versprochene Ehemann erfährt, was sie heute angestellt hat, gibt es wahrscheinlich Mord und Totschlag!“

Das war nicht von der Hand zu weisen. Gerade vor ein paar Tagen hatte auf der anderen Rheinseite in einem ähnlichen Fall ein Bruder seine Schwester, die einen Deutschen heiraten wollte, mit mehreren Schüssen regelrecht hingerichtet. Was sollten sie in diesem Fall tun? Sie war voll geständig, gab zu, von Mahdi die Briefchen bekommen und für 5 Euro das Stück im Freundeskreis verteilt zu haben. Sie beschlossen, keinen Haftbefehl zu beantragen und das Mädchen allein mit dem Bus nach Hause fahren zu lassen, damit die Eltern nicht noch mehr Verdacht schöpften. Über kurz oder lang würde die Geschichte wahrscheinlich ohnehin herauskommen. Die zuständige Sozialarbeiterin wurde informiert und organisierte vorsichtshalber gleich einen Platz in einer Mädchen-Wohngruppe.

„Und so ein Mädchen geht auf die Schule“ resümierte Wülfing, „wie soll sie denn im Unterricht irgend etwas aufnehmen? Wie einen Abschluss schaffen, wie einen normalen beruflichen Werdegang beginnen? Die hat wirklich andere Sorgen.“

„Ja, die Eltern schaffen sich tot und verwöhnen ihre Kinder so gut sie können – vor allem die Jungen. Die haben den Prinzen-Status und glauben sich dann alles erlauben zu können – auch in der Schule. Aber ohne Regulativ reichen dann in der Pubertät ein paar falsche Freunde mit dicken Autos und viel Geld und schon schwingt das Pendel zwischen den Kulturen hin und her. Zwischen Freiheit und Moderne auf einer Seite und Tradition und Religion auf der anderen. Die Mädchen passen sich entweder an und verschwinden unter dem Kopftuch oder sie rebellieren – mit Folgen wie hier.“

„Bei Pendel ...“

„ ... fällt auch mir der Fall auf der Uni ein. Mal hören, was Zweipfennig heraus gefunden hat.“

Doch Zweipfennig hatte noch nichts Verwertbares herausgefunden, außer der Erkenntnis, dass der Tote neben den vom Aufprall rührenden Verletzungen keine weiteren äußerlichen Schäden aufwies. Die genaue Obduktion würde noch ein paar Stunden dauern, beschied Zweipfennig, versprach seinen Bericht für den nächsten Morgen und ließ sich entschuldigen.

Wülfing und Hessinger machten an diesem Tag einmal pünktlich Feierabend. In beiden Fällen konnten sie heute nichts mehr erreichen. Wülfing wollte nach langer Zeit wieder seinen Freund Ronni Sander besuchen, um zu erfragen, ob er zeitweise das schwarze Zottelmonster betreuen könne. Umso überraschter war er, als er nach Hause kam und Elvira ihn mit der Nachricht empfing, dass Ronni gerade angerufen und sie zu sich nach Appenheim eingeladen habe. Seine Kinder seien da und auch sein Hund, Flocki.

*

Wenn auch sonst im föderalistischen Bildungssystem jedes Bundesland sein eigenes Süppchen vom Lehrplan bis zum Schulbuch kocht - die Abstimmung der

Ferienzeiten zur Entlastung der Autobahnen funktioniert gut. Und so haben meine in Hessen eingeschulten Kinder schon Herbstferien und sind bei mir, samt unserem Familienhund Flocki, einem weißen Wollknäuel von leicht übergewichtigen sechs Kilo. Die rheinland-pfälzischen Schulkinder müssen noch fast eine Woche die Schulbänke drücken und daher bin ich auch noch im Einsatz. Dominik und Linda sind vormittags auf sich selbst gestellt und wenn ich um zwei nach Hause komme, gibt es meist Pizza oder Nudeln mit Soße und wohlmeinend-mitfühlende Kommentare dazu.

„Na, wie waren die lieben Kleinen heute? Du wirkst reichlich genervt“ kommt spitz von Linda und auch Dominik kommentiert mit „Gott sei Dank haben wir dich nicht als Lehrer! Die armen Kinder!“

Aber wenn die beiden ehrlich wären, würden sie zugeben, dass es ohne Schule halt doch langweilig ist. Beide freuen sich darauf, dass unsere Freunde Herbert und Elvira zu Besuch kommen. Als es kurz nach sechs klingelt, stürmt unsere Flocki laut bellend zum Auto und wird im Gegenzug von einem aus dem Auto springenden, doppelt so großen und pechschwarzen Wuschelmonster umgerannt. Ein wildes Gebalge entsteht, in dem die Begrüßung von Herbert und Elvira fast untergeht. Schließlich haben wir die beiden Hunde samt der begeisterten Kinder in den Garten verfrachtet und setzen uns bei einer Tasse Kaffee auf die Terrasse.

Elvira hört sich interessiert meine Erfahrungen aus dem Lehramts-Studium an und meint, dass sich so arg viel seit ihrer nun doch schon mehr als 30 Jahre zurück liegenden Ausbildung nicht geändert hat. Immerhin wurden offensichtlich in einigen Bereichen wie der Pädagogik oder Physik die Lehrinhalte modernisiert. Dagegen hat sich das Referendariat noch weiter von der Wirklichkeit entfernt, wie sie als Mentorin immer wieder miterleben muss. Die Fachleiter erwarten heute exzessive Materialschlachten mit Overhead-Projektor, Video, bunten Arbeitsblättern, Stationen-, Gruppen- und Einzelarbeit in einer Stunde, eine geradezu absurde Vorstellung vom Schulalltag. Und wer sich nicht fügt, wird mangels objektiver Kriterien vom Fachleiter einfach durchfallen gelassen. Elvira hatte sich als Mentorin schon mehrfach gegen ungerechte Benotungen ihrer Referendare gewehrt, war aber regelmäßig abgeblitzt. Denn die Fachleiter waren keinen Deut von ihrer Machtposition abgewichen.

Herbert schaut bei unserer Fachsimpelei von seinem Gartenstuhl entspannt und schaut dem Treiben der Kinder und der beiden Hunde auf der Wiese zu. Ein ständiges Gewusel, aus dem sich die alte Dame Flocki immer mal wieder kurz ausklinkt, indem sie sich schutzsuchend unter meinen Stuhl flüchtet und dann ein paar Minuten später wieder weiter macht. Lachend rätseln wir darüber, welches

Fell der Nachwuchs unserer beiden pechschwarzen und schneeweißen Wuschelmonster wohl hätte – schwarz/weiß kariert (Schach-Variante), gestreift (Zebra), gepunktet (Dalmatiner), vorn schwarz/hinten weiß oder umgekehrt (Domino) oder einheitlich grau (Behörden-Ausführung). Da fällt mir natürlich wieder die Uni ein und ich frage Herbert, was denn im Institut los gewesen sei, denn schließlich habe ich ja morgen meine nächsten Praktikumsstunden bei Haiger.

„Haiger? Hmmh, der wird wohl nicht mehr kommen" meint er trocken und nimmt noch einen Schluck aus der Tasse. Er erklärt mir kurz, dass er tot im Eingangsbereich aufgefunden worden war.

„Da werden sich einige freuen."

Ich erkläre ihm, wie unbeliebt Haiger war und weshalb.

„Naja, dann wird ein Neuer kommen. Vielleicht ist der besser" sagt er so dahin, offensichtlich nicht sehr interessiert an weiteren Informationen zur Sache. Das macht mich natürlich erst recht neugierig.

„Ja, vielleicht. Weiß man denn etwas über die Todesursache?"

„Könnte ein Unfall gewesen sein."

„Könnte also auch nicht."

„Leider kann und darf ich dir dazu noch nicht mehr sagen, Ronni. Du sagtest, der sei unbeliebt gewesen. Nur bei den Studenten?"

„Ich bin erst kurz dabei. Aber es gab da wohl einen Konflikt mit dem Abteilungsleiter Wendig, weil Haiger auf dessen Planstelle gehofft hatte."

„Und wurde Haiger übergangen?"

„De facto hatte er diese Stelle gar nicht bekommen können, weil er nicht habilitiert hatte. Aber dieser Herr hatte ein recht übersteigertes Selbstverständnis".

Ich tippe mir mit meinem Zeigefinger an die Stirn.

„Ich werde morgen mal mit Wendig sprechen" Herbert zückt sein Notizbuch.

„Da hast du Glück, der ist nur von Montag Mittag bis Dienstag Mittag da."

„Wieso das?"

„Ganz einfach: Professoren werden in Deutschland nicht nur fürstlich bezahlt, sondern können auch machen, was, wann und wo sie es wollen. Sie haben zwar eine Lehrverpflichtung, aber die steht nur auf dem Papier. Es gibt richtige Schaffer wie den Professor aus der Physik, aber auch das genaue Gegenteil, weil es keine Kontrolle gibt. Wenn einer keine Lust hat, fallen Vorlesungen oder Seminare einfach aus, fertig. Konsequenzen gibt es keine, obwohl das Beamtenrecht theoretisch Gehaltskürzungen und ähnliche Instrumente kennt. Angewandt werden die praktisch nie.

In diesem Fall kommt Wendig Montag Mittag und hält mehr oder weniger lustlos sein Organik-Seminar. Dienstag Vormittag eine Vorlesung, ein wenig Bürokram und das war´s. Dienstag Mittag ist er wieder auf der Autobahn nach Berlin, das ist halt sein Lebensrhythmus. Dort forscht er nach eigenem Gutdünken oder wie immer man das nennen will. Viel kann das nicht sein: Die Zahl seiner Veröffentlichungen und Examenskandidaten in den letzten Jahren kannst du an einer Hand abzählen. Es wundert nicht, dass die deutsche Universitätsforschung international gesehen eher dritt- als zweitklassig ist und gute Wissenschaftler lieber in die USA auswandern als hier durch den Bürokraten-Dschungel zu kriechen. Bis du in Deutschland an eine Dozentenstelle kommst, musst du erst ein Diplom machen, was vier bis fünf Jahre dauert, dann promovieren, weitere drei Jahre, dann noch habilitieren, was die nächsten Jahre sinnlos vergeudet. Und danach musst du einen Ruf, sprich eine Planstelle bekommen. Wenn du diese Ochsentour durchgemacht hast, bist du mindestens fünfunddreißig, eher vierzig. Meistens wissenschaftlich verbraucht, aber bestens in die Unibürokratie eingesumpft."

„Aber warum ist Wendig in Berlin? Warum forscht er nicht in Mainz? Er hat hier alle Arbeitsmöglichkeiten und wird doch wohl vom Land bezahlt!"

Herbert ist ziemlich fassungslos.

„Irgendwie muss er irgendwann irgendwen bei der Stellenbesetzung überzeugt haben. Und der Rest ist einfach: Einmal eine Planstelle, kannst du machen, was du willst."

„Jetzt mach mal halblang, Ronni. Ich habe auch eine Planstelle."

„Entschuldige, es gibt halt nicht nur Gleiche, sondern auch welche, die gleicher sind, denk mal an George Orwell. Nach gewöhnlich gut informierten institutsnahen Kreisen sucht Wendig übrigens schon seit geraumer Zeit nach einer neuen, noch besser bezahlten Stelle. Er will von C3 nach C4. Laut Gehaltstabelle wäre das immerhin eine nette kleine Anhebung von 5000 Euro auf 6000 Euro monatlich. Nach mehr Arbeit sucht er sicher nicht. Von solchen Einkommen ohne Gegenleistung können in der heutigen Zeit die allermeisten nur träumen."

„Und wer leitet das Institut, wenn Wendig nicht da ist? Da gibt es doch bestimmt einen Stellvertreter."

„Da hast du recht. Um die vielleicht vier Examenskandidaten pro Jahr sollen sich tatsächlich nicht weniger als zwei Dozenten, mehrere wissenschaftliche Mitarbeiter, eine Sekretariatskraft, eine Laborkraft und natürlich Haiger kümmern. Doch der zweite Dozent ist schon vor über einem Jahr ausgeschieden, weil er den Zoff wohl leid war und die Stelle ist bis heute unbesetzt. Also bleibt nur Haiger, der sich in seiner Rolle als de-facto-Institutsleiter gern produziert. Gerade, weil er es nicht ist.“

„Produzierte, meinst du wohl“ korrigiert mich Herbert, „Du scheinst auch nicht gerade gut auf Haiger zu sprechen zu sein.”

“Dabei liebe ich ungewöhnliche Typen. Weißt du, wie ihn meine Studienkolleginnen nennen? Spiegelei - weil er so fett ist, dass er seine Eier nur noch im Spiegel sehen kann. Was Frau Wald wohl aber nicht davon abhält, mit ihm bei Bedarf zugange zu sein. Ich kann das nicht beurteilen, aber die Studienkolleginnen sind sich da sicher.”

“Und was berührt dich daran? Die können doch machen, was sie wollen.”

“Der probiert es bei allen.”

“Konkret?”

“Bei Christel beispielsweise.”

“Wie kommst du darauf?”

Als ich ihm von dem Zusammentreffen vor dem Hilton erzähle, stutzt er kurz und fragt mich dann nach meinem Alibi für Sonntag Nacht. Das ist aber dank der Kinder kein Problem, die größten Wert darauf legen, dass ihr Vater zuhause ist, wenn sie schlafen gehen.

Langsam meldet sich der Hunger. Während Herbert kurz entschlossen den Grill anfeuert, flüchtet sich Flocki vor dem stürmischen Gyelpo auf meinen Schoß. Er schnüffelt aufdringlich mit der Nase an ihr herum und will schließlich auch auf den Schoß springen. Ich schubse ihn aber zurück und zur Hundebeschäftigung bauen Dominik und Linda unter Elviras Anleitung einen kleinen Agility-Parcours für Gyelpo auf. Nach kurzen Anlaufschwierigkeiten bringt Gyelpo brav Stöckchen, kriecht auf vorgegebenem Weg durch das Kinder-Spielhaus und springt in einem Riesensatz über Obstkisten. So leicht kann auch hier der Charakter verpfuscht werden, denke ich und mir kommt schon wieder “Des Pudels Kern” von Ulrich Roski in den Sinn. “... bringt brav das Stöckchen und kuscht ...”.

Der Rest des Abends verläuft sehr harmonisch und die Kinder wollen Gyelpo unbedingt ein paar Tage da behalten. Nach kurzem Zögern stimme ich zu, sind doch meine beiden Lieben dann gut beschäftigt, bis auch bei mir die Schulferien ausbrechen.

Anfang des Studiums hatte ich die Idee, die Schulferien auf der Uni zu verbringen und Blockveranstaltungen zu belegen. Das würde mir und allen bereits in Schulen arbeitenden Studenten erhebliche Vorteile bringen: Sie könnten erheblich schneller studieren, die gewonnene Zeit käme den Schülern in den Schulen zugute und die teuren Labors, die in der Chemie mehr als 80 Prozent des Jahres leer stehen, würden besser genutzt. Einer Seite allerdings käme dies nicht zugute: Die Uni-Bediensteten und Dozenten müssten ein wenig häufiger da sein und das kann nicht sein. Denn viele nutzen für sich allzu gern die Zwitterstellung zwischen Schule und Uni.

Und so halten die meisten nicht nur die mit fast sieben Monaten üppig bemessenen Semesterferien akribisch ein, sondern setzen auch noch die Schulferien obendrauf. Blockveranstaltungen werden nur von engagierten Dozenten beispielsweise in der Pädagogik und Physik angeboten und sind uniweit seltene Ausnahmen. In der Chemie jedenfalls ist so etwas völlig unbekannt, das hat mir das Vorlesungsverzeichnis schon verraten. So stehen dann sowohl in den Semesterferien als auch in den Schulferien die Labors leer, während in den wenigen Semesterwochen angeblich nicht genug Arbeitsplätze vorhanden sind. In den verwaisten Räumen üben sich dann die Angestellten im Kaffeekochen für die Dozenten - sofern sie dann da sind, denn selbst die minimalen Anwesenheitszeiten werden von niemand kontrolliert.

*

Als Wülfing und Hessinger morgens in ihr Büro kamen, waren beide ausgesprochen gut gelaunt. Hajo hatte sich einen ganzen Abend mit seiner Julia im Bäderhaus Bad Kreuznach gegönnt und war entsprechend entspannt, während Herbert nach den letzten durchwachten Nächten den tieferen Sinn des Wortes hundemüde verstanden und neun Stunden am Stück durchgeschlafen hatte. Entsprechend locker gingen sie die zwei Berichte auf ihrem Schreibtisch an.

„Aha, Zweipfennig hat zu Ende geschnippelt. Mal sehen, ob noch was übrig ist.“

Wülfing nahm sich den Obduktionsbericht und warf den Bericht der Spurensicherung seinem Kollegen zu. „Nimm du den mal, du kannst sowieso kein Blut sehen.“

Hessinger lehnte sich locker in seinem Drehstuhl zurück, fing an zu blättern und stutzte plötzlich.

„Sag mal, haben wir einen Neuen?"

„Warum fragst du?"

„Da sind drei Seiten mit Formeln dabei. Die Bewegungsenergie des Foucault´schen Pendels beim Aufprall auf den Kopf, der unelastische Stoß beim Aufprall des Körpers auf den Pendelkranz und schließlich eine Formel zum schiefen Wurf, mit der die Blut- und Lymphtropfen an der Wand wie heißt es hier „ ... in Abhängigkeit des Auftreffwinkels mit den anderen Parametern wie der zeitlichen Bestimmung der Auftreffzeit unter Berücksichtigung der elektronischen Bewegungskorrektur korreliert wurden. Das Foucault´sche Pendel kann vereinfacht auch als breitengradabhängige Uhr gesehen werden, in dem die Kugel den Zeiger ersetzt. In Mainz dauert ein Umlauf etwa 31 Stunden. Unter diesem Aspekt hat der Aufprall der Kugel auf den Kopf des Toten den Zeiger zu einem genau fest zu legenden Zeitpunkt angehalten."

„Zeig mal."

Wülfing griff sich den Bericht und las kopfschüttelnd die mit Formeln gespickten Seiten, „so etwas habe ich auch noch nicht gesehen. Immerhin ist ein brauchbares Ergebnis heraus gekommen."

Der Bericht behandelte zunächst die Luftballonreste, mit Speichelspuren und leider sehr verzerrten Fingerabdrücken, die wahrscheinlich nicht von Haiger stammten. Der Fall aus dem dritten Stock und der Aufprall auf den Pendelring erfolgten zwischen 0.09 Uhr und 0.10 Uhr. Dazu passend wurden eine staubfreie Fläche und Speichel- und Schuhspuren im dritten Stock vor dem Geländer festgestellt. Die Zuordnung der Speichelspuren mit DNA-Analyse war für den nächsten Tag angekündigt. Die Schuhspuren jedenfalls passten nicht zu den Schuhen des Toten, sie waren kleiner, wahrscheinlich Größe 42, während der Tote Größe 45 hatte. Außerdem lagen sie über den Speichelspuren, wobei die Überdeckung zeitnah erfolgte, als der Speichel noch frisch war.

„Ein Todeszeitpunkt ohne Zeugen auf eine Minute genau? Lief da ein Video mit?" Hessinger war ziemlich fassungslos, „Wie wollen unsere Leute das so genau herausgefunden haben?"

„Hängt wohl mit den Formeln zusammen, wir haben scheinbar ein mathematisches Genie in unsere Truppe bekommen. Einen Fabian Fritz kenne ich noch nicht. Und was sagt Zweipfennig?"

Hajo las vor: „Das liest sich deutlich gewohnter: Schwere Kopfverletzungen mit Austritt von Blut und Lymphe durch den Aufprall auf den Pendelring. Die Kopfverletzungen an sich sind schon tödlich, aber ..."

„Was aber?"

„ ... warte mal ab. Außerdem erlitt der Tote einen Herzinfarkt. Begünstigt durch starkes Übergewicht, Arteriosklerose und Bluthochdruck. Ob der Infarkt vor oder nach dem Sturz eintrat, konnte nicht festgestellt werden, es muss aber aller Wahrscheinlichkeit zeitnah gewesen sein. Todeszeitpunkt wahrscheinlich Mitternacht plus minus eine halbe Stunde."

„Das wissen wir ja jetzt etwas genauer" knurrte Wülfing, der schon den nächsten komplizierten Fall auf sich zukommen sah, „nach den Schleifspuren ist Haiger, wie auch immer, über den Boden zum Geländer gekommen und dann herunter gefallen. Wahrscheinlich hat er also seinen Herzkasper schon im dritten Stock bekommen, weshalb sollte er sonst auf dem Boden kriechen? Mit dem Herzinfarkt hat er teilweise die Kontrolle über den Körper verloren und falls er mit dem Mund nach unten über den Boden kroch, haben wir eine Erklärung für die Schleimspuren. Alles noch ganz natürlich zu erklären. Wenn da nicht ..."

„... der Schuhabdruck einer anderen Person wäre" stimmte Hessinger nachdenklich zu, „Hier ist auch noch eine Zeichnung zur Anordnung der Abdrücke in der Aufsicht beigelegt. Es handelt sich jeweils um den selben, den linken Schuh. Das Profil selbst gibt leider wenig her, es zeigt kaum Merkmale. Fehlt nur noch der Schuh, dann haben wir jemand, der uns Näheres zu Haigers Tod sagen kann. Zunächst müssen wir alle Schuhe aller Menschen überprüfen, die in diesem Bau arbeiten. Operation Fußpilz sozusagen."

„Ganz abgesehen von der Kleinigkeit, dass jemand mit einem Herzinfarkt – jedenfalls einem schweren – sich zunächst kaum bewegen kann. Gehen ist da kaum noch möglich, höchstens Kriechen. Aber auch das wäre bei dem Körpergewicht des Toten kaum vorstellbar."

„Ergo sollte ihn jemand herunter geschoben haben."

„Ja, wir müssen von Mord ausgehen."

„Der Mörder aber soll gewartet haben, bis dieser Mensch einen Herzinfarkt bekommt, um dann zuzuschlagen? Scheint mir nicht sehr wahrscheinlich. Da kann er Jahre warten und nachher stirbt der Täter noch vor dem Opfer. Eine gar nicht so üble Vorstellung eigentlich" grinste er, "würde uns eine Menge Arbeit ersparen".

Sie gingen noch einmal alle Fakten durch – die Schuhabdrücke waren neben der noch ausstehenden Genanalyse der Speichelreste im geplatzten Ballon und der üblichen Befragung des Umfeldes die wichtigsten Elemente der Ermittlungen.

Wer war da? Die Kollegen, die Studenten, der Hausmeister, irgendwelche Unbekannten? Es war erstaunlich, was sich alles in den letzten Monaten in der sonst so betulichen Uniwelt ereignet hatte ... ihm kam der Tod von Haigers Vorgänger, diesem Dr. Äger in den Sinn. Ein natürlicher Tod, zumindest in offizieller Lesart. Und dennoch diese gehässige Anzeige in der AZ - " ... den Heuchlern ... für ihr Beileid ...". Wer und was steckte dahinter? Wenn es jemand war, der mit Äger Kontakt hatte, wollte er sich vielleicht an dessen Nachfolger rächen? Aber der Nachfolger war nicht Haiger, sondern Wendig. Und nun war Haiger so tot, wie man es sich nur wünschen konnte - während Wendig sein Dozentenleben in vollen Zügen genoss. Kurz entschlossen rief Wülfing bei der Allgemeinen Zeitung an und ließ sich im Archiv die entsprechende Todesanzeige heraussuchen und zufaxen. Auch den Namen des Anzeigenkunden erhielt er einige Minuten später, doch seine Erwartungen auf eine heiße Spur wurden enttäuscht: Es war die Rechtsanwaltskanzlei Börder Müller Schmitz aus Frankfurt gewesen, ganz neudeutsch ohne Punkt oder Komma geschrieben.

Unwillkürlich pfiff er durch seine Zähne. Einige Minuten später hatte er heraus gefunden, dass es sich um den Ulrich Börder handelte, der mit dieser Yvonne Erdmann befreundet war und von der er Gyelpo bekommen hatte. Allerdings – da war er Realist genug – viel weiter half ihm diese Erkenntnis nicht. Denn ein Anwalt kann sich immer hinter dem Mandantenschutz verstecken und da blieb die Polizei machtlos.

Ob er selbst die Anzeige aufgegeben hatte? Weshalb sollte er? Rechtsanwälte machten gewöhnlich nur dann etwas, wenn sie dafür fürstlich bezahlt wurden. Die Anzeige in der Zeitung aber hatte Geld gekostet. Dieser Börder sah nicht so aus, als ob er kostspielige Initiativen aufgrund persönlicher Beziehungen starten würde. Nein, da hatte jemand aus dem Hintergrund etwas bewegen wollen und hatte auch das nötige Kleingeld dazu.

Ob einer der verunglückten Makler die Anzeige aufgeben ließen? Durchaus möglich, wenn man die persönliche Nähe von Erdmann und Börder sah. Aber beide Makler waren tot, mausetot, und konnten nichts mehr sagen.

Egal, wie er es drehte und wendete, dieser eigentlich interessante Ansatz brachte ihn im Moment nicht weiter. Es gab zwei Dinge, die nicht zusammenpassten.

„Wer könnte ein Interesse an Haigers Tod gehabt haben?“ überlegte Wülfing laut.

„Na, der Mörder, oder?“ kommentierte der aus seinen Gedanken gerissene Hessinger.

„Na klar, mein lieber Kollege. Ich meinte die Anzeige zu Ägers Tod. Wer immer die aufgegeben hat, wollte wohl eher jemand drohen, den er für dessen Tod verantwortlich machte. Wobei dieser Tod wohl natürlich war – zumindest weiß ich nichts anderes. Vielleicht weiß oder wusste der Inserent mehr? Hier zur Erinnerung.“

Er reichte die Faxkopie der Anzeige über den Tisch.

„Weshalb sollte dann aber...“

„... Haiger sterben, wenn doch Wendig den Job von Äger bekommt?“

„Und es bleibt die Frage nach der Verbindung von Haiger und Äger, denn sie haben ja offensichtlich jahrelang in der Uni mehr oder weniger zusammengearbeitet. Ob da schon vorher was war?“

Auch wenn beide spürten, dass da mehr war, kamen sie auf dieser Spur nicht weiter und mussten zunächst einmal ihre Hausaufgaben machen. Was bedeutete, dass sie sich konkret nur auf Haigers Tod selbst konzentrieren mussten. Welche weiteren Ansatzpunkte gab es?

Da war zunächst der Telefonkontakt. Man hatte bei Haiger zwar kein Handy gefunden, aber durch Nachfragen bei den in Deutschland tätigen Mobilfunkanbietern sehr wohl herausbekommen, dass er eins gehabt hatte. Die dazu gehörige Aktivitätenliste war inzwischen von T-Mobile per Fax gekommen und wies eine Besonderheit auf: Offensichtlich war vom Handy aus nicht telefoniert worden, sondern es war nur angerufen worden. Dabei aber war der jeweilige Anruf nicht entgegen genommen und auch auf die Mailbox war auch nicht gesprochen worden.

Welchen Sinn machte das Handy dann? Die Anrufer hatten allesamt die Rufnummern-Unterdrückung eingeschaltet, aber die richtige Nummer heraus zu finden, war für die Kripo prinzipiell kein Problem. Allerdings war dazu zunächst eine richterliche Genehmigung samt begründetem Antrag und so weiter erforderlich. Das bedeutete trotz des kurzen Drahts zum Strafrichter wieder einen Tag Verzögerung.

Während Hessinger die Liste der zu befragenden Personen komplettierte, beschäftigte sich Wülfing mit dem Abhör-Antrag.

T-Mobile fragte außerdem nach, ob man die Nummer sperren solle, da das Handy ja wohl verloren gegangen sei. Es sei aber ohnehin eine Prepaid-Karte und man könne nicht damit telefonieren, falls das Guthaben erschöpft sei. Wülfing beschied per Fax, dass die Nummer unbedingt weiter verfügbar sein sollte und bat darum, weitere Anrufe auf das Handy sofort zu melden. Vielleicht konnte man so Näheres zu diesem Haiger erfahren, der scheinbar keine näheren Angehörigen hatte.

Wülfing trank seinen Kaffee aus, schaute tief in die Tasse und geriet ins Grübeln. Außer ein paar winzigen Krümeln und einem bräunlichen Tropfen war sie leer. Früher waren die Filter besser, dachte er, da war noch soviel Kaffeesatz in der Tasse, dass man daraus lesen konnte, wenn man wollte. Heute war nicht nur der Kaffee, sondern auch vieles Andere so steril, dass die Seele dabei auf der Strecke blieb, die das Unerwartete braucht, um sich entfalten zu können. Kein Wunder, dass die Kinder verzweifelt nach Möglichkeiten suchen, um sich beweisen zu können – und auf ihrer Suche nach dem Ungewöhnlichen in die gierig ausgestreckten Tentakel derer geraten, die nur ihr Bestes wollen: das Geld. Das Thema ließ ihn nicht los, weil sowohl Elvira als auch Ronni oft vom Alltag in den Schulen erzählten und von der Verlockung der Schüler, vor dem Lern- und Leistungsdruck in eine Scheinwelt zu flüchten.

Beim Mittagessen in der Kantine traf Wülfing seine Kollegen von der Verkehrspolizei, die ihre Ermittlungen zum Unfall auf der Theodor-Heuss-Brücke inzwischen abgeschlossen hatten. Es war klares Eigenverschulden gewesen. Beide Wagen waren zum Unfallzeitpunkt mit weit überhöhter Geschwindigkeit gefahren und beide Fahrer nicht angeschnallt gewesen. Zudem hatte man bei beiden noch einen Restalkoholgehalt von 0,5 beziehungsweise gar 0,7 Promille festgestellt, der durchaus zum Unfall beigetragen haben könnte.

Es handelte sich um zwei Frankfurter Börsenmakler, die beide am Vorabend auf der gleichen Party gewesen waren. Beide waren allein stehend, wenn man von der jeweiligen Lebensgefährtin absah. Bei einem war noch ein Hund mit im Auto gewesen, erinnerte sich ganz zufällig ein Kollege unter dem anzüglichen Grinsen der anderen Tischnachbarn. Wie es dem armen kleinen Hund nun wohl ginge? Herbert winkte müde ab. Die Erzählungen seiner häuslichen Katastrophen hatten in den letzten Tagen immer wieder für Erheiterung im Amt gesorgt.

Um das Gespräch auf ein anderes Gleis zu bringen, fragte er nach dem Grund dafür, dass die Navigationssysteme beider Wagen auf dieselbe Adresse programmiert worden waren. Dafür hatten die Kollegen keine Erklärung, zumal es an dieser Stelle in der Uni ja gar kein Gebäude gebe, sondern nur eine brach liegende Fläche, nachdem dort ein Gebäude abgerissen worden war. Bekannt war allerdings, dass die Koordinaten dieses Punktes in einer SMS enthalten gewesen waren - Absender war ein Internet-Café am Gonsenheimer Spieß in Mainz gewesen, der vor allem von Studenten genutzt werde. Merkwürdig sei auch, dass von den Handys der beiden Verunglückten jeweils mehrere Male dieselbe Telefonnummer angerufen worden war, der Anruf aber jeweils nicht entgegen genommen und auch eine Mailbox nicht eingeschaltet worden war.

Die letzte Bemerkung machte Wülfing stutzig und gleich nach dem Mittagessen erfragte er die Nummer, die von den beiden Verunglückten angerufen worden war. Auch wenn es merkwürdig erschien, wirklich überraschte ihn das nicht: Die Nummer gehörte zu dem von Haiger angemeldeten Handy. Was hatten die beiden jungen Börsenmakler mit diesem Praktikumsleiter zu tun gehabt? Oder er mit ihnen? Und wo war das Handy? Es musste noch irgendwo in Uninähe sein, denn alle bisher erfassten Gespräche waren immer über den auf der Universitätsbibliothek angebrachten Mobilfunk-Umsetzer gelaufen.

*

Heute ist die Schule so, wie man sie gern jeden Tag hätte. Die Vorfreude auf die Herbstferien ist groß und in der siebten Klasse schauen wir uns in Englisch den Film „Fluch der Karibik“ in englischer Sprache mit englischen Untertiteln an. Der sonst nur für langweilige Lehrerkonferenzen genutzte Beamer verwandelt in Verbindung mit billigen Computerboxen und der Verdunkelung den Klassensaal in ein stimmungsvolles Kino. Man kann die knisternde Erwartungshaltung auch bei denen förmlich spüren, die den Film schon kennen.

Da sich alle beim Zuhören in der noch fremden Sprache konzentrieren müssen, herrscht Ruhe bis auf das Rascheln einiger verbotenerweise mitgebrachten Popkorn-Tüten. Vereinzelte Störversuche werden von den angespannt Lauschenden energisch zur Ruhe gebracht, so dass ich mich um die Klassendisziplin gar nicht kümmern muss. Alle zwanzig Minuten machen wir Pause und fassen den Inhalt in englischer Sprache zusammen. Die Kinder sind mit einem ausgesprochenen Feuereifer bei der Sache und hoch konzentriert - vor allem, wenn ich umgangssprachliche Schimpfwörter erklären lasse.

Für die letzte Stunde Mathematik vor den Ferien habe ich mir für die fünften Klassen mit zwei netten Kollegen ein paar praktische Übungen zu den gerade durchgenommenen Einheiten ausgedacht – wir gehen in die Eisdiele und berechnen die Volumen einer Eiskugel, wie viele Kugeln in einer Eisbox sind und so weiter. Die Kinder finden das echt cool, was meinen Kollegen Stephan und mich gar nicht wundert.

Dann endlich ist die letzte Stunde und die Schüler stürmen mit lautem Geschrei aus der Schule. Die Lehrer fühlen innerlich genauso, aber sie verlassen natürlich gemessenen Schrittes das Gebäude. Zu Hause angekommen, wetteifern die Hunde darum, mich begrüßen zu können, wobei sich der jüngere und kräftigere Gyelpo klar durchsetzt. Meine Kinder sind mit ihren 12 und 14 Jahren inzwischen so cool, dass eine nette Begrüßung des eigenen Vaters ziemlich uncool ist. Ein „Da bist du ja endlich. Wie war es in der Schule? Gut. Was gibt es zu Mittag?“ reicht ja auch.

*

Manchmal arbeiten Behörden doch schneller als gedacht. Als Wülfing am Morgen ins Büro kam, erwartete ihn nicht nur ein Zeitung lesender Kollege, sondern auch die richterliche Abhörgenehmigung fürs Haiger´sche Handy und das Handy des Koks-Dealers. Kurzerhand faxten sie die Genehmigung mit ihren Fragen an die Mobilfunk-Anbieter. Nicht viel später surrte dann auch noch der DNA-Bericht der Gerichtsmedizin aus dem Fax.

Es war wie sie schon vermutet hatten: die Speichelspuren am Boden stammten eindeutig vom toten Haiger. Auch im Ballonfragment aus dem dritten Stock war angetrockneter Speichel von Haiger festgestellt worden, im anderen nicht. Das Alter der Speichelprobe zum Zeitpunkt des Leichenfundes schätzten die Laborleute auf vier bis acht Stunden, was zeitlich ins Geschehen passte. Wie die Risskanten zeigten, gehörten die Ballonfragmente aus dem Kellerbereich und dem dritten Stock zum selben Ballon. Beim Platzen musste wohl ein Teil des Ballons nach unten geflogen sein.

„Das passt schön zusammen: Scheint so, dass Haiger alles selbst gemacht hat“ fasste Wülfing die Ergebnisse zusammen und knetete seine Hände als wollte er die letzten Informationen aus dem Fall heraus pressen.

„Sieht so aus. Alles von Haiger - der Laborschlüssel, die DNA und wenn wir den Sohlenabdruck nicht hätten, würden wir auf keine andere Möglichkeit kommen.”

“Ja, das ist mir auch alles zu glatt - abgesehen davon, dass ich mir nicht vorstellen kann, wozu er mitten in der Nacht einen Ballon aufblasen sollte. Obwohl er nach Ronnis Erzählungen dermaßen aufgeblasen war, dass er vielleicht Überdruck abbauen wollte. Außerdem ist die Speichelprobe zeitlich nicht genau zu fassen und wieso ist nur in einem Teil desselben Ballon Speichel, im anderen Teil aber nicht? Schließlich der Sohlenabdruck - wir haben nur eine Chance, wenn der Täter oder die Täterin nicht bemerkt hat, dass ein Abdruck zurück geblieben war. Aber das ist recht unwahrscheinlich, weil an einer Stelle der Abdruck verwischt war, also der Sohlenbesitzer ausgeglitten sein muss."

"Also denkst du auch an eine andere Person, die zum Tatzeitpunkt da war. Und zwar so zeitnah, dass der Speichel noch nicht angetrocknet war. Zusammen mit den eingeschränkten Bewegungsmöglichkeiten nach einen Herzinfarkt kann ich mir etwas anderes als Mord nicht vorstellen."

„Ich auch nicht. Bleibt die Frage nach dem Motiv. Warum wurde Haiger umgebracht? Beliebt war er wirklich nicht, auch dein Freund Ronni konnte ihn überhaupt nicht leiden. Aber deshalb jemand gleich umzubringen ist recht unwahrscheinlich. Da muss noch etwas anderes im Busch sein. Geld? Neid auf sein fettes Gehalt? Oder doch nur ein Racheakt von einem alten Studienabbrecher?"

„Welche Verbindung hatten beispielsweise die beiden Börsenmakler zu Haiger? Wieso hatte Haiger ein Handy, das mehrfach von anderen angerufen wird – ohne dass er es selbst in irgendeiner offenkundigen Weise nutzt?"

Hatten sie irgend etwas übersehen? Sie vertieften sich erneut in die Berichte, kamen aber nicht weiter und waren gleichzeitig am Fax, als das noch vor dem Mittagessen ein mehrseitiges Schreiben von T-Mobile ausspuckte. In der mehr als 50 Nummern umfassenden Liste der Haiger-Anrufer war auch jeweils ein einige Wochen zurück liegender Anruf der beiden Makler enthalten, die auf der Theodor-Heuss-Brücke verunglückt waren. Allerdings waren diese Anrufe im Abstand mehrerer Stunden erfolgt. Noch etwas war bemerkenswert: Alle Anrufe waren an Sonntagen oder Feiertagen eingegangen.

Wülfing und Hessinger teilten sich die Seiten und telefonierten die Liste ab. Diese Arbeit hatten sie bereits eine Stunde später erledigt, denn die Gespräche waren alle von einer bemerkenswerten Ähnlichkeit und Kürze. Ein Anrufer oder eine Anruferin meldete sich mit einem „Hallo" und sobald die Wörter „Fragen" und „Kriminalpolizei" fielen, wurde sofort aufgelegt. Mitunter war auch ein Anrufbeantworter dran und die beiden sprachen dann ihren Standardsatz darauf. Aber beide zweifelten nicht daran, dass auch dort kein Rückruf kommen würde. Nicht sehr begeistert saßen beide kurz danach beim Mittagessen.

„Sehr gesprächig scheinen Haigers Telefonkontakte nicht zu sein. Kein Wunder, dass er nie zurückgerufen hat" resümierte Wülfing, der mit vollen Backen kaute und sich die nächste Portion Königsberger Klopse auf den Teller schaufelte. Er taugte nicht zum Telefonverkäufer und bewunderte die Leute, die Tag für Tag im Telefonvertrieb eine nette Stimme machen, um überfallartig irgendwelchen wildfremden Menschen die neuesten Produkte von irgendwelchen Lotterieunternehmern, Diamentenhändlern oder Brokerhäusern anzudrehen. Auch er war eines der Opfer, seit er einmal an einem Preissauschreiben teilgenommen hatte. Seitdem bekam er meist dann unerwünschte Anrufe, wenn er abends um sieben zuhause auf der Couch saß und sich von Elvira den Bauch kraulen ließ.

Auch sein Kollege Hajo schien sich den Frust der missratenen Telefonaktion mit Reis und Soße hinunterschlucken zu wollen und schob die nächste Gabel in den Mund.

„Nützt denen nichts, mit den Nummern haben wir ja auch die Namen. Macht halt nur wesentlich mehr Arbeit."

„Viel mehr ... mal sehen, was das Dealer-Handy redet."

Tatsächlich lag nach dem Mittagessen auf ihrem Schreibtisch ein ganzer Faxstapel vom Mobilfunk-Anbieter des Dealers. Auch wenn die Rufnummern-Liste darauf noch länger als beim Haiger-Handy war, eins blieb gleich: die Reaktion der Angerufenen. Erst Hallo und dann aufgelegt oder Mailbox. Um halb vier war ein Viertel der Liste abtelefoniert und eine Kaffeepause Pflicht. Dann telefonierten sie weiter. Am Feierabend tanzten Wülfing die Rufnummern so vor den Augen, dass er am Geldautomaten dreimal eine falsche Geheimzahl eingab und die Karte eingezogen wurde. Fluchend ging er nach Hause und es war gar nicht so ungünstig, dass er Elviras Aufmerksamkeit nicht mit diesem Zottelmonster aus dem Himalaya teilen musste, das momentan bei seinem Freund Ronni gut untergebracht war.

*

Sie fressen, was ihnen nicht bekommt, setzen sich hin, wo nichts zu suchen haben, schlafen nicht da, wo sie sollen, wollen sich bewegen, wenn man seine Ruhe haben will, aber einen Vorteil haben Haustiere zweifellos: solange sie neu sind, sind die Kinder beschäftigt. Und so sind meine lieben Kleinen nach dem Mittagessen mit Flocki und Gyelpo gleich nach draußen verschwunden und ich baue vier Stapel Klassenarbeitshefte auf meinem Schreibtisch auf.

Bei der Korrektur schweifen meine Gedanken immer wieder ab. Da sind die Kinder in meinen Klassen, die sich sehr mühen, aber manche Dinge einfach nicht aufnehmen können oder die, denen alles zufliegt, ohne dass sie etwas tun müssen. Es wäre höchst unfair, daran den Wert eines Menschen daran zu messen. Die Talente auf dieser Welt sind halt ungleich verteilt, aber die meisten Probleme machen sich die Menschen selbst. Wenn ich an Jens denke, der sich müht und wahrscheinlich wieder an der Willkür der Amtsinhaber scheitern wird, werde ich wütend. Doch geht es mir soviel besser? Haiger wäre ebenso ein Stolperstein für mich gewesen wie er es für viele andere vor mir war. Und dieses Wissen hatte er stets wie eine große stinkende Fahne vor sich her getragen, wohl wissend, dass man ihn aus Feigheit von oben wie unten weiter gewähren lassen würde.

Nun ist er gestorben, sicher keines natürlichen Todes, denn sonst wäre Herbert nicht auf den Fall angesetzt. Wer mochte ihn umgebracht haben? Und wie? Herbert hielt dicht, hatte sogar nach meinem Alibi gefragt, womit er immerhin den Zeitpunkt der Tat verraten hatte. Was hatte Haiger um Mitternacht im Altbau Organik zu suchen? Und was hatte Christel mit Haiger zu tun? Das wird sicher nichts mehr werden - und es wäre so schön gewesen ...

Das Telefon klingelt in meine trübsinnigen Gedanken.

“Hallo Ronni, hier ist Chrissie” kommt es fröhlich vom anderen Ende der Leitung, “Wo gehen wir hin?”

Als ich ihre Stimme höre, weicht mein Zorn wieder dem Herzklopfen, aber ein wenig Beklemmung bleibt. Die Situation mit Haiger war sehr merkwürdig, doch vielleicht kann sie es mir ja erklären. Gesehen hatte sie mich jedenfalls nicht, das ist jetzt klar.

“Schön, dass du dich meldest. Hast du Lust auf einen Spaziergang durch den kühlen Binger Wald?”

Meine Kinder sind beschäftigt und warum soll ich mir dann nicht frei nehmen? Der Arbeitsstapel auf dem Schreibtisch hat noch Zeit genug.

“Eigentlich eine gute Idee, aber so viel Zeit habe ich heute nicht. Treffen wir uns auf halber Strecke - in Heidenfahrt. Direkt am Rhein? Um sieben?”

Natürlich sage ich zu, wieder ganz im Bann meiner Hormone. Das Treffen mit Haiger wird sicher irgendeine andere Bedeutung gehabt haben und außerdem ist der ja jetzt ohnehin aus dem Spiel. Ein Bedauern hatten meine Studienkollegen bisher jedenfalls nicht geäußert - auch und speziell die nicht, die sich bereits beim Konflikt im Praktikum heraus gehalten hatten.

Der Uferbereich in Heidenfahrt vor der “Rheinterrasse” ist neu gestaltet. Bänke laden zum Verweilen ein, auf einem künstlichen Teich mit Flussverbindung angeln

Enten und Schwäne nach Brotbrocken und auch der Uferweg ist verschönert worden. Die Sonne steht schon tief, spiegelt sich auf dem Wasser und verwischt die Farben der im Dunstschleier vorbei stampfenden Schiffe und der Silhouetten im Rheingau. Nach und nach packen immer mehr Leute ihre Picknick-Decken und Utensilien zusammen und gehen zu ihren hinter dem Damm geparkten Autos. Der Uferbereich leert sich und bald sitze ich auf meiner Bank allein in der untergehenden Sonne. Bald wird die Sonne ganz untergegangen sein und es wird schnell kalt werden, es ist halt kein Sommer mehr. Wo bleibt Christel?

"Hallo Ronni."

Plötzlich berührt mich etwas im Nacken und zwei Hände legen sich leicht auf meine Schultern. Ich drehe mich um und schaue auf einen Bauchnabel, das Streiflicht der tief stehenden Sonne lässt winzige Häarchen auf der Haut leuchten. Sie trägt einen superkurzen Minirock und ein kurzes, lockeres Top, das ein wenig absteht, so dass ich, nach oben schauend, ihre spitzen, festen Brüste sehen kann. Ihre Haare fallen ihr seitlich ins Gesicht und das rötliche Sonnenlicht zaubert feine, unregelmäßige Schatten auf ihre Haut. Ich drücke meine Nase gegen ihren Bauch und sie beugt sich weiter herunter und birgt kurz mein Gesicht zwischen ihren Brüsten. Dann richtet sie sich wieder auf.

"Komm, lass uns gehen."

"Wohin?"

"Du wirst schon sehen."

Sie fasst meine Hand mit festem Griff und führt mich am Rhein entlang unter eine große Weide, deren lange Äste bis ins Wasser hängen. Sie lässt sich auf den Sand sinken und zieht mich zu sich hinunter.

"Nun komm schon."

Meinen Kuss erwidert sie mit einem heftigen, aber kurzen Zungenkuss und zieht mir mit einem "Nun komm schon. Worauf wartest du?" gleich die Hose herunter, während ich noch ihre Brüste streichle. Als ich ihren Rock nach oben streife, zieht sie sich den Slip herunter und führt meine Hand zwischen ihre Schenkel. Schnell streife ich ein Kondom über und lege mich auf den Boden. Entschlossen setzt sich auf mich und führt mit einem "Na endlich!" meinen Penis in ihre Scheide ein. Ihre Bewegungen sind kurz und so heftig, dass ich sie an den Hüften fasse und ein wenig bremse, weil es beginnt, mir weh zu tun. Unwillkürlich kommt mir dieser blonde Softpop-Grinser in den Sinn, der einen Penisbruch an die Bildzeitungs-Glocke gehängt hatte. Da war das Glockengeläut etwas verstimmt

...

Dann kommt sie mit einem kehligen Laut und ihre Bewegungen werden etwas langsamer. Sie schmiegt sich eng an mich, ich fühle ihren Atem und ihre Brüste und bin noch in ihr.

“Was ist? Du bist noch nicht so weit?” Sie richtet sich auf, streicht sich die Haare aus dem Gesicht und schaut mich prüfend an.

“Es war ein wenig wild ... ich kann mich da nicht so gehen lassen.”

“Kastrationsängste? Keine Sorge.”

Sie beginnt sich wieder zu bewegen, zunächst ganz langsam und dann immer schneller werdend, so heftig, dass ich wieder nicht komme, als sie sich wieder sinken lässt. Sie ruht ein wenig auf mir und als ich sanft und langsam weitermachen will, schaut sie mich genau an.

“Was ist mit dir? Gefalle ich dir nicht?”

“Doch, aber ich mag es gern ein wenig langsamer. Komm, lass uns weitermachen.”

“Na gut.”

Sie setzt sich wieder auf, doch ihre Bewegungen wirken nicht mehr intensiv und spontan, dazu das Gequatsche zwischendrin - es geht einfach nicht. Sie merkt es auch, steigt von mir, zieht schnell den Slip hoch und Rock und Top herunter.

Ich will sie wieder zu mir in den Sand ziehen.

“Lass uns noch ein wenig schmusen.”

Doch sie schüttelt entschlossen den Kopf und streicht sich den Sand aus den Kleidern.

“Nein, wir gehen.”

Schweigend folgen wir dem Leinpfad zurück zur Rheinterrasse. Als ich meinen Arm um sie lege, lässt sie das zwar zu, wirkt aber steif dabei und nutzt die nächste Bodenunebenheit, um ihn abzustreifen. Auch ihre Hand will sie mich nicht halten lassen. Dann sind wir bei unseren Autos, sie sind die letzten auf dem neu angelegten Parkplatz hinter dem Damm. Sie fährt ein Smart Cabrio, was mich ziemlich erstaunt. Wie kann sie sich ein solch teures Spaß-Auto leisten? Es ist inzwischen fast dunkel und die Grillen zirpen immer lauter. Es ist die Zeit, wenn die Igel auf die Jagd nach Schnecken gehen und leider viel zu oft auf den Straßen tot gefahren werden.

“Fahren wir zu dir oder zu mir?” frage ich sie, als sie die Tür zu ihrem Auto aufschließt.

“Beides - du zu dir und ich zu mir. Tut mir leid, Ronni, aber ich kann allein besser schlafen.”

“Sehen wir uns morgen?”

“Wir treffen uns bestimmt auf der Uni.”

Das reicht mir nicht und ich lasse nicht locker. Es kann ja wohl nicht sein, dass ich mit einer so tollen Frau poppe, wie es auf Neudeutsch heißt und das war´s dann gewesen. Schmiede das Eisen, solange es heiß ist, hat mir meine Ratgeberin Jana immer geraten. Auf mein Drängen stimmt sie schließlich zu, dass ich sie um 15 Uhr anrufe und wir dann etwas unternehmen. Durch den Ausfall von Haigers Praktikum haben wir nun ja Zeit genug.

Sie fährt zuerst los und ich folge ihr, bis sich unsere Wege an der Autobahnauffahrt Heidesheim trennen. Im Rückspiegel sehe ich die Lichter eines uns folgenden Autos, das hinter Christel weiter Richtung Mainz fährt, als ich in Richtung Bingen abbiege.

*

Es sah auf den ersten Blick aus wie die längst überfällige Sanierung der unansehlichen Fliesen im Eingangsbereich, doch es waren keine Fliesenleger im Eingangsbereich des Altbaus Organik zugange, sondern die Kripo. Alle ins Gebäude eintreffenden Personen mussten mit ihrem linken Schuh über eine geschwärzte Fläche gehen und ihren Sohlenabdruck dann auf ein Blatt Papier drücken. Ein mit Alkohol getränkter Lappen diente zur Reinigung der Sohle nach dem Test.

Der überraschende Sohlentest war Hessingers Idee gewesen und wohl durchdacht. Für den Mord an Haiger kam sehr wahrscheinlich nur jemand mit einem Schlüssel zum Institut in Frage, also jemand, der dort ständig arbeitete. Studenten dagegen waren heute wegen der sehr großzügigen Auslegung von Ferienzeiten durch die Institute nicht zu erwarten, so dass der organisatorische Aufwand überschaubar war. Dass das Vorhaben nicht angekündigt worden war, erhöhte die Chancen auf einen Treffer beträchtlich, denn zur Standard-Ausstattung jedes Haushalts gehörten mehrere paar Schuhe, die man problemlos wechseln und verschwinden lassen konnte. Und last not least war der in diesem Gebäude tätige Wendig zwar heute nicht da, aber laut überein stimmenden Aussagen seiner Sekretärin und Ronni nur von Montag Mittag bis Dienstag Mittag auf der Uni. Der Tatzeitpunkt aber war zwischen 0.09 und 0.10 Uhr in der Nacht von Sonntag auf Montag gewesen, wenigstens das war sicher.

Hessinger und Wülfing hatten angenommen, dass die ersten Beamten und Angestellten früh eintrudeln würden und sich schon kurz nach sieben, direkt nachdem der Hausmeister aufgeschlossen hatte, hinter der Eingangstür postiert. Doch ihre Geduld wurde auf eine harte Probe gestellt und wenn sie nicht auf einem Tisch im zweiten Stock vor dem Zytolab eine reichhaltige Auswahl gebrauchter Zeitschriften zur allfälligen Bedienung gefunden hätten, wäre es nicht zum Aushalten gewesen. So lasen sich die beiden vor dem im Hintergrund lautlos schwingenden Pendel zunächst durch den Focus und dann mit wachsendem Vergnügen durch GQ mit seinen Hochglanz-Fotos von blankgeschminkten Oberweiten. Sie waren schon beim fünften Heft, als um 8.45 Uhr der erste oder vielmehr die erste Mitarbeiterin kam.

Es war Frau Wald, deren Damenschuhe allerdings nicht zum gefundenen Sohlenprofil passten, danach war wieder Pause. Hessinger ging einfach einmal durchs Gebäude und fand vor Wendigs Büro, in der Wandnische zum Tresor, noch ein Paar einfache, recht neue Schuhe, die er kurzerhand ebenfalls der Erfassungs-Prozedur unterzog. Vielleicht waren das Wendigs Laborschuhe? Auch wenn die Form mit dem Abdruck aus dem dritten Stock überein stimmte - die Sohlengröße war zu groß und die Abnutzung zu gering. Diese Schuhe hier waren wirklich nagelneu.

Nach 9.15 Uhr wurde der Verkehr etwas reger. Einige verirrte Studenten, die die offizielle Semesterzeit zu ernst genommen hatten, kamen, hinterließen die Sohlenabdrücke und wanderten wieder unverrichteter Dinge in die PhilFak zum Kaffee. Auch Christel Kraus war darunter, die sich über die Prozedur wunderte, aber die Abdrücke dennoch ablieferte.

Wülfing hakte die vom Hausmeister erstellte Liste Punkt für Punkt ab und notierte sich die Ankunftszeiten gleich dazu. Punkt 9.30 Uhr kam die Sekretärin des Fachbereichs, unterzog sich ebenfalls der Prozedur und ging mit entschlossenem Schritt ins Sekretariat des Dekanats. 9.45 Uhr kamen dann alle noch ausstehenden Personen auf der Liste unmittelbar nacheinander und drückten bereitwillig ihre gut geputzten Schuhe in die Farbe und dann aufs Papier.

„Das waren alle bis auf Wendig“ meinte Hessinger, „die Sekretärin scheint allen Bescheid gesagt zu haben. So viele frisch geputzte Schuhe habe ich schon lange nicht mehr gesehen. Und wie zeitgleich die alle kamen. Komm, lass uns abbauen.“

„Was machen Sie da, meine Herren?“

Mit hochrotem Gesicht und schwer atmend trat ein korpulenter Mann aus der Glastür zum Verbindungsgang zum Becherweg. Er stellte sich als Vorsitzender des Personalrats vor und fügte in scharfem Ton hinzu

„Was machen Sie hier? Welche Befugnis haben Sie, die Anwesenheitszeiten der Angestellten und Beamten zu erheben? Löschen Sie sofort alle Daten, ich werde mich dienstrechtlich über Sie beschweren. Geben Sie mir sofort ihren Erfassungsbogen!“

Er griff nach der von Hessinger geführten Liste, doch der zog sie einfach weg und hielt sie hinter seinen Rücken.

Wülfing wusste nicht, ob er lachen oder weinen sollte. Während sie in ihrem Dienst Überstunden auf Überstunden schieben mussten, wollte hier ein Wichtigtuer die sorgsam gehegten Pfründe seiner Klientel schützen. Sicher hatte ihn irgend jemand der kontrollierten Angestellten angerufen. Denn denen ist eine Anwesenheitszeit vorgeschrieben, nur dass sie halt nicht kontrolliert wird, wie er ja bereits erfahren hatte. Wie dem auch sei, er ließ sich seine Unterlagen nicht aus der Hand nehmen.

„Kripo Mainz, Hauptkommissar Wülfing“ er hielt dem Herren Personalrat seinen Dienstausweis so dicht vor die Nase, dass dieser einen Schritt zurück treten musste, um ihn zu lesen. „Wir ermitteln in einem wichtigen Fall und haben hier Daten für unsere Arbeit erhoben. Wenn Sie Beschwerden dagegen haben, halten Sie bitte den Dienstweg ein.“

Hessinger grinste, als er sah, wie allergisch sein Kollege nach so vielen Dienstjahren noch auf diese Hüter der Bürokratie reagierte. Ob er in seiner Laufbahn abstumpfen oder auch mit sechzig noch genauso energisch gegen Misstände vorgehen würde wie Herbert? Er hoffte das Letztere. Sie packten ihre Sachen zusammen und ließen den Herren Personalrat mit offenem Mund da stehen, mit dem schwingenden Pendel im Hintergrund.

Die Auswertung der Abdrücke brachte das erhoffte Ergebnis - oder auch wieder nicht. Alle persönlich zugeordneten Schuhe zeigten keine Übereinstimmung mit den gefundenen Sohlenabdrücken. Am nächsten dran waren die Schuhe, die Hajo vor Wendigs Büro gefunden hatte - aber sie unterschieden sich gleichzeitig so stark, dass es nicht weiter half. Viele mochten sich mit solch billigen Schuhen und alter Kleidung im Labor bewegen, wo öfter mal aggressive Chemikalien herunter tropften oder spritzten.

Doch tatsächlich gab es zumindest bei dieser ersten Untersuchung kein zweites Paar dicses Typs und alle vom Hausmeister genannten im Institut tätigen Angestellten waren erschienen - außer Wendi. Der war sicher von der Sekretärin informiert worden und wäre dumm, wenn er mit genau diesen Schuhen am nächsten Montag zur Arbeit erscheinen würde. Eigentlich müsste der Abteilungsleiter in der jetzigen Phase ständig präsent sein, weil nach Haigers Tod jemand von der Abteilungsleitung da sein müsste, bis ein Nachfolger kommen würde. Immerhin konnte sich so Frau Wald als stellvertretende Stellvertreterin des Abteilungsleiters gerieren.

„Der ist einfach abgebrüht oder richtig faul“ sprach Hessinger seine Gedanken laut aus.

„Oder beides“ ergänzte Wülfing, „am nächsten Montag wird er sicher wieder auftauchen und vielleicht sogar etwas länger bleiben, weil ihm vielleicht doch zu viele im Moment auf die Finger sehen. Die Schuhe werden wir natürlich kontrollieren, aber große Hoffnungen auf eine Übereinstimmung mit unseren Abdrücken mache ich mir da keine.“

„Wohl wahr. Aber ich habe eine Idee: Die DNA aus dem Ballon können wir ja auch noch ins Spiel bringen ...“

„Ein Bluff um Wendig in die Ecke zu treiben? Scheint mir sehr gewagt. Die DNA stammt, wie wir wissen, von Haiger. Und wenn wir Wendig das im Wortsinne in die Schuhe schieben wollen, bekommen wir sicher ein Problem - schließlich spricht im Moment mehr dafür, dass er es nicht war, als dass er es war. Das ist alles noch zu vage.”

Immerhin hatte Wendig kein erkennbares Motiv für einen Mord an Haiger, da er die Dozentenstelle bekommen hatte und nicht dieser Hinterwäldler aus dem Hunsrück. Auch bedeutete Haigers Tod zusätzliche Mehrarbeit für Wendig. Und dann müsste Wendig nach seinem normalen Tätigkeitsrhythmus zur Tatzeit in Berlin gcwesen sein. Andererseits - ein sicheres Alibi freilich hatte er wiederum auch nicht, seine Autobahnfahrten zählten nicht. Es sei denn, dass er mal passend in eine Radaranlage gefahren wäre und das war er nicht. Außerdem hatte Wendig unzweifelhaft Schlüssel fürs Institut. Wenn es stimmte, was Ronni sagte, hatte Haiger wohl eine Art Stellvertreterfunktion für Wendig übernommen - vielleicht nicht nur mit Duldung, sondern sogar nach Absprache? Dann wäre von einem engeren Verhältnis von Haiger und Wendig auszugehen, wahrscheinlich sogar von einem recht guten.

Sie beratschlagten noch eine ganze Weile, ließen die Kaffeemaschine dampfen und spucken und waren schon ganz gespannt darauf, wann und wie Wendig am Montag von seiner Forschungsarbeit in Berlin einrollen würde.

*

Auch wenn sich die Welt im digitalen Zeitalter bekanntermaßen andersrum dreht, eine Sache ist immer noch gleich geblieben: Wer in der Schule mitarbeitet, schreibt auch bessere Noten. Das ist tröstlich und ich freue mich, wenn mein persönlicher Eindruck mit den Klassenarbeiten übereinstimmt und addiere gern noch einen Extrapunkt dazu, wenn eine Aufgabe besonders pfiffig gelöst wurde. So komme ich flott voran und habe schon zehn Mathearbeiten korrigiert, bevor Flocki und Gyelpo gleichzeitig bei mir am Schreibtisch auftauchen und sich synchron ausgiebig strecken. Meine beiden Lieben schlafen offensichtlich noch, was mir im Sinne eines guten Arbeitsfortschritts recht ist und so gehe ich mit den beiden Hunden selbst Gassi. Kurz nach neun taucht dann Linda auf und vertilgt die Hälfte der selbstgemachten Joghurts, um elf schlurft Dominik die Treppen hoch und verputzt den Rest.

Nach dem Mittagessen bin ich mit der ersten Arbeit durch, der Notenschnitt ist 2,8. Das wird die Schüler jubeln lassen und der Rektorin mal wieder die Befürchtung entlocken, dass ich zu weich für die Schule bin und meine Arbeiten zu leicht. Als Lehrer, der nicht durch die unendliche Lehrerausbildung gegangen ist, wird man von mancher Seite kritisch angesehen. Doch was soll´s - gleich ist es drei und das Wetter mal wieder prima, da hätte ich Lust auf etwas Nähe in der weiten Natur.

Christel geht auch gleich ans Telefon, doch sie reagiert anders als gedacht.

“Ach du, Ronni.”

Das lässt nichts Gutes hoffen, doch ich lasse mich nicht entmutigen.

“Was magst du heute unternehmen?”

“Hmmh, gar nichts. Ich will einfach meine Ruhe haben. Ich melde mich dann wieder bei dir. Tschüss.”

Ich bin wie vom Donner gerührt. Aber vielleicht hat sie nur ihre Tage und ist deshalb missgestimmt? Wie immer, wenn ich nicht weiter weiß, rufe ich meine alte Freundin Jana an, die Beziehungsprobleme meist auf eine ganz drastische Weise vereinfachen kann. Als sie meine Schilderung angehört hat, schweigt sie zunächst und fragt mich dann.

“Bist du sicher, ob sie dich wirklich dauerhaft will? Begehrt sie dich? Oder wollte sie nur mal ein wenig Sex mit dir?”

“Ja, aber ...”

“Dass sie mit dir geschlafen hat? Das muss nicht unbedingt bedeuten, dass man eine Beziehung will. Männer haben ihre One-Night-Stands, warum dann Frauen nicht?”

“Du auch?”

“Warum fragst du nach? Ich habe dir doch die Antwort schon gegeben.”

Da habe ich den Salat - meine hoch fliegenden Pläne sind auf dem Boden weiblicher Unberechenbarkeit zerschellt. Vor lauter Frust spiele ich mal eine Partie Go. Nach mehr als 20 Jahren Pause habe ich vor ein paar Wochen wieder mit dem Brettspiel angefangen und mit Staunen entdeckt, dass es heute einen Internet-Server namens kgs.kiseido.com gibt, auf dem man weltweit rund um die Uhr kostenlos Go spielen kann. Da ich von der Spielstärke noch nicht richtig eingestuft bin, gewinne ich die ersten vier Spiele und bin kurz vor Mitternacht so erschöpft, dass ich das letzte gegen einen netten Japaner aus Osaka verliere.

Dann bin ich müde genug, um in einen unruhigen Schlaf zu finden, denn ständig geistern mir die Kinder im Kopf herum. Was kann ich noch alles tun, um sie besser zu fördern? Das folgende Wochenende widme ich den Klassenarbeiten und tatsächlich habe ich bis Sonntag Mittag alle Arbeiten durchgesehen. Die Ergebnisse sind ermutigend. Wenn ich daran denke, welchen Stress ich mit manchen Lehrern in der Schule hatte, müsste ich ein vorbildlicher Lehrer sein. Leider hatten nicht weniger als drei meiner Klassenkameraden damals den Schulstress nicht ausgehalten und sich in 11.Klasse das Leben genommen. Auch diese schlimmen Erlebnisse haben mich und mein Bild vom Lehrer geprägt. Ich möchte mich als Partner der Schüler sehen und nicht unsinniges Wissen hinein zwingen und dann gnadenlos abfragen.

Recht zufrieden mit der geleisteten Arbeit gönne ich mir einen freien Restsonntag, schaue mir noch einmal die Bombenfundstelle in Bingen an, wo das Wasser nun schon viel höher steht und die Sandbänke wieder bedeckt hat. Zuletzt fahre ich zum Volkspark, wo die von mir so geliebten Tropenhäuser der Erweiterung des Favorite Parkhotels zum Opfer gefallen sind. Es ist noch nicht alles eingewachsen und man kann problemlos einen Blick in den Wellness-Bereich mit dem Schwimmbad werfen. Eine ganze Reihe von Gästen lässt es sich hier gut gehen und schon wieder habe ich einen Aha-Effekt. Im Whirlpool relaxen gerade Chrissie - und Wendig.

Vor dem Altbau Organik warteten Wülfing und Hessinger in ihrem Auto seit viertel vor zwölf auf die Ankunft von Wendig. Nach Auskunft seiner Sekretärin würde er zwar erst um fünfzehn Uhr seine erste Vorlesung haben, aber er käme normalerweise immer sehr pünktlich, meist schon um zwölf, hatte sie eifrig hinzu gefügt. Sie warteten fünf Minuten, zehn Minuten und waren kurz vor zwölf fast daran, über eine misslungene Absprache zwischen Sekretärin und Professor zu spotten, als der Opel Signum mit dem Berliner Kennzeichen von der Kernchemie her kommend in den Welderweg einbog.

Wendig zeigte sich nicht sonderlich überrascht, als er von den beiden Kripobeamten an der Treppe angesprochen wurde.

„Ja, meine Sekretärin hat mich bereits informiert, dass Sie mich sprechen wollen" meinte er mit einem selbstsicheren Lächeln, „kommen Sie einfach mit in mein Büro."

Es war im ersten Stock, direkt neben dem Zimmer seiner Sekretärin und dem Tresor. Es war offensichtlich vor nicht allzu langer Zeit renoviert worden, die Wände zeigten ein makelloses Weiß. Das Mobiliar bestand aus einem Schreibtisch mit Stuhl, einem Besprechungstisch mit zwei weiteren Stühlen und einem kleinen Schrank, in dem sich einige Chemiewälzer über organische und anorganische Chemie verloren. Dazu der unvermeidliche Computer mit Flachbildschirm.

Geradezu diensteifrig zeigte Wendig seine Schuhe.

„Welchen hätten Sie denn gern? Rechts oder links? Oder beide?"

Die beiden Kripobeamten sahen sich an. Da hatte sich jemand gut auf seine Rolle vorbereitet.

„Wir fangen mit dem rechten an, wenn ihnen das recht ist" bemerkte Hessinger trocken, nahm den Schuh entgegen, zog eine kleine Spraydose aus der Jackentasche, besprühte umständlich den Schuh und rollte ihn auf einem Blatt Papier ab, während sein Kollege Wendig fixierte. Der beobachtete völlig unbeeindruckt mit einem gelangweilten, feinen Lächeln den Vorgang.

„Nun den linken bitte" Hessinger wischte sorgfältig die Schuhsohle ab, „das Material klebt leider ein wenig."

Hajo widmete sich mit gleicher Bedächtigkeit dem zweiten Schuh.

"Haben Sie eigentlich ein paar Laborschuhe?"

"Ja, aber klar - hier, sehen Sie."

Er holte aus dem kleinen Schrank die Schuhe, die vor seiner Tür gestanden hatten, erkennbar an einer kleinen schwarzen seitlichen Stelle, die Hessinger nach der Aufnahme nicht richtig gereinigt hatte. Die brauchte er wirklich nicht mehr aufzunehmen.

„Dann hätten wir nur noch ein paar Fragen, Herr Professor. Sie müssen nicht antworten, wir wären aber dankbar, wenn sie uns zusätzliche Arbeit ersparen würden. Soweit ich bisher erfahren habe, sind Sie von Montag Mittag bis Dienstag Mittag hier an der Uni."

„Das ist richtig."

„Und Sie fahren mit dem Auto, vermute ich."

„Ja, Montag früh um sechs fahre ich los, so dass ich gegen Mittag hier bin. Ich fahre gegen den Stau aus Berlin raus und wenn ich bei Frankfurt bin, ist der dortige Stoßverkehr schon vorbei."

„Gut optimiert" lobte Wülfing, „war das auch in der letzten Woche so? Konkret gefragt: Wo waren Sie in der Nacht von Sonntag auf Montag vor einer Woche?"

„So so, Sie verdächtigen mich, Herrn Dr. Haiger auf dem Gewissen zu haben" Wendig verzog seine dünnen Lippen zu einem aufgesetzen Lächeln, „wie kommen Sie darauf? Er war mein wichtigster Mitarbeiter gewesen und kannte sich im Institut bestens aus. Soweit ich weiß, ist er an Herzversagen gestorben."

„Nur eine Routinefrage, Herr Professor, nur eine Routinefrage. Wo waren Sie zur angegebenen Zeit?"

„Ich habe an meinem Computer in Berlin gearbeitet."

„Kann das jemand bestätigen?"

„Ich lebe zwar allein, aber die Computerdaten können Sie gern einsehen. Soll ich das veranlassen?"

„Bitte ins Büro."

Wülfing nickte und schob Wendig seine Visitenkarte zu. Hessinger war mit der Untersuchung der Sohlen fertig, gab sie Wendig zurück. Sie verabschiedeten sich und gingen zu ihrem Auto. Als sie los fuhren, meinte Hajo

„Aalglatt und gut vorbereitet. Taugt zum Politiker, Teflon-Typ. Da bleibt nichts hängen, egal was passiert. Würde mich nicht wundern, wenn er einschlägige Erfahrung hätte."

„In der Politik? Davon wäre sicher etwas bekannt. Vielleicht auf der Uni, oder Stasi oder so? Leider gibt die Gauck-Behörde auch uns nur bei konkreten Verdachtsfällen Auskunft."

“Mal sehen, was seine Schuhe ergeben. Aber viel Hoffnung habe ich nicht. Man hat den Eindruck, dass er die Antworten schon weiß, bevor wir die Frage gestellt haben.”

“Ich weiß, mein junger Kollege, aber Beharrlichkeit führt halt doch zum Ziel.”

Wülfing sprach allerdings ohne innere Überzeugung. Dieser Fall machte ihm erhebliche Kopfschmerzen. Mehr noch, er hatte das Gefühl, dass die Gegenseite mit ihm spielte.

*

Im Büro fanden die beiden gleich zwei Neuigkeiten vor. Da war zum Einen eine vom Fax empfangene, computerlesbare Liste der Handynummern samt der jeweiligen Besitzer und deren Adresse und einen Hinweis auf den Email-Eingang, wo die zugehörige Datei bereits vorlag. Hessinger war gespannt, was die Anrufliste an neuen Informationen bringen würde. Er begann sofort mit der Suche nach Besonderheiten und wurde gleich fündig:

Bis zum letzten Wochenende waren mit einer schönen Regelmäßigkeit fast jeden Tag Anrufe verzeichnet und dann die ganze Woche keine mehr - bis auf Anrufe von einer unterdrückten Festnetznummer, die der Kripo in Mainz gehöre. Diese Anrufe seien alle nicht angenommen worden. Hessinger grinste, dass seine Anrufe vom Arbeitsplatz so nüchtern sachlich miterfasst worden waren. Die erste Überraschung: in der Anrufliste tauchten die Börsenmakler auf, die auf der Theodor-Heuss-Brücke verunglückt waren. Aber es wurde noch merkwürdiger: Alle Anrufe waren nicht entgegen genommen worden - mit einer Ausnahme! Dieser war nicht nur entgegen genommen worden, sondern daraus hatte sich ein Gespräch mit von beträchtlichen 7 Minuten und 13 Sekunden Länge entwickelt. Wer angerufen hatte? In der Liste stand der Name Yvonne Erdmann in Frankfurt. Das war die junge Frau, mit der sich Herbert in Frankfurt getroffen und von der er Gyelpo bekommen hatte. Und ihr Anruf war beantwortet worden, obwohl Haiger zu diesem Zeitpunkt schon seit über einer Woche tot war - er war in der Nacht von Sonntag auf Montag vor einer Woche umgebracht worden. Hajo markierte die zwei Anrufe mit einem grünen Marker.

„Glaubst du an Seelenwanderung, Herbert? Oder an Handywanderung? Ein herrenloses Handy sucht sich von selbst einen neuen Besitzer?“

Er reichte die Liste an seinen Kollegen weiter. Der schüttelte den Kopf und konstatierte trocken „An Seelenwanderung nicht, an Handywanderung schon eher. Da hat sich also einer Haigers Handy abgegriffen. Aber warum? Zum kostenlosen Telefonieren? Unsinn, denn das tut er offensichtlich nicht.“

So verwirrend die neuen Kommunikationstechniken auch waren, die maschinenlesbaren Daten ließen sich schnell abgleichen. Und so verglich Hajo die Handydaten des in den Mombacher Schrebergärten festgefahrenen und dann festgenommenen Dealers wurden mit denen von Haiger und der verunglückten Börsenmakler. Der Computerfreak brauchte nur wenige Minuten bis er das Ergebnis vorliegen hatte und fasste es kurz grafisch für seinen Partner zusammen. Die Grafik war einfach, denn auch das Ergebnis war einfach: Von allen Handys war auf Haigers Handy angerufen worden, während die anderen Handys untereinander keine Querbezüge aufwiesen.

„Das ist ein Knaller, Hajo! Die Anrufer kannten sich untereinander nicht – aber Haiger kannten sie alle, zumindest hatten sie Kontakt zu ihm“ bewunderte Wülfing die Arbeit seines Kollegen.

„Danke für die Blumen. Bleibt die Frage, was Haiger nicht nur mit den verunglückten Frankfurter Börsenmaklern zu tun hat, sondern auch mit einem kleinen, aufstrebenden Drogendealer aus einem Mainzer Vorort. Denkst du, was ich denke?“

„Wir sollten mal jemand mit einer besseren Nase als wir schnüffeln lassen. Wie heißt der neue Rauschgifthund?“

„Gyelpo? Oder Flocki?“ grinste Hajo.

„Nein, irgendwie Fridolin und dann so ein langer Name wie „von Vor der Brombeerhecke vom Westerberg“ oder so.“

„Den muss man aber immer an der Leine führen.“

„Wieso? Weil er so wertvoll ist?“

„Nein, ganz einfach: Wenn der auf eine Straße zuläuft, ist er totgefahren, bis man ihn zurückgerufen hat.“

*

Die Mainzer Universität hatte eine wechselhafte Geschichte hinter sich. Nach dem 2. Weltkrieg waren viele der vorher innerstädtischen Institute in die ehemalige Flakkaserne oberhalb des Hauptfriedhofs verlagert und stadtauswärts immer neue

Bauten errichtet worden. So entwickelte sich die Uni zunächst zum chaotischen Mix von alten Kasernen-Baracken und Bauten im Stil der sechziger und siebziger Jahre. Besondere bauliche Akzente setzten in dieser Phase das wegen des hohen Anteils persischer Studenten „Khomeni-Tower“ genannte Studentenwohnheim Inter I, der Kernreaktor und die „Muschel“, ein in die Erde gebautes Ensemble von drei Hörsälen. In den Achtzigern verlagerte sich mit dem Neubau vieler Institute am Dahlheimer Weg der Schwerpunkt der Uni weiter stadtauswärts. Damit einher ging der Neubau der Mensa mit einer dramatischen Verbesserung des vorher oft ungenießbaren „Studentenfutters“ und der Abriss einiger alter Baracken aus der Kasernenzeit. So standen nun die Altbauten Chemie und Physik, ihrer angebauten Baracken beraubt, merkwürdig einsam neben brach liegenden, umgepflügten Flächen. Nicht viel geändert hatte sich in den letzten Jahren an der Einfahrtsregelung für PKW, die tagsüber durch die begehrten Einfahrtsplaketten geregelt war. Aber auch wenn man die nicht hatte, konnte man auf verschiedene Art mit dem Fahrzeug auf den Campus. Entweder man überzeugte an der Einfahrtspforte einen der meist netten Uni-Bediensteten oder konnte abends und am Wochenende den Campus frei befahren. Bei Heimspielen von Mainz05 war der Universitätscampus ein großer Parkplatz für das nahe gelegene Bruchwegstadion mit seiner einmaligen Atmosphäre.

Auf dem weitläufigen Unigelände kam es auf einzelne abgestellte Fahrzeuge nicht an. Das war recht angenehm für alle Parkplatzsucher, wurde allerdings auch teilweise ausgenutzt. So hatte ein leitender Universitätsbeamter seinen Öl verlierenden Unfallwagen etliche Wochen abgestellt. Zwar war er von Verwaltungsangestellten entdeckt worden, aber die hatten verständlicherweise lieber nicht den Wagen eines Vorgesetzten abschleppen lassen wollen.

Der Wagen, der am Montag Nacht nach zehn auf die Uni fuhr, wäre dagegen schon aufgefallen, aber die Straßen waren leer und nur die Notbeleuchtung erhellte die Flure der verwaisten Institute. Es war ein knallroter Porsche, wie man ihn zwar vor den Unikliniken öfter sieht, aber auf der Universität eher nicht, wo die Professoren in der Regel große, dunkle Limousinen aus Stuttgart, Ingolstadt und München fahren. Der Sportwagen mit dem Frankfurter Kennzeichen umkurvte sorgsam die Bodenschwelle an der Einfahrt, beschleunigte dazwischen stark und bremste vor der nächsten Bodenschwelle wieder ab. Nach dem Einbiegen in den Staudinger-Weg fuhr er plötzlich sehr langsam und die Fensterscheiben auf beiden Seiten fuhren elektrisch herunter. Dann stoppte der Wagen, der Motor wurde ausgeschaltet. Etwa eine Minute später bog der Wagen in den Joachim-Becherweg ein und die gleiche Prozedur wiederholte sich gleich zweimal, einmal vor dem

Eingang zum Mamy, dem Mainzer Elektronenbeschleuniger, und vor dem Neubau der Abteilung Luftchemie des Max-Planck-Instituts.

Dort drehte der Wagen dann und fuhr zurück, bog aber nicht zur Ausfahrt hin ab, sondern fuhr in die Sackgasse Richtung Dahlheimer Weg, wo früher eine jetzt stillgelegte Uni-Einfahrt gewesen war. Dort stoppte er wieder und eine kurze Weile später stieg ein Mann aus. Er ging mit seinem Handy in der Hand zielsicher auf einen Maulwurfshügel in der Wiese zu, bückte sich und zog etwas aus dem Boden, das wie eine kleine Kunststofftüte aussah. Dann entnahm er der Tüte etwas, legte etwas anderes hinein und steckte sie wieder in den Boden zurück. Danach ging er zum Auto zurück und verließ das Universitätsgelände in Richtung Autobahn mit hoher Geschwindigkeit.

*

„Preisfrage: Was hat Kokain mit dem Po zu tun?“ Hajo hatte eine erfüllte Nacht mit Julia erlebt und war zwar etwas matt, aber offensichtlich gut drauf.

„Nerv mich nicht – dich hat wohl schon wieder der Hafer gestochen.“

Herbert war nicht gut drauf. Elvira hatte gestern Damenkränzchen gehabt, war leicht angedudelt erst nach Mitternacht nach Hause gekommen, gleich eingeschlafen und hatte ihm am Frühstückstisch keine Gesellschaft geleistet, sondern sich morgens mit einem „Ich bin noch müde, Schatz“ einfach im Bett umgedreht.

„Spritzen die sich das Zeug jetzt auch schon wie Heroin in den Arsch?“

„Gar nicht falsch gedacht, aber das ist es nicht.“ Hajo kannte natürlich die von Süchtigen genutzte Möglichkeit, Rauschgifte mit einer Spritze ohne Kanüle hinter den Schließmuskel des Afters auf die Darmschleimhaut zu bringen. Das war weniger auffällig und ungefährlicher als der direkte Schuss mit der Nadel in den Arm. „Nein, viel einfacher. Hier lies mal!“

Er reichte seinem Kollegen die aktuelle Allgemeine Zeitung. Herbert las interessiert und seine düstere Miene verdunkelte sich weiter. Aus Wasseruntersuchungen hatten Wissenschaftler im norditalienischen Fluss Po auf den Kokain-Konsum geschlossen. Basis war eine Substanz namens Benzoylecogonin, die beim Abbau von Kokain im menschlichen Körper entsteht und mit dem Harn ausgeschieden wird. Die Ergebnisse überraschten: Statt der vermuteten 15.000 Kokaindosen pro Tag wurden im Einflussbereich dieses Flusses offensichtlich mindestens 40.000 Dosen konsumiert, was vier Kilo reinem Kokain im Schwarzmarktwert von 240.000 Euro pro Tag entspricht. Auch in anderen Flüssen lagen die Zahlen wesentlich höher als bis dahin geschätzt. Eine Entstehung durch biologische Prozesse im Fluss selbst wurde ausgeschlossen, denn in reinem Abwasser waren die Konzentrationen noch höher. Auch auf reines Kokain war getestet worden, denn es war durchaus vorstellbar, dass ein Dealer auf der Flucht seine Ware in den Fluss geworfen hatte. Aber auch hier Fehlanzeige: Der Anteil reinen Kokains war sehr viel geringer als der des biologischen Abbauproduktes, dieser Substanz mit dem fürchterlich komplizierten Namen Benzoylecogonin.

„Die Analogie mit dem Po ist wirklich gut, aber die Zahlen sind erschreckend" kommentierte er trocken, „Waren da nicht mal irgendwelche Reporter im Reichstag bei der Untersuchung der Klobrillen fündig geworden?"

„Ja, aber mit richtigem Kokain. Hier geht es um die Ausscheidungen, also bereits konsumierten Koks."

„Denkst du was ich denke?"

„Ist aber sehr unappetitlich!"

„Und wenn schon. Vielleicht haben ja auch die Stadtwerke entsprechende Daten aus dem Abwasser vorliegen. Und dann haben wir ja auch noch Fridolin."

Doch der Rauschgift-Spürhund war derzeit auf einem Außeneinsatz in einer Disko an der Nahe und stand erst am Folgetag wieder zur Verfügung. So telefonierten die beiden Kripobeamten zunächst mit den Stadtwerken, dem Klärwerk und dem Landesamt für Gewässerkunde. Einige Telefonate später waren sie schlauer.

Zunächst erreichten Sie das Wasserlabor des Landesamtes für Gewässerkunde am Mainzer Zollhafen. Eine eifrige Laborantin mit dem zum Thema passenden Vornamen Marina meinte, dass sie zwar die Wassergüte im Rhein regelmäßig kontrollieren und dies auch öffentlich darstellen würden, wie ja auch die Station an der Theodor-Heuss-Brücke zeige, aber nach Rauschgift-Abbauprodukten werde bisher nicht gesucht. Sie wolle es aber gern ihrem Chef unterbreiten.

Die Stadtwerke ihrerseits waren etwas irritiert wegen der Anfrage nach Rauschgift-Resten im Abwasser und versicherten, dass sie keine entsprechenden Daten vorliegen hätten. Sie würden natürlich wegen der biologischen Klärstufen das Abwasser auf Schwermetalle und biologisch toxische Substanzen untersuchen, aber das Abbauprodukt von Rauschgiften sei nicht darunter. Dem hauseigenen Kriminallabor am Valenciaplatz wiederum war der Drogen-Nachweis im Urin eines Konsumenten natürlich bekannt, aber im Abwasser eines Gebäudes oder einer ganzen Stadt hatten sie es noch nicht durchgeführt. Sie waren stark daran interessiert, meinten aber, dass sie gern eine zweite Analyse von einem externen Labor zum Vergleich ihrer Ergebnisse heran ziehen würden.

„Als zweites, privates Labor könnten wir Mo beauftragen.“ fasste Wülfing die Ergebnisse zusammen, „Aber wo holen wir unsere Proben her? Sollen wir das Abflussrohr in diesem Altbau Chemie ausgraben? Das würde uns nichts nützen, wir brauchen personenbezogene Quellen.“

„Fragen wir doch mal unseren gemeinsamen Freund Ronni, der hat doch Erfahrung in Analytik. Vielleicht lässt sich das Zeug ja auch gar nicht mit deiner Idee nachweisen.“

*

Auch der schönste Sommer geht einmal zu Ende, um den fast völlig verblühten Schmetterlingsflieder summen nur noch wenige Schmetterlinge, träge schon von den immer kälteren Nächten und die Flügel ramponiert von den aufregenden Sonnentagen.

In dieser halbwegs heilen Welt tollen Flocki und Gyelpo über die Wiese, die Kinder rennen schreiend mittendrin herum, der Staubsauger brummt, die Spülmaschine rauscht und die Waschmaschine ist jetzt, kurz vor dem Abendessen, genauso fertig wie ich auch. Da fehlt nur noch ein Anruf, doch stattdessen läutet es an der Haustür. Herbert steht da, in seinem verschwitzten kurzärmeligen Hemd mit den dezenten Karomustern. Elvira ist nicht dabei, wohl aber Hajo, der sich interessiert meine neu installierte Funkklingel für die Kinder ansieht.

Beide sehen mir nach einer Portion Espresso aus und den bekommen sie umgehend auf der Terrasse serviert, wo wir dem Treiben der Kinder und Tiere zusehen. Gyelpo kommt angerannt, begrüßt Herbert stürmisch und will dann gleich mit Flocki weiter raufen. Doch die alte Dame ist erschöpft und verkriecht sich unter meinem Stuhl.

“Wie läuft das Studium, Ronni? Auf deine alten Tage?”

Herbert hatte meine Lehrerpläne stets mit etwas Skepsis betrachtet.

“Danke der Nachfrage, eigentlich ganz passabel. Bis auf die Chemie, die immer noch im Mittelalter steckt.”

“Das klingt frustriert ... was macht die Liebe?”

“Auch nicht besser, da hatte ich gedacht mit einer Kommilitonin würde etwas laufen, aber ...”

“Und woran liegt´s?”

“Versteh mal einer die Frauen ... heute so und morgen so ...”

“Ich habe gedacht, dass du und An ... deine Kommilitonin ...”

“Woher weißt du Christels Namen?” unterbreche ich ihn.

Herbert und Hajo schauen sich kurz an und dann antwortet Herbert.

“Ich habe keinen Namen gesagt, wollte nur sagen, dass du und Frauen immer ein recht schwieriges Thema ist.”

Das klingt nicht überzeugend, aber die beiden werden wohl nicht nur wegen der Hunde und des Small Talks gekommen sein, vermute ich richtig.

“Ronni, du hast doch auch Mineralogie studiert” stellt Herbert betont locker fest.

“Ja, auch das. Willst du fragen, was Gyelpo ausgebuddelt hat? Im Moment versucht er eher, Flockis Kauknochen zu klauen und zu verbuddeln.”

“Nein, es geht um Wasser ... wie kann man Abwasser analysieren? Auch über längere Zeiträume?”

“Habe ich in Geochemie gehört, da gibt es Analyseverfahren, mit denen man gelöste Stoffe direkt nachweisen kann. Sind Schicht für Schicht aufgebaute Ablagerungen, also Sedimente, vorhanden, kann man oft die Entwicklung der Schadstoffkonzentrationen über einen längeren Zeitraum verfolgen.”

“Und wie soll das gehen?”

“Sind Teilchen im Wasser, so werden die von der Strömung mitgerissen, bis sie an eine Stelle kommen, wo die Strömung geringer ist. Das nennt man dann Strömungsschatten. Dort reicht die Strömungsenergie nicht mehr zum weiteren Transport aus und die Teilchen sinken zwangsläufig zu Boden und lagern sich ab. Jeden Tag ein paar Teilchen, am nächsten wieder und so weiter. So ähnlich entstehen die Staubflocken in den Zimmerecken oder unter dem Bett, aber auch beispielsweise Manganknollen auf dem Flussgrund an der Petersaue und die anderen Fluss-Sedimente an Main- und Rhein - Schicht für Schicht, Tag für Tag. Ihr könnt das auch am Mainzer Dom sehen.”

“Wie das?”

“Der Mainzer Dom ist wie viele andere Gebäude in Mainz aus Sandstein aufgebaut. Das ist nichts anderes als verfestigtes Fluss-Sediment. Die Streifen, die du darin siehst, sind Schichten, die irgendwann einmal ein Fluss ablagerte. Mal mehr von dem einen Material, mal mehr von dem anderen. Wie die Jahresringe eines Baumes. Wann immer irgendwo Wasser zum Stillstand kommt, lädt es seine Fracht ab."

"Und das gehört zur Standard-Analytik in der Abwasser-Untersuchung?"

"Nicht überall. Früher hat das Institut für Wasserforschung der ESWE in Wiesbaden Rhein- und Main-Sedimente auf Medikamente analysiert. Die Ergebnisse waren so genau, dass sie die Medikamenten-Einleitungen genau datieren konnten. Sogar im Grundwasser wiesen sie einen interessanten Medikamenten-Mix nach, der ungehindert alle Klärstufen passiert hatte. Dazu jede Menge antibiotika-resistente Keime, die durch die dauernden Antibiotika-Einleitungen aus dem Klinik-Abwasser in den Kläranlagen geradezu gezüchtet werden und dann übers Grundwasser unser Trinkwasser bedrohen. Das war recht brisant - bis dann plötzlich kein Geld mehr da war und das Institut geschlossen wurde. Waren da die Ergebnisse einfach zu unbequem gewesen?"

Analytik war schon immer mein Lieblingsfach gewesen, die Suche nach dem, woraus etwas besteht. Herbert und Hajo schauen sich vielsagend an, dann meinte Hajo:

"Jetzt macht es niemand mehr in Mainz?"

Ich schüttele den Kopf "Nur die Standard-Analytik auf Schwermetalle und so."

"Wäre aber kein analytisches Problem?"

"Kaum, das kann jedes erfahrene Labor, wenn es denn bezahlt wird."

"Im Fluss geht es also. Im Haushalt aber wohl kaum. Da sind doch die Wasserrohre so glatt, dass sich nichts ablagert."

"Wenn man von den Rohrverkrustungen absieht, die in aller Regel aus Kalk bestehen, eigentlich ja. Zumindest beim Frischwasser" überlege ich, "beim Abwasser nicht unbedingt. Wegen des Geruchsabschlusses sind da Siphons an jedem Abfluss. In denen steht das Wasser sehr lange, wenn es eintrocknet, bleiben sogar alle festen Stoffe erhalten. Worum geht es überhaupt? Hat das was mit der Uni zu tun?"

"Das können wir dir leider nicht sagen" übernimmt Herbert wieder die Gesprächsführung. Da ohnehin Feierabend ist und ich mich ums Abendessen für die Kinder kümmern muss, verabschieden sich die beiden recht schnell.

*

Das mit dem Namen musste ein Scherz gewesen sein, denn Fridolin von der Brombeerhecke vorm Westerberg sah nicht aus wie ein Rassehund. Er war mittelgroß und hatte eine spitze Schnauze mit faltiger Denkerstirn sowie einigen schon angegrauten Haaren an der Seite. Dahinter ein breiter Brustkorb, der stromlinienförmig über schmale Hüften in einen langen, glatten Schwanz auslief. Sein mittelbraunes Fell war mit unregelmäßig angeordneten weißen und schwarzen Flecken gemustert.

Der halbaristokratische Name war wahrscheinlich einer der kleinen Beamtenscherze, die den Behördenalltag etwas erträglicher machen. Der Hundeführer grinste jedenfalls auf eine entsprechende Frage von Hessinger und Wülfing vielsagend, als sie sich morgens vor dem Altbau Organik trafen und nannte das lebhafte Tier, das ständig hochspringen und die Umstehenden im Gesicht abschlecken wollte, eine gelungene Mischung von Collie und Boxer. Im Gebäude wurde Fridolin endlich abgeleint und er rannte zunächst scheinbar ziellos hin und her, kam immer wieder zurück zum Hundeführer und rannte wieder los. Er schnüffelte hier und da, verharrte ein wenig länger am Tresor und rannte dann weiter die Treppe hinauf. Im zweiten Stock stürmte er ins Zytolab, wo Dr. Moustafa pfeiferauchend seine Genanalysen durchführte. Bis die drei die Treppe hoch kamen, hatte er Frido bereits mit einem kleinen Stück Fleischwurstbrot gefüttert, was der Hundeführer nicht gern sah.

Wülfing kannte "Mo", wie er allgemein genannt wurde, schon von früheren Fällen, aber Zeit für einen Plausch blieb nicht, denn die drei mussten weiter. Die Zeit mit dem Superschnüffler war zu kostbar. Im dritten Stock wurde es dann spannend: Zielsicher steuerte Fridolin das Zimmer an, dessen Schlüssel sie bei Haiger gefunden hatten. Er schnüffelte besonders intensiv am Ausguss und an den Regalspuren an der Wand.

Doch der Hund wollte weiter und drei Türen weiter scharrte er vernehmlich an einer weiteren Tür, die allerdings verschlossen war. Und er rannte auch zielsicher in die Damentoilette, schnüffelte an der Kloschüssel und der Ablage über dem Waschbecken, danach in der Herrentoilette. Wülfing und Hessinger sahen sich vielsagend an.

"Früher war der Koks eher im Keller" meinte Wülfing trocken, "falls es denn Koks ist."

"Unsere Leute werden nicht begeistert sein, wenn sie Staubkrümel auf Drogen untersuchen sollen. Ich hole schon mal den Hausmeister, der uns die Tür zum nächsten Raum öffnen kann, falls da nicht auch wie beim Haiger-Raum das Schloss ausgetauscht wurde."

Hajo sprintete die Treppe runter, während Fridolin wieder an der abgeschlossenen Tür scharrte. Wülfing schaute sich um - es sah immer noch so aus wie am Tag, als sie nach Haigers Tod das erste Mal hier oben waren. Oder nicht? Das gleiche Weiß, die gleichen uniformen Türen, der glatte, gewischte Boden.

Damals waren die Türen auch geschlossen gewesen, so wie heute. Es wäre besser gewesen, auch die anderen Räume zu kontrollieren, es hatte aber damals keinen Grund dafür gegeben. Jetzt hatten sie ihn. Hajo kam mit dem Hausmeister zurück und der zückte seinen Generalschlüssel. Doch er passte nicht und sie mussten den Schlüsseldienst kommen lassen. Das war also schon der zweite Raum in diesem Gebäude, den jemand unbefugt genutzt hatte. Doch wozu? Bald würden sie es wissen.

In der Zwischenzeit zog Hessinger aus seiner Lederjacke eine kleine Wasserpumpenzange und betätigte sich als Klempner. Zunächst montierte er die Siphons an den Waschbecken der Räume ab, in denen Fridolin Laut gegeben hatte, zuletzt am Urinal in der Herrentoilette. Sie beschrifteten und verpackten die Röhren sorgfältig und verstauten sie in mitgebrachten Plastiktüten. Der Hausmeister verschloss die Türen, hängte Zettel daran, dass die sanitären Anlagen außer Betrieb seien und setzte mehrere Urinal- und Waschbecken-Siphons ganz oben auf seine Einkaufsliste.

Eine Stunde später war der Schlüsseldienst da und sie konnten endlich die Tür öffnen, vor der Fridolin so ungeduldig gescharrt hatte.

*

Das erste, was Ihnen auffiel, war ein merkwürdiges Halbdunkel. Das recht kleine Doppelfenster war mit weißem Papier verklebt. Nur durch einige durch unsauberes Aufkleben entstandene Spalten schickte die Sonne vereinzelte Strahlen, die den Raum unregelmäßig erhellten und in deren Licht feiner aufgewirbelter Staub tanzte. Der weiß gestrichene Raum war recht groß, vielleicht dreißig Quadratmeter, an der Decke vier doppelte Neonröhren in Wannen. Eine Tür führte nach außen auf einen schmalen Balkon, auf dem sich allerlei Gerümpel wie alte Stühle stapelte. An den Wänden und Decken waren bis zu 15 elektrische Leitungen fein säuberlich nebeneinander verlegt, die zu entsprechenden Steckdosen und Schaltern führten, die wohl noch aus den dreißiger Jahren des letzten Jahrhunderts stammten. Auf mehreren Tischen standen säuberlich aufgereiht eine Vielzahl von Schalen und gläserne Laborapparate, von denen Schläuche zum Wasseranschlussbecken gingen. Von der Decke hingen an blanken Ketten zwei Steckdosenwürfel, in denen einige Zuleitungen zu Geräten auf den Tischen steckten. Rechts neben der Tür lehnten Regalbretter an der Wand, sorgsam gestapelt, wie überhaupt alles in diesem Raum einen aufgeräumten Eindruck machte. Einen aufgeräumten Eindruck machte auch Fridolin, der wild hin und her sprang und gar nicht wusste, wo er zuerst schnüffeln sollte: An den Apparaturen auf den Tischen, dem Waschbecken. Nur an dem kleinen bräunlichen Sack, der in der Ecke stand, hatte er wenig Interesse.

Wülfing ging gar nicht weiter, sondern blieb in der Tür stehen.

"Volltreffer. Da haben wir ein veritables Drogenlabor, Hajo. Frido ist hellauf begeistert."

"Dann rufe ich mal die Spurensicherung. Die können mir den Siphon hier auch gleich abschrauben."

"Handwerk hat goldenen Boden. Immer noch" grinste Wülfing.

Die Spurensicherung war zwar gerade mit dem Einbruchdiebstahl eines Fahrrades aus einem Kellerraum der Neustadt beschäftigt, aber ein Drogenlabor ist natürlich nicht nur interessanter, sondern auch wichtiger. So wurde der Kellerraum versiegelt und bereits eine halbe Stunde später kamen die vier Beamten die Treppe hoch zum dritten Stock.

Wer immer dieses Labor betrieben hatte, hatte an den Tischen und Geräten eine Vielzahl von Fingerabdrücken hinterlassen. Erstaunlich war die Dimensionierung der Geräte, insbesondere eines großen Glaskolbens mit einem Volumen von zehn Litern.

"Da hat einer nicht nur für sich und seine Kifferfreunde produziert." stellte Hessinger fest, "Im 10-kg-Säckchen ist wohl das Rohmaterial. Mal sehen, was Mo herausfindet. Ob er Fridolin inzwischen rund gefüttert hat?"

Doch Fridolin hatte sich mit seinem Herrchen längst aus dem Labor verabschiedet und Mo wuselte emsig zwischen einer Vielzahl von Analysegeräten hin und her.

"Einen Moment bitte noch, aber kommt schon einmal herein und setzt euch. Hier ist es geheizt."

Er holte eine Fruchtsaft-Probe aus einer Zentrifuge und dekantierte die überstehende Flüssigkeit in ein kleines Glasröhrchen, das er in ein großes, geheimnisvoll blinkendes Gerät steckte, dessen Anzeigen darauf hin kaum ansteigende Zahlen zeigten.

“So, jetzt habe ich Zeit, die Messung läuft dreißig Minuten” erläuterte er, “Womit kann ich dienen? Fruchtsaft, Tee, Wasser?”

“Danke Mo” meinte Wülfing, der schon öfter im Zytolab gewesen war, “Heute habe ich einen Auftrag für dich. Eine Sediment-Untersuchung.”

“Ich schätze” Mo zog an seiner Pfeife, “auf organische Substanzen. Medikamente?”

“Wahrscheinlich eher Rauschmittel und deren Abbauprodukte. Wichtig ist, dass man die Ablagerungen in der Abfolge einordnen kann.”

“Also in welcher Schicht welche Substanz vorliegt? Prinzipiell kein Problem, allerdings dauert die Probenaufbereitung ein wenig länger. Wieviel darf ich ansetzen? Wann soll es fertig sein? Gestern?”

“Gestern wäre gut, vorgestern wäre besser. Die Kosten - da schicke uns ein Angebot. Aber wir sind sicher, dass du nicht überteuer bist.”

“Das ist ja nicht euer erster Auftrag, dann fange ich also schon mal an, obwohl ich derzeit viel zu tun habe.”

Mo schaute auf seinen mit Proben gespickten Arbeitstisch.

“Um welches Rauschgift handelt es sich? Natürlich, künstlich?”

“Kokain wahrscheinlich, aber andere Substanzen können nicht ausgeschlossen werden.”

“Also Designerdrogen oder so etwas sind auch möglich ... die Steroide sind sowieso alle chemisch verwandt ... Montag Vormittag, nach dem Wochenende. OK?”

Wülfing nickte und Hessinger zog die Beutel mit den Siphons raus. Mit einem Rohrschneider schnitten sie sorgfältig die metallischen Röhren entzwei und beschrifteten die zusammengehörigen Hälften mit Identifikationsnummern. Sie steckten die Proben für das Kriminallabor in eine durchsichtige Kunststoff-Tüte, während Mo bereits die erste Probe unter dem Mikroskop betrachtete und laut dachte.

“Interessant, interessant. Dünne Schichten, wie bei unserem kalkigen Mainzer Wasser zu erwarten. Aber hier ist ein klarer Schnitt. Da war das Siphon wohl eine Zeitlang eingetrocknet und dann wieder genutzt worden.”

“Was bedeutet das?”

“Im Waschbecken sind in der letzten Zeit andere Substanzen herunter gespült wurden als vorher. Was, muss die Analyse zeigen. Das wird recht aufwändig, weil ich schichtweise vorgehen muss. Wie gesagt: Montag. Und entschuldigt mich bitte - meine Fruchtsaftanalysen sind fertig, der Kunde wartet. Er will so schnell wie möglich wissen, ob er seinen Saft aus den Containern in Tüten und Flaschen abfüllen kann oder nicht.”

Nach diesem dezenten Rauswurf gingen Hessinger und Wülfing wieder ins Drogenlabor, wo die Kollegen der Spurensicherung inzwischen die meisten Arbeiten erledigt hatten. Lediglich der Fingerabdruck-Experte pinselte noch sorgfältig den Fensterrahmen ein. Die Fenster waren inzwischen geöffnet und das Licht erleuchtete den Raum bis in den kleinsten Winkel.

Der Arbeitstisch war bis auf das große längliche Glasgefäß, das die Kollegen als Schlangenkühler bezeichnet hatten, leer geräumt. Die Abdampfgläser waren in durchsichtige Plastiktüten verpackt und in einen Karton verstaut worden, ebenso der große Glaskolben, in dem weiß-bräunliche Rückstände zu erkennen waren. Auch das bräunliche Säckchen war mit Klebeband verschlossen und versiegelt worden. Sie schauten sich noch etwas um und versuchten sich in die Situation dessen zu versetzen, der das Labor aufgebaut hatte.

Ein guter Platz, zweifellos, mit allen Einrichtungen wie Strom und Wasser, sogar ein Abzug war dabei für den Fall, dass es giftige Dämpfe zu entsorgen gab. Der Raum war kostenlos, bis die Umbauten am Gebäude abgeschlossen waren. Er wurde nicht kontrolliert, weil erst wenige in dem Gebäude arbeiteten und sich das Leben eher auf der gegenüber liegenden Seite im Becherweg abspielte. Wer sich hier einquartiert hatte? Es konnte theoretisch ein Student gewesen sein oder ein anderer, der von diesen paradiesischen Möglichkeiten erfahren hatte und nur bei Bedarf kam. Ob ein Uni-Angestellter ein Drogenlabor direkt neben seinem Arbeitsplatz aufmachen würde? Kaum glaublich, aber auch nicht ganz außer acht zu lassen, denn vielleicht fühlte sich da jemand einfach zu sicher.

Wieder zurück im Büro war Basisarbeit angesagt, telefonieren, telefonieren, telefonieren. Zuerst ein Anruf bei Yvonne Erdmann, der üppigen Lolita aus dem Garibaldi´s, den Wülfing seinem Kollegen überließ, denn die persönliche Nähe war ihm wegen des Hundes unangenehm. Aber diese Yvonne verlor kein Wort über den Hund, was irgendwie zwar zu erwarten war und Herbert trotzdem enttäuschte. Ebenfalls erwartet enttäuschend war die Antwort auf die Frage, mit wem sie bei ihrem Anruf am letzten Samstag gesprochen hatte. Zuerst war sie überrascht, woher es die Kripo wusste und dann konnte sie sich nicht mehr daran erinnern. Vielleicht habe ihr Freund Ulrich Börder ja Pizza bestellt? Der sei gerade im Meyer´s, einer Szene-Kaffe-Bar, und über Handy zu erreichen. Beim Anruf dort erwies er sich aber als kurz angebunden.

“Wissen Sie, wie viel Anrufe ich als Anwalt täglich bekomme oder tätige?”

Im Hintergrund waren lebhafte Gespräche zu hören, irgendeine Frau kreischte schrill los und andere fingen an zu lachen.

“Frau Erdmann meinte, dass Sie vielleicht ihr Handy benutzt ...”

“Unsinn, was wollen Sie da konstruieren? Was erdreisten Sie sich, meine Mandantin einfach anzurufen? Ich werde Frau Erdmann sagen, dass sie künftig keinerlei Aussagen mehr Ihnen gegenüber macht. Und nun entschuldigen Sie mich, ich habe zu tun.”

Der Rechtsanwalt unterbrach die Verbindung.

Oberkommissar Hessinger lehnte sich in seinem Bürostuhl soweit zurück, dass der Federmechanismus auf eine harte Probe gestellt wurde.

“Ein harter Knochen, Herbert, du hast ihn ja auch schon in Frankfurt kennen gelernt. Könnte wetten, dass er Dreck am Stecken hat. Ob er ein Alibi für die Mordnacht hat?”

“Fragen wir mal die Frankfurter Kollegen, vielleicht wissen die was über ihn und könnten auch die SIM-Karte vom Handy checken.”

Gesagt, getan. Der Frankfurter Kollege am Telefon stutzte bereits, als er den Namen des Rechtsanwalts hörte. Der war nämlich vor einigen Wochen bei einer Verkehrskontrolle mit überhöhter Geschwindigkeit und einer Prise Kokain in der Nase erwischt worden. Das Handy hatte man bei dieser Gelegenheit bereits untersuchen wollen, aber er hatte es irgendwie geschafft, die SIM-Karte auf dem Weg zur Urinprobe verschwinden zu lassen.

Das Handy dieser Yvonne hatte man nicht inspiziert, weil sie mit dem damaligen Fall nicht in Verbindung gestanden hatte. Vielleicht käme man auf dem neuen Weg ja auch in diesem Fall weiter. Sie würden sich sofort mit neuen Ergebnissen melden - falls Erdmanns SIM-Karte nicht auch noch verschwunden sei.

*

Herbert grinste, als er um acht ins Büro kam und sein Kollege mit einem missmutigen Gesichtsausdruck bereits eifrig am Computer tippte. Wenn er noch Haare hätte, würde er sie sich jetzt raufen, dachte er, aber Hajo hatte halt keine mehr. Auf dem

Tisch lagen zwei Berichte, der obere trug den Briefkopf der Frankfurter Kripo. Er betraf die Auswertung der SIM-Karte des Handys von Frau Erdmann, wohnhaft und so weiter. Eine endlose Reihe von Buchstaben und Zahlen, sicher mehr als 100 Telefonnummern, die zugehörigen Namen meist nur mit zwei Buchstaben abgekürzt.

"Die hat ein gutes Gedächtnis, Hajo" meinte Wülfing zu seinem Kollegen, der mit seinem Tabellenprogramm weiter arbeitete und die Daten auf dem Monitor hin- und herschob.

"Einen Moment, ich habe es gleich. Ja, da ist es! Auch hier ist Haigers Handy eingespeichert, also nicht nur zufällig angerufen worden. Außerdem mit einem simplen "K" abgespeichert."

"K wie Koks - das wissen wir ja jetzt schon. Die Erdmann, die Börsenmakler, der Rechtsanwalt ..."

"Haiger schien gut im Geschäft zu sein. Aber auch nach seinem Tod geht es wohl weiter."

"Das macht mir Sorgen. Zunächst das Telefonat mit der Erdmann, die Haiger ja offensichtlich vorher kannte und dann der andere Anruf in bekannter Art und Weise."

"Anrufen, klingeln lassen und keine Verbindung - als ob man sehen will, dass jemand zu Hause ist."

"Ja, wer klopft, der wird eingelassen."

Der zweite Bericht war wesentlich umfangreicher. Er begann mit einer Analyse der in den Schalen und Geräten gefundenen Substanzen. Es gab Spuren von Opium und Kokain, was die Vermutung unterstützte, dass hier Rauschgifte im Sinne eines größtmöglichen Profits aufbereitet worden waren. Zwar ließen sich aus einem Kilo Opium nur etwa hundert Gramm Kokain gewinnen, aber der wesentlich höhere Schwarzmarktwert der Modedroge machte auch das zu einem lukrativen Geschäft. Die restlichen neunhundert Gramm hatten immer noch leicht berauschende Eigenschaften und wurden im Orient gern in Wasserpfeifen geraucht, was in Deutschland natürlich auch verboten war. Kokain war in seiner Wirkung wesentlich problematischer als das sedierende Opium und führte zu regelrechten Wesensveränderungen, machte aggressiv und rücksichtslos. Das nutzten einige Bulldozer-Typen auf ihrem Karriereweg in der modernen Gesellschaft und waren nach ein paar Jahren nur noch Wracks mit krebszerfressener Nasenschleimhaut. In den USA wurde Kokain mit Backpulver zu Crack aufbereitet und machte dann noch süchtiger und aggressiver, ein verhängnisvoller Cocktail in Verbindung mit den frei erhältlichen Waffen in diesem Land. Die Kollegen schätzten aus den Produktionsrückständen die Summe des im Labor verarbeiteten Materials auf mehrere Kilogramm und man erhoffte sich langfristige Ergebnisse von der Untersuchung der Rückstände in den Siphons.

Auch die kriminaltechnische Seite hatte interessante Ergebnisse geliefert, offensichtlich war Kollege Fritz mit der wissenschaftlichen Arbeitsmethode wieder tätig gewesen. Tatsächlich lag dem Bericht eine statistische Auswertung der Fingerabdruck-Dichte im Raum bei, die auch noch mit farbigen Markern in einen Grundriss des Raumes eingezeichnet war.

Zunächst fiel auf, dass es jede Menge Fingerabdrücke gab - und zwar meist die selben, zweifelsfrei Haiger zuzuordnen und in grün markiert. Die waren allerdings nur auf den Tischen und Geräten gefunden worden, nicht aber im Raum selbst wie an den Wänden, dem Fenster, der Tür oder dem Waschbecken. Diese räumliche Zuordnung galt auch für die blau markierten Abdrücke, die entweder vereinzelt vorlagen oder aber von Haigers Abdrücken überlagert waren. Sie stammten von kleinen Fingern, vielleicht von einer Frau? Frauen waren aber in der Chemie absolute Mangelware – das schien unwahrscheinlich, war aber zu prüfen. Oder stammten sie von Jugendlichen? Die wären zwar im Institut sicher aufgefallen, aber ganz abwegig war das auch nicht. In jedem Fall waren die Abdrücke älter als die von Haiger, also war die Anlage davor von jemand anderem benutzt worden.

Schließlich waren da rote Markierungen an einzelnen Stellen im Grundriss, in der zugehörigen Beschreibung als unbekannte, nicht zu identifizierende Abdrücke bezeichnet. Diese wiesen gleich mehrere Eigenheiten auf: Sie waren nur an wenigen Punkten im Raum zu finden und waren wahrscheinlich von Gummihandschuhen hinterlassen worden. Wo sie an den Tischen oder Geräten zu finden waren, lagen sie immer über den Haiger´schen Abdrücken, ohne diese aber zu verwischen.

“Hmmh” brummte Herbert in seinen nicht vorhandenen Bart, sagte dann aber nichts.

“Das wollte ich auch gerade anmerken” meinte Hajo, dessen Laune sich nach dem Studium des zweiten Berichts offensichtlich wieder gebessert hatte, denn immerhin gab es ein paar greifbare Spuren - auch wenn sie jemand wohl teilweise absichtlich gelegt hatte.

“Da haben wir es mit einem Fuchs zu tun. Oder einer Füchsin. Da hat jemand das Labor aus dem Nachbarraum in den neuen Raum umgelagert, wohl nach Haigers

Tod. Weshalb sollte Haiger unmittelbar umgezogen sein? Und dabei ganz gegen seine Gewohnheit Handschuhen genutzt haben, nicht nur um selbst keine Abdrücke zu hinterlassen ..."

"... sondern sogar, um alte bestehende Abdrücke zu erhalten? Und warum sollte er oder sie das Drogenlabor nur ein paar Meter weiter verlagern? Warum dann nicht gleich da gelassen, wo es war? Das nennt man eine falsche Fährte legen und das kommt heraus, wenn diese Krimischreiber und Tatortfilmer immer wieder Einzelheiten aus der Polizeiarbeit ausplaudern."

"So wie dein Freund Ronni."

"Danke für die Blumen". Die Stichelei seines Kollegen konnte Wülfing gerade jetzt gut gebrauchen. "Hat uns immerhin auch öfter mal was gebracht."

"Schon in Ordnung, Herbert. Vielleicht könnte er uns mal wieder ein wenig helfen."

*

Im Halbschlaf schlage ich um mich, eine Stechmücke kreist um meinen Kopf. Eine kurze Pause, dann wieder dieses schrille Geräusch, dann wieder eine kurze Pause ... das Telefon! Mühsam werde ich wach und greife im Dunkeln hastig nach dem Hörer. Wer ruft mich mitten in der Nacht an um - ich schaue auf den Wecker - halb vier! Ich schalte die Leselampe an.

Mein Kopf dröhnt und ich melde mich mit einem unfreundlichen "Ja?".

"Ronni? Hallo hier ist die Christel" dringt es in bekannt schneller Stimme an mein Ohr.

"Entschuldige, dass ich dich störe, aber mir geht es Scheiße. Ich brauche jemand zum Reden."

"Langsam, was ist denn passiert?" Mühsam versuche ich meine Gedanken zu sortieren. Was ist so dringend, dass sie nicht bis zum Morgen warten kann?

"Alles ist Scheiße, die Uni, die Männer. Irgend jemand verfolgt mich."

Das wird ja immer merkwürdiger.

"Bitte etwas konkreter."

"Ihr Männer seid ja alle gleich, wollt immer nur das eine."

Ihr Verhalten bei unserem ersten und bisher einzigen Zusammensein kam mir da eher umgekehrt vor - und dann hatte sie sich mit Haiger getroffen.

“Ich etwa auch?” protestiere ich, doch sie geht nicht darauf ein und spricht schnell weiter.

“Alles ist Mist, ich würde am liebsten Schluss machen, aber das könnte euch so passen.”

Auch das noch, eine Selbstmord-Drohung.

“Ich werde verfolgt, ich weiß es genau! Bist du das oder hast du dafür einen deiner Freunde engagiert? Sag es, ich muss es wissen! Dass du mich dann nie mehr sehen wirst, ist dir klar.”

“Langsam, langsam. Zunächst: Ich verfolge dich nicht. Wie kommst du überhaupt darauf?”

“Als wir uns getroffen hatten, ist mir ein Auto nachgefahren. Und auch als ich letzten Sonntag schwimmen war, habe ich dich gesehen. Und mir ist wieder ein Auto nachgefahren, bis nach Hause. Ein Opel Omega, grau, KL-V 750.”

Aha, sie hatte bemerkt, dass ich sie mit Wendig in der Favoriten gesehen hatte. Sie schien ja Ihre Augen überall zu haben.

“Das ist nicht mein Auto.”

“Das weiß ich auch! Ich bin ja nicht dumm! Wer von deinen Freunden ist das? Du hast ja so viele. Und ich habe keinen!”

“Keiner meiner Freunde hat ein solches Auto und ich verfolge dich nicht. Aber was soll ich machen, du glaubst es mir ja doch nicht. Vielleicht sollten wir morgen bei Tageslicht darüber sprechen.”

“Morgen wirst du mich nicht mehr sehen! Niemand wird mich mehr sehen! Niemals!”

Sie schluchzt hemmungslos, bleibt aber am Hörer. Ich lasse sie erst einmal ausheulen und rede dann weiter.

“Noch mal: Treffen wir uns morgen auf der Uni? Dann können wir ruhig darüber quatschen!”

“Nein, ich komme jetzt zu dir. Ich brauche jetzt gleich jemand!”

“Das will ich nicht, außerdem sind die Kinder da.”

“Dann mache ich jetzt Schluss. Ich fahre mit dem Auto gegen den nächsten Brückenpfeiler. Das Leben hätte so schön sein können. Aber das war´s dann!”

Doch sie legt nicht auf, sondern lauscht offensichtlich auf meine Reaktion. Auf solche Erpressungen kann ich natürlich nicht eingehen.

“Also willst du nicht, dass wir uns morgen treffen?”

Ein lang andauernder Heulausbruch ist die Reaktion, dann endlich

“Du bist gemein. Alle Männer sind gemein.”

Ich sage nichts, wieder Stille, dann schließlich

“Um neun zum Frühstück bei dir? Ich bringe Brötchen mit.”

“OK, aber halte dich etwas zurück. Ich habe meine Kinder noch da. Die stehen aber sowieso etwas später auf.”

“Glaubst du denn, dass ich mich nicht benehmen kann? Ha, wenn du wüsstest, mit wem und wo ich schon überall war. Und da hat sich niemand beschwert! Also bis um neun.”

“Also bis dann” spreche ich noch in den Hörer, doch sie hat schon aufgelegt.

Den Rest der Nacht kann ich natürlich nicht wieder einschlafen. Einerseits, weil ich jetzt hellwach bin - glockenhellwach sagte Jana manchmal - und andererseits, weil der Schein der Leselampe offensichtlich eine weitere Stechmücke in mein Schlafzimmer gelockt hat, denn die Zahl der Attacken scheint sich zu steigern. Sie halten mich wach, bis es hell wird und ich erwische sie erst am Fliegengitter, als sie mit meinem Blut zum Fenster hinaus wollen. So hat das Gitter wenigstens einen Sinn - wenn auch in anderer Richtung als gedacht.

*

Auf die Sekunde genau ist sie da, mit ihrem, wie immer blank gewienerten, dunkelblau-graumetallic lackierten Cabrio. Sie begrüßt mich ganz formell und hat eine ganze Tüte voller Brötchen dabei, die sie direkt im Dorf gekauft hat, wie die Tüte verrät. Ihre Sonnenbrille setzt sie erst am Frühstückstisch ab. Sie sieht verheult aus - kein Wunder nach dieser schlechten Nacht.

Erst als sie zwei Mohn- und Sesambrötchen gegessen hat, bricht sie das Schweigen.

“Du hasst mich. Gib zu, dass du mich hasst” stellt sie mit entschlossener Stimme fest.

“Das stimmt nicht. Aber warum magst du dich selbst nicht?”

“Was weißt du schon, was ich mache?”

“Einiges - und dabei ist vieles, was ich nicht verstehe. Zum Beispiel, was du mit Haiger zu tun hattest. Und jetzt mit Wendig.”

“Von Haiger weißt du auch? Woher? Du verfolgst mich! Ich wusste es! Du bist hinter mir her.”

“So ein Blödsinn. Erstens kennst du mein Auto und zweitens habe ich dich mit Wendig zufällig in Mainz gesehen.”

„Du hast mich verfolgt! Und es gleich der Polizei gesagt! Lüge nicht! Warum hassen mich alle?“

„Hat dich die Kripo denn gefragt?“

„Natürlich haben sie das – was denkst du?“

„Davon wusste ich nichts.“

„Das kannst du deiner Oma erzählen! Aber ich hatte ein Alibi, dass das klar ist. Ich schreibe nämlich immer genau auf, wo ich wann bin.“

„Ja, ich habe meinem Freund bei der Kripo gesagt, dass ich dich mal mit Haiger und Wendig gesehen habe. Aber nur ganz nebenbei und bestimmt nicht, um dir zu schaden. Und natürlich verfolge ich dich nicht.“

“Dass du nicht dein Auto nimmst, wenn du mich verfolgst, ist klar. Damit gibst du es praktisch zu. Es hatte ein Kaiserslauterner Kennzeichen, KL-V 750. Ein grauer Kombi von Opel. Du kennst doch jemand in Kaiserslautern auf der Uni, stimmt´s? Was hast du noch alles gesehen?”

“Verfolgen ist Blödsinn. Erkläre mir doch lieber mal, wie das zusammen passt. Erst schnauzt er dich im Labor an wie ein Geisteskranker und dann gehst du mit ihm aus. Andererseits wolltest du mich gegen ihn unterstützen, was einigen Mut verrät.”

“Wieso sollte ich dir das erzählen? Eine Frau hat halt ihre Geheimnisse. Ihr Männer, ich hasse euch alle.”

Sie macht eine Pause und stützt sich mir gegenüber auf den Tisch.

“Nichts weißt du, gar nichts weißt du!”

Wir kommen so nicht weiter und ich bin froh, als Linda kurze Zeit später auftaucht und sich mit Begeisterung auf die Brötchen stürzt. Immerhin lässt sie noch zwei für Dominik übrig. Nach ihrem Auftauchen ist Chrissie wie verwandelt, scherzt mit Linda und als wenig später Dominik die Treppe herauf gemuffelt kommt, bringt sie auch ihn in Schwung. Dann sind alle für eine Stunde mit den Hunden ins Feld verschwunden. Ja, Gyelpo hat sich hier schon gut eingelebt und die alte Dame Flocki ist durch den feschen jungen Rüden regelrecht aufgeblüht.

Wie wird das mit Christel weiter gehen? Als Liebesbeziehung kann man das

Verhältnis zwischen uns nun wirklich nicht bezeichnen. Die körperliche Anziehung ist da, sie ist zweifellos sehr attraktiv - aber ihr sehr unstetes Verhalten ist Gift für mich. Warum ist sie so, wie sie ist? Aushalten kann ich es auf Dauer jedenfalls nicht, das ist klar. Aber was soll ich tun? Mich ganz von ihr fern halten, das will ich nicht, weil wir uns ja schon sehr nahe waren und ich sie nicht ganz fallen lassen will. Erpressen lasse ich mich natürlich auch nicht. Ganz aus dem Weg gehen wiederum können wir uns auch nicht, weil wir uns ja häufig auf der Uni sehen.

Was ist ihr Geheimnis? Steckt wirklich etwas hinter ihrer Behauptung, dass sie verfolgt wird? Sie ringt mir das Versprechen ab, ihr eine Zeitlang unauffällig zu folgen. Wenn ich dann das Auto finde, hat sie recht und wenn nicht, beruhigt sie sich vielleicht wieder. Sie hatte wohl schon die Polizei angerufen, aber die hätten da nichts machen können oder wollen, sagt sie. Also bleibt es an mir hängen - aber wann soll ich es überhaupt machen?

Dieses Wochenende sind die Kinder noch da und gehen natürlich vor. Nächsten Montag fängt die Schule an, Dienstag geht es auf der Uni weiter. Was mache ich mit den Hunden? Flocki geht als Familienhund mit den Kindern zur Ex und dann hätte ich Gyelpo allein. Ich rufe gleich einmal Elvira an. Sie bedankt sich für meine Hundepension und verspricht, Sonntag Abend das schwarze Zottelmonster wieder zu holen.

Christels Schwanken zwischen den Extremen geht mir nicht aus dem Kopf und so rufe ich spät am Abend Jana an, die noch über den Abrechnungen ihrer psychologischen Praxis brütet. Sie hört sich meine Schilderungen über Christels Verhalten ernst an und rät mir dann dringend, die Finger von ihr zu lassen.

*

Mo war ein Gemütsmensch. Wenn er sich in seinem Drehstuhl zurücklehnte und seine Pfeife stopfte, tat er das mit einer Ruhe, die dafür sprach, dass sich die Planeten im Sonnensystem um ihn drehten und nicht um die Sonne. Und wenn er den Tabak mit einem Feuerzeug anzündete, das eher an einen Flammenwerfer erinnerte, hatte man den Eindruck, dass es da nicht weniger glühte als in der Sonnenkorona. Obwohl er als Biochemiker sehr wohl um die Gefahren des Rauchens wusste, ließ ihn dieses Laster nicht mehr los. Eigentlich ging die Pfeife an, sobald er das Labor betrat und nicht eher aus, bis er es verließ. Sein Labor aber verließ er nur des Nachts zum Schlafen; auch an den Wochenenden war er tagsüber stets im Labor anzutreffen. So hatte sich das Labor über die Jahre - zusätzlich zur wissenschaftlichen Arbeit - zu einem Treff für viele in den benachbarten Instituten Tätige entwickelt. Weg gekommen war dabei nie etwas, aber Mo arbeitete dennoch weiter sehr gewissenhaft und sicherte die Ergebnisse sorgfältig vor fremden Augen. Wenn er das Labor verließ, hatte er stets die aktuellen Daten als Ausdruck oder auf CD dabei.

Dennoch war er besorgt, als er am Samstag Morgen ins Labor kam, um die Sedimentproben aus den Siphons zu untersuchen. Irgend etwas stimmte nicht. Er hatte, seit er Mittwoch die Probe bekommen hatte, sie in den Trockenschrank gelegt und eine niedrige Temperatur eingestellt. Am Freitag war sie soweit trocken, dass er unter dem Mikroskop Schicht für Schicht abschaben konnte, ohne die einzelnen Schichten zu vermischen. Er hatte die Rückstände jeder Schicht in speziellen Probenflaschen gelöst und extrahiert. Nun war die Analyse dran und irgend etwas stimmte nicht - aber was?

Stück für Stück ging er eine innere Checkliste durch. Die Tür war abgeschlossen gewesen, als er herein gekommen war. Zu ihr gab es nur zwei Schlüssel, hatte jedenfalls der Hausmeister gesagt, als er das Labor gemietet hatte. Einen hatte er zu Hause, einen dabei.

Irgend etwas war anders als am Vorabend. Der Zähler des Durchflusszytometers, mit dem er Bakterien zählte, leuchtete in beruhigendem Orange, die Zahl hatte sich über Nacht nur wenig erhöht - die Fruchtsaftprobe war also in Ordnung, was er gleich seinem Kunden mitteilen würde. Auch seine Flaschen mit den Sedimentproben waren fein säuberlich auf dem Labortisch aufgereiht. Alles schien wie sonst, doch halt ... da war etwas.

Die Anordnung der Siphon-Proben stimmte nicht mehr. Sie waren fein säuberlich durchnummeriert, allerdings in anderer Richtung. Er stellte sie immer so, dass, wenn man davor stand, die kleinste Nummer rechts war und die größte links. Es war eine kleine Marotte, vielleicht, weil er als Kind das von rechts nach links geschriebene Arabisch zuerst gelernt hatte. Nun aber war die Reihenfolge genau umgekehrt - von links nach rechts. Da war also jemand im Labor gewesen, der wollte, dass man nicht merkte, dass er da gewesen war.

Mo war neugierig geworden, hielt die Proben gegen das Licht und schüttelte sic. So war nichts Ungewöhnliches zu erkennen. Was war mit den Proben geschehen? Er ging sofort an die Arbeit und am Abend hatte er ein Ergebnis. Es lautete ganz einfach: In keiner Probe war irgendwelche Rauschmittel oder deren Abbauprodukte nachweisbar. In keinem Siphon, in keiner Schicht. Sollte die Kripo so falsch gelegen haben? Er kontrollierte noch einmal alle Einstellungen an seinen Geräten und ließ eine Standardprobe durchlaufen: die Instrumente waren in Ordnung. Hatte ihm jemand einfach Kochsalzlösung als Probe serviert? Er machte sogar eine anorganische Analyse und fand so immerhin heraus, dass zwar kein Kochsalz in den Probelösungen war, sich aber Harnstein gleich in mehreren Proben befunden hatte, also Rückstände von menschlichem Harn. Das aber passte zu den Urinal-Siphons und sprach dafür, dass die Probe doch original war. Doch Mo mochte einfach nicht glauben, dass seine Proben gar nichts zeigten - und so zog er seine letzte Karte.

Seit Bestehen seines Labors analysierte er stets von jeder Probe zunächst nur einen Teil. Den Rest, die sogenannte B-Probe, untersuchte er zunächst nicht, sondern verwahrte ihn sicher an anderer Stelle - in seinem kleinen Labor zu Hause. Auch bei den Dopingfahndern im Sport war dieses Verfahren Standard, was manche betrügerischen Athleten noch viele Jahre nach ihrem geklauten Triumph nachträglich in Schimpf und Schande stieß.

Also machte sich Mo auf den Weg zu seiner nicht angetasteten B-Probe ins rheinhessische Hinterland und teilte sie erneut, so dass er für den unwahrscheinlichen Fall der erneuten Manipulation noch eine dritte Probe, eine C-Probe hatte. Zurück im Labor baute er einen neuen Schließzylinder ein, schloss die Tür ab und fühlte sich sicherer. Dem Hausmeister würde das nicht gefallen, denn die Sicherheitsvorschriften im Laborbereich sahen eine freie Zugänglichkeit im Gefahrenfall vor - er würde ihm also später einen der neuen Schlüssel geben müssen. Dann begann er mit der Untersuchung. Er setzte die Brille ab und schabte unter dem Okular seines Stereo-Mikroskops vorsichtig die oberste Schicht von der Probe mit der Code-Nummer 372920. Woher genau diese Probe stammte, wusste er nicht und das war auch üblich so. Man nannte das eine Blindprobe. Denn wenn der, der untersucht, nicht weiß, woher die Probe stammt, kann er nicht in Versuchung geraten, die Ergebnisse zu manipulieren. Erst der Auftraggeber - in diesem Falle die Kripo - konnte die Untersuchungsergebnisse über die Nummern den einzelnen Orten Probenentnahmestellen zuordnen - also in diesem Fall den einzelnen Räumen.

Auch die Dopingfahnder im Sport nutzten dieses Verfahren. Die Analysen erfolgen mit einer Nummer verschlüsselt und erst bei Auffälligkeiten wird die Probennummer dem jeweiligen Athleten offiziell zugeordnet. Mo löste die Probe in destilliertem Wasser und einem organischen Lösungsmittel und schüttelte sie aus. Dann trennte er die beiden Lösungen und führte die Nachweise durch. Gespannt wartete er auf das Ergebnis.

Schon zehn Minuten später war es soweit: Diese erste Probe enthielt einen recht hohen Anteil sowohl an Benzoylecogonin als auch an Kokain. Damit war klar, dass die zunächst von ihm aufbereiteten Proben manipuliert worden waren. Es war aber auch klar, dass er den Rest seines Wochenendes im Labor verbringen würde, um alle Proben erneut zu untersuchen. Die Nacht zum Sonntag machte er durch und ruhte sich nur bei lang dauernden Messungen auf einer kleinen Liege aus. Am Nachmittag war er fertig und faxte alle Ergebnisse direkt an die Kripo. Dann fuhr er zufrieden nach Hause. Diesmal nahm er alle Ergebnisse und Proben sicherheitshalber mit.

Womit die zunächst aufbereiteten Proben manipuliert worden waren, würde er am Montag untersuchen, wenn er sich richtig ausgeschlafen hatte. Vielleicht würde er sogar herausbekommen, wer es gewesen war. Denn auch der sehr gutmütige Mo mochte es gar nicht, wenn ihn jemand aufs Kreuz legen und seinen untadeligen Ruf als Wissenschaftler untergraben wollte.

*

Es gibt viele Anzeichen, dass der Winter bald kommen wird. Eines davon sind die Zugvögel, deren immer größer werdende Schwärme wie Derwische in immer neuen Formen über den rheinhessischen Feldern tanzen, bis sie sich alle gleichzeitig auf den Weg machen. Andere Zugvögel wie die Gänse ziehen in großer Höhe vorbei, immer wieder vom Wind gezogen und gezerrt, die stärkeren bald in einem Schwarm vorneweg, dann die Nachzügler, die sich wiederum teilen oder sich mit anderen wieder zusammenschließen. Es ist ein grandioses Schauspiel, plötzlich das Trompeten hunderter Brandgänse über sich zu hören und schnell gehe ich etwas hangaufwärts in den Weinberg meines Nachbarn, um das Schauspiel unmittelbarer zu erleben.

Es sind noch zwei Stunden, bis ich meine Lieben zu ihrer Mutter zurück bringen muss. Die Ferien sind bald zu Ende und ich schaue mit Wehmut den Vögeln nach. Morgen werde ich wieder allein in meinem Haus sein, wenn ich von der Schule zurück komme. Keine Kinder, keine Flocki und kein Gyelpo.

Es sind diese ständigen Abschiede, die mich zermürben. Wenn jeder Abschied ein kleiner Tod ist, wie viel Tode bin ich dann über die Jahre der Trennung gestorben? Bald werden sie sowieso aus dem Haus sein, wie es so schön heißt. Schon heute wollen sie nichts mehr mit mir unternehmen und auch das Ansehen der riesigen Schwärme lockt sie nicht mehr nach draußen.

Es hupt fröhlich vom Haus her. Herbert und Elvira sind gekommen, so dass ich zurück gehe. Die beiden haben schon geklingelt und Flocki und Gyelpo bellen, was das Zeug hält. Als ich am Haus ankomme, öffnet Dominik schon die Tür. Natürlich stürzen sich zunächst Flocki und Gyelpo auf die Besucher, springen an den beiden hoch, rennen schnell zum Wassernapf, tanken etwas auf und wiederholen die Prozedur. Wir - Elvira, Herbert und ich - beschließen zunächst einen Spaziergang ins Appenheimer Wäldchen zu machen, vorbei an Sportplatz und Pferdekoppel, begleitet von den zwei toll-wütigen Hunden.

Es ist schön, durch die zwar sehr kleinen, aber urwüchsigen Waldstücke zu streifen und das bereits am Boden liegende bunte Laub mit dem Fuß aufzuwirbeln. Elvira ist Feuer und Flamme, ihren Hund endlich wieder zurück zu haben, aber Herbert ist recht still, will so ganz im Gegensatz zu sonst auch nichts Allgemeines über seine Arbeit erzählen. Das kann ich irgendwie verstehen, besteht doch ein enger Zusammenhang zu meinem derzeitigen Arbeitsumfeld. Als ich ihn auf das ominöse Auto anspreche, von dem Christel sich verfolgt fühlt und aufs Geratewohl einen Omega Caravan daraus mache, stockt er einen Moment, fängt sich aber gleich wieder. Nein, davon wisse er nichts, sagt er, aber könne gern einmal nachfragen - im Rahmen seiner Möglichkeiten.

Diese Bemerkung macht mich stutzig. Zum einen ist Herbert kein guter Lügner und zum anderen gehen seine Möglichkeiten in diesem Fall sicher recht weit, da Chrissie ja irgendwie auch in den Fall verwickelt sein kann. Aber wie?

Als er mit Elvira und dem Hund wieder zurück nach Mainz fährt, bin ich auch noch nicht schlauer. Aber vielleicht wird mir Herbert ja am Montag Neues erzählen.

*

Nach der betäubenden Hitze über Monate hatte es in der Nacht endlich geregnet und der Boden hatte die Feuchtigkeit gierig mit summenden Geräuschen aufgesogen. Morgennebel zog durch die Straßen zwischen Zollhafen und Hartenberg, die Scheiben der abgestellten Autos waren beschlagen. Auch wenn es später sicher wieder warm werden und die Spinnenfäden des Altweibersommers durch die Luft fliegen würden: Der Herbst hatte endgültig begonnen.

Hauptkommissar Herbert Wülfing hatte sich etwas Besonderes gegönnt und war - von Elvira verordnet - mit Gyelpo zu Fuß ins Büro unterwegs. Er folgte zunächst der Erzbergerstraße, passierte dann die Phönix-Halle und Schott und bog am Bismarckplatz in die Neustadt ein. Von da waren es nur noch ein paar Meter zum Valenciaplatz. Es stand ohnehin nur Schreibtischarbeit an. Elvira hatte eine neue Erste Klasse bekommen und die wurden noch nicht durch das volle 6-Stunden-Schulprogramm gejagt, so dass sie schon kurz nach Mittag den Hund im Kommissariat holen würde.

Nach den heißen Tagen und Nächten war der ungewohnte Spaziergang durch den kühlen, nebligen Morgen eine Wohltat und half ihm, seine Gedanken zu ordnen. Die Untersuchungsergebnisse sowohl vom Kriminallabor als auch von Mo standen an. Er war auf die Ergebnisse gespannt. Nicht, dass er glaubte, dass sich dadurch die ganze Rauschgift-Affäre auf einen Schlag lösen würde. Aber die auf den Sedimenten basierende Langzeit-Untersuchung war etwas Neues und versprach Erkenntnisse, für die sich sicher auch die Kollegen in Frankfurt und anderswo interessierten. Auch fand er es sehr interessant, was zwei voneinander unabhängige Labors aus derselben Probe machten.

Auf den Gängen witzelten die Kollegen über seinen neuen Begleiter, der so gar nicht nach Polizeihund aussah, aber das interessierte Wülfing wenig. Im Büro wartete sein gut gelaunter Kollege Hessinger bereits auf ihn. Er hatte etliche Seiten Papier auf seinem Schreibtisch säuberlich verteilt und zeichnete mit farbigen Textmarkern auf einem Grundrissplan Balken und Kreise ein. Seine zwischen Schreibtisch und Fenster geparkten Skates verrieten, dass auch er den frischen Morgen für etwas Frühsport genutzt hatte. Herbert stellte dem Hund den vorsorglich mitgebrachten Wassernapf in die Zimmerecke neben den Kühlschrank. Der Hund schlabberte ein wenig und legte sich dann, nachdem er sich mindestens fünfmal im Kreis gedreht hatte, unter den Schreibtisch direkt auf Herberts Füße, was dieser nicht mochte. Doch auch leichtes Schieben mit dem Fuß half nicht, der Hund blieb stur liegen.

“Ja, ja im Alter braucht man warme Füße” spottete Hajo, der den kleinen Hundetanz belustigt mitverfolgt hatte.

“Danke für die Blumen” knurrte Wülfing, der die eigentlich gute Idee des Morgenspaziergangs mit Hund inzwischen nicht mehr so gut fand. Aber so war es nun mal und unter dem Schreibtisch war er zumindest für Besucher nicht zu sehen. “Na, was ist raus gekommen?”

“Zunächst einmal unterscheiden sich die Ergebnisse nur wenig, unser Freund Mo hat aus mir unbekannten Gründen aber zusätzliche Analysen gemacht und Harnstoff-Ablagerungen nachgewiesen.”

“Das wird in den Pissbecken-Siphons gewesen sein. War nicht beauftragt, wird nicht bezahlt.”

“Hat er auch nicht berechnet. Wir müssen ihn bei Gelegenheit mal fragen, warum er das gemacht hat. Auf jeden Fall wurden von beiden Labors in einigen Proben zum Teil hohe Konzentrationen von Kokain und Benzoylecogonin gefunden, in anderen nichts.”

“Welche Proben waren denn nun positiv?”

“Moment, ich ordne gerade zu.”

Hessinger notierte in der Grundrisskarte die Probennummern und Probenergebnisse an den entsprechenden Entnahmestellen. Beide Labors hatten eine Folge von drei Schichten analysiert, zwischen denen sich jeweils vermehrt Kalk abgelagert hatte. Nachdem er die Werte für die unterschiedlichen Schichten eingetragen hatte, reichte er die Blätter seinem Kollegen. Er selbst zeichnete derweil auf einem weiteren Grundriss mit Textmarkern weiter.

Wülfing studierte die Blätter eine Weile und brummte.

“Was sollen die vielen Zahlen? Geht es nicht einfacher?”

Das hatte Hessinger schon erwartet und er reichte wortlos das inzwischen fertig gestellte neues Blatt seinem Kollegen, dessen Miene sich sichtlich aufhellte.

“Na also, warum nicht gleich so!”

Er schob die zahlengespickten Blätter entschlossen zur Seite und studierte das Blatt, auf dem blaue, rote und grüne Textmarker-Balken glänzten. “Das ist wirklich erstaunlich.”

“In der Tat - in den Toiletten nur in der ältesten Phase Kokain-Abbauprodukte, danach nichts mehr. Könnte mit den sich über Jahre hinziehenden Umbau- und Renovierungsarbeiten zusammen hängen. Die wurden in dieser Zeit vielleicht einfach nicht mehr genutzt, waren abgeschlossen oder so.”

“In den Labors gab es zunächst nichts, dann im leer geräumten Labor in allen Phasen – von Anfang bis Ende der Ablagerungen – stark ansteigende Konzentrationen sowohl an Koks als auch Benzo ... ach verdammt, du weißt schon ... “

“... und im von uns ausgeräumten Labor nur in der letzten Phase sehr hohe Konzentrationen - davor nichts. Was lernen wir daraus?”

“Erstens” resümierte Wülfing, “wird schon seit längerer Zeit im Bau gekokst, wie die Pissbecken verraten. Von wem, dürfte nicht mehr heraus zu bekommen sein. Irgendwann wurde dann nicht nur konsumiert, sondern auch produziert. Erst in dem kurz nach Haigers Tod geräumten Labor, dann in dem, das wir ausgehoben haben."

"Und die großen Konzentrationen an Abbauprodukten? Haben sich dort Hundertschaften ihren täglichen Kick geholt?"

"Kann ich auch nicht erklären, da fragen wir mal in den Labors nach. Aber was machen wir mit dem zweiten Raum, offensichtlich dem Haupt-Produktionsraum über längere Zeit?"

"Einen Mietvertrag gibt es nicht, der Raum wurde illegal genutzt. Vorher waren Handwerker drin gewesen und da war kein Koks konsumiert oder hergestellt worden. Nach Fingerabdrücken und Schlüssel war eindeutig Haiger darin zugange - aber wer war die unbekannte Person mit den Handschuhen? Und die älteren Abdrücke im ausgehobenen Raum? Die wir nur auf den Geräten fanden?"

"Tja, da weiß ich im Moment auch nicht weiter."

"Eine Sache habe ich noch vergessen" meinte Hessinger, beugte sich über den Schreibtisch und zeichnete mit einem gelben Textmarker einen dicken Balken in den offensichtlich von Haiger genutzten Raum.

"Was machst du da?" wunderte sich sein Kollege.

"Das war die anorganische Analyse von Mo. Hier hat er Harnstoff nachgewiesen."

"Aber das ist doch gar nicht die Toilette!"

"Nein, das ist das Haiger´sche Labor. Wäre interessant zu wissen, warum er ausgerechnet - und dann noch unbezahlt - gerade diese eine Analyse von diesem einen Raum gemacht hat?"

"Zumal er gar nicht wusste, dass die untersuchte Probe aus diesem Raum war. Und was sagt uns das dramatische Ergebnis?"

"Na, ganz einfach: Haiger hat wohl öfter mal ins Waschbecken gepisst!"

*

Es sind magische Momente, die das Leben lebenswert machen. Wenn man von Ober-Hilbersheim am Wolfsheimer Sender vorbei nach Wörrstadt fährt und rechts in der Ferne der wuchtige Donnersberg den Übergang von Rheinhessen zur Pfalz dominiert. Wenn die Nebelfetzen des frühen Morgens verirrt der sich erwärmenden

Luft hangaufwärts folgen und sich dabei auflösen. Wenn sich kurz nach der Abfahrt nach Vendersheim die L 414 in schwungvollen Kurven vom Hochplateau hinunter schraubt und die aufgehende Sonne mit warmem Rot über die im Talgrund fest hängenden Nebel streicht.

Es ist Montag Morgen, der erste Schultag nach den Herbstferien und ich bin mit den korrigierten Klassenarbeiten unterwegs zu meinen Schülern in Gau-Odernheim. Wie werden sie die Ferien verbracht haben? Bei den allermeisten ist die Familienwelt zu Hause noch in Ordnung, nicht wie bei den entwurzelten und vernachlässigten Kindern, von denen Jens immer wieder erzählt. Allen gemein ist, dass sie die Schule nicht unbedingt lieben, aber wer tut das schon?

An konzentriertes Arbeiten ist so kurz nach den Ferien nicht zu denken und so kommt die Rückgabe der Arbeiten genau recht. Als ich verkünde, dass die Ergebnisse sehr gut sind, bricht in den Klassen großer Jubel los. Die meisten sind zufrieden, insbesondere die unsicheren, ängstlichen Schüler, nur die ehrgeizige Lisa aus der fünften Klasse mäkelt - mit sich selbst unzufrieden - an einer zwei herum. Sie hätte doch so gern eine eins gehabt und kündigt mit ernstem Gesicht eine Verdoppelung der Anstrengungen für die nächste Arbeit an. Ja, es ist schon etwas Besonderes, mit jungen Menschen arbeiten und sie ein Stück ihres Weges begleiten zu können - bei allem Stress nicht nur in den Klassen, sondern auch mit der Bürokratie auf allen der Schule übergeordneten Verwaltungsebenen. Und deren gibt es allzu reichlich ...

Nach der letzten Stunde setzen sich die Kollegen noch im Lehrerzimmer zusammen. Ich bleibe nur kurz dabei und düse dann zur Uni. Heute wird in der Einführung in die Unterrichtspraxis der formale Aufbau einer Stunde in unterschiedlichen Gruppen vor dem ganzen Seminar geübt und praktiziert. Auch da kommen durchaus unterschiedliche Talente zum Tragen und mehr Schüchterne bilden gern ein Team mit einem geübten Selbstdarsteller.

So unterschiedlich die Schüler sind, so vielfältig sollten auch die Persönlichkeiten der Lehrer sein. Unsere nette und ausgesprochen hübsche Dozentin sieht das ähnlich, aber Jens´ Erfahrungen aus dem Referendariat sehen da anders aus: Wer sich nicht bedingungslos der Knute der Fachleiter unterwirft, wird erbarmungslos schikaniert und rausgeprüft - auf gut neudeutsch gemobbt. Eine Anpassung in dieses verknöcherte und absolut realitätsferne Subordinationssystem fällt naturgemäß besonders schwer, wenn man schon Unterrichts-Erfahrung hat. Denn natürlich kann es für einen altgedienten Fachleiter nicht angehen, dass da einer nicht von ihm selbst mit dem Ritterschlag versehen wurde, Unterricht halten zu dürfen und dieser Fehler wird dann logischerweise durch das Durchfallen nachträglich als solcher gebrandmarkt.

Auch Christel ist da, sie sieht hinreißend aus, ihre vor ein paar Tagen noch verheulten Augen strahlen wieder in diesem hellen blau-grün, in dem sich Ferne und Freiheit spiegeln. Offensichtlich hat sie sich wieder gefangen und ich ertappe mich bei dem Gedanken, ob es nicht vielleicht doch mit einer Beziehung etwas werden könnte. Wir gehen gemeinsam in die Mensa, in deren seelenlos wirkender Glaswelt mit dem bizarr verkonstruierten Dach sich auch nach zwanzig Jahren noch keine rechte Patina angesetzt hat. Lediglich die wenigen mit Zetteln gepflasterten Stellflächen deuten zart an, dass es ein Platz ist, an dem studentisches Leben stattfindet. Immerhin gibt es nicht wie damals in der alten Mensa entvitaminisierte Vollfettkost, sondern durchaus gute Dinge zu essen.

Doch beim Essen mit Christel geht es nicht um Zwischenmenschliches. Alles dreht sich darum, dass sie sich verfolgt fühlt. Insbesondere bleibt sie steif und fest dabei, dass ihr weiterhin dieses Auto mit der Kaiserslauterner Nummer folgt und fordert mein Versprechen ein, sie bei dieser Suche zu unterstützen. Versprochen ist versprochen und wir machen uns Gedanken, wie wir das Problem lösen. Ich habe die Idee, es an der Burg Rheinstein zu versuchen, die mir nicht erst seit dem Klassenausflug vertraut ist. Dort sind nur direkt an der Burg einige Parkplätze, die nächsten sind mehr als fünfhundert Meter entfernt. Da muss der vermeintliche Verfolger dann auch wirklich parken oder sein Beschattungsopfer verlieren. Parken irgendwo am Straßenrand ist auf der zwischen den steilen Felsen und der Bahnlinie eingezwängten B9 nicht möglich.

Außerdem kann ich dann mal die Burg ganz in Ruhe ansehen. Nach der Schule möchten wir uns zum Kaffee in der kleinen Gaststätte der Burg treffen und dann werden wir ja sehen, ob Chrissie sich etwas einbildet oder nicht. Zufrieden mit unserer Lösung gehen wir zurück zu unseren Wagen, vorbei am Altbau Organik, vor dem Herberts Wagen parkt. Ist er bei Mo oder Wendig? Und schon wieder kommt mir auch die Frage, womit Christel eigentlich das Geld verdient, über das sie so offensichtlich verfügt - da brauche ich nur mein betagtes Erdgas-Mobil und ihren aufgepeppten Smart zu vergleichen. Hängt das irgendwie mit der Überwachung zusammen? Wenn sie sich das nicht einfach nur eingebildet hat.

*

Nachdem die Laborergebnisse ausgewertet waren, widmeten sich Hessinger und Wülfing noch der lieben Papierarbeit, schrieben diverse Aktenvermerke und auch eine Anweisung, die sie zur Ablage auf einem kleinen Stapel an der Schreibtischkante sammelten. Von dem unter dem Schreibtisch schlafenden Hund war nur vereinzelt ein leichtes Grunzen zu hören.

Um zwölf genehmigten sie sich einen Espresso - erst den zweiten an diesem Tag. Elvira musste jeden Moment kommen und tatsächlich klopfte es kurz danach an der Tür. Dann ging alles ganz schnell. Der Hund schoss unter dem Tisch hervor, bellte wild, wollte die Türklinke mit der Pfote herunter drücken, sprang zurück zum Schreibtisch, wischte den Papierstapel von Wülfings Tisch und war dann gleich wieder an der Tür. Als Elvira endlich ins Zimmer kam, sprang Gyelpo ständig an ihr hoch und vergrößerte dabei das Papierchaos am Boden noch weiter.

Es dauerte einige Minuten, bis Elvira das Energiebündel beruhigt hatte und mit ihm im Schlepptau auf dem Weg nach Hause war. Dann begannen die Aufräumarbeiten, die beiden Kommissare krochen auf dem Boden herum, sammelten die einzelnen Blätter und ordneten sie auf dem Tisch. Es war eine Menge Arbeit: Die Untersuchungsergebnisse vom eigenen Labor, von Mos Labor und die Aktennotizen waren nach dem Zufallsprinzip gemischt und sie waren froh, als sie es geschafft hatten. Dabei entging ihnen leider ein Blatt, das im allgemeinen Tohuwabohu auf einem Luftkissen bis in die letzte Ecke des Raums unter den Kühlschrank geglitten war und dort jetzt zwischen Spinnweben und Wollmäusen lag. Sie legten die Blätter in die Hauspost und gingen in die Kantine essen.

Nach dem Mittagessen statteten sie Mo einen Besuch mit Voranmeldung ab, um einige offene Fragen zu klären. In seinem Labor war alles wie sonst auch: Die Pfeife qualmte wohlriechend und krebserregend zugleich, der Tee für die Besucher köchelte bereits auf einer kleinen Kochplatte. Mo deutete auf zwei Drehstühle.

"Hallo ihr beiden, nehmt schon mal Platz. Ich bin gleich fertig."

Er holte eine Probe aus der Zentrifuge, um sie ins Analysegerät zu stecken und wandte sich dann seinen Besuchern zu.

"Was verschafft mir die Ehre des Besuchs? Fragen zu den Ergebnissen?"

Hajo wollte nach dem ersten Schluck grünen Tee gerade antworten, als es von irgendwoher pfiff. Kurz danach klopfte es und Wendig steckte seinen Kopf zur Tür herein, in der Hand eine kleine, neue Klempnerzange. Er schien gar nicht überrascht, die beiden Kripobeamten im Labor zu sehen.

"Guten Tag allerseits" flötete er, legte die Zange in den Abzug, reichte allen die Hand und wandte sich dann an Mo, "äh ... es pfeift so komisch in meinem Labor auf der anderen Seite ... darf ich mal kurz nachsehen, ob die Wasserleitung in Ordnung ist? Es ist ein alter Bau, Herr Moustafa, nicht wahr? Bitte lassen Sie sich nicht stören."

Hessinger und Wülfing sahen sich an. Was bezweckte Wendig wirklich? Dass er sich die Hände in irgendeiner physischen Art und Weise schmutzig machen würde, schien ihnen nicht sehr wahrscheinlich.

"Aber klar doch" meinte Mo in seiner wie üblich zuvor kommenden Art und deutete auf den Schrank unter dem Ausgussbecken, "bedienen Sie sich. Kann ich Ihnen dabei helfen?"

"Nein, nein, lassen Sie sich bitte nicht stören. Ich will nur mal kurz nachsehen. Vielleicht ist ja nur eine Kleinigkeit locker."

Er beugte sich und hantierte ein wenig unter dem Schrank herum. Kurz danach hörte das Pfeifen plötzlich auf.

"Da war das Eckventil falsch eingestellt" verkündete er, stolz die Wasserpumpe zeigend, "Ich hoffe, ich habe Sie nicht zu lange gestört."

Er ging und man hörte kurz danach eine Labortür gehen.

"Ein netter Besuch" konstatierte Hajo trocken, und schrieb: "Unterhaltet euch über das Wetter" auf ein Blatt, das er den beiden anderen zeigte. Dann kramte er seinerseits im Schein seiner Taschenlampe unter dem Ausgussbecken herum, während sich Mo und Herbert über die Vielseitigkeit von Hun-den im Allgemeinen und von Gyelpo im Besonderen unterhielten und dabei interessiert Hajo zuschauten. Endlich zog Hajo seinen Kopf zurück und meinte trocken.

"Ja, die lieben Hunde. Ich bin ein wenig schlapp. Habt ihr Lust auf einen kleinen Spaziergang?" Hajo nickte unmissverständlich zu seinen Worte und natürlich stimmten die beiden anderen zu. Mo führte beide durch den Verbindungsgang in den Becherweg und dann an der Muschel vorbei in den Botanischen Garten. Doch obwohl der Aufbruch so plötzlich gekommen war, fragte er selbst nicht nach dem Grund. So fragte zunächst Herbert, während Hajo ein paar Meter zur Seite ging und telefonierte.

"Mo, wie müssen wir die Werte der Probe interpretieren, in der neben Kokain noch höhere Werte an diesem Benzodingsbums waren? Wurde da viel Kokain konsumiert? Der Harnstein würde ja dafür sprechen."

"Nein, das ist recht unwahrscheinlich. So viel Kokain kann ein einzelner Mensch kaum konsumieren. Die Erklärung dürfte einfacher sein: Bei der synthetischen Herstellung von Kokain - übrigens auch allen anderen organischen Reaktionen -

entstehen neben dem Hauptprodukt in Nebenreaktionen noch andere Produkte. Die sind zwar meist unerwünscht, aber nicht vermeidbar. So wird in diesem Fall halt aus einem Kilo Ausgangsprodukt hundert Gramm Opium plus 900 g Nebenprodukte. Aus den 100 Gramm Opium wiederum werden 10 Gramm Kokain plus 90 Gramm für die Wasserpfeife. Wegen der Nebenprodukte kann man also sagen, dass hier Kokain produziert wurde und durch die Menge der Nebenprodukte kann man auf die Menge der Hauptprodukte schließen. Das ist hier genauso wie anderswo."

Mo war der Abtransport der Gerätschaften aus dem Drogenlabor nicht entgangen und diese kleine Spitze musste er los werden.

"Und wozu die anorganische Analyse? Mit dem Harnstoff-Nachweis? Die hatten wir nicht beauftragt ..."

"Ich weiß, keine Sorge, darüber wird es auch keine Rechnung geben. Übrigens streiten sich die Chemiker darüber, ob Harnstoff als organische oder anorganische Substanz zu bezeichnen ist. Mal wieder eine typische Haarspalterei in diesem Fach ..."

"Etwas konkreter Mo - warum diese Analyse? Die kostet ja immerhin Zeit und Geld."

"Würdet ihr mir glauben, wenn ich sage, dass es mich einfach interessiert hat?"

"Nein."

"Also gut" er seufzte, "das kommt davon, wenn man sich mit der Kripo einlässt. Die riechen den Braten schon bevor die Kuh geschlachtet ist. Also: Jemand war ins Labor eingedrungen und hatte meine Proben manipuliert. Da war die anorganische Analyse für mich interessant, um zu sehen, ob sie komplett ausgetauscht wurden oder aber nur manipuliert."

Er seufzte und zog einmal kräftig an seiner Pfeife.

"In jedem Fall ist es natürlich nicht besonders gut für den Ruf, wenn man seine Proben nicht vor fremdem Zugriff schützen kann. Aber natürlich habe ich einen Teil sicher verwahrt - die sogenannte B-Probe - und mit dieser dann die Analysen gemacht. Das Schloss habe ich inzwischen auch ausgetauscht."

"Und wurden die Proben nun manipuliert oder ausgetauscht?"

"Manipuliert - aber womit, kann ich noch nicht sagen. Ich arbeite aber gerade dran."

"Ich verstehe. Und es passt gut ins Bild. Denn wir gehen deshalb spazieren, weil ich neben dem Abfluss eine kleine Bohrung in der Wand entdeckt habe - groß genug für eines dieser winzigen Mikrophone, die es heute gibt."

"Nebenan ist Wendigs zweites Labor - das hat er zusätzlich zum Hauptlabor im ersten Stock gemietet. Er überwacht also mein Labor?"

"Das könnte sein, wobei natürlich die Frage ist, warum er dann so ungeschickt ist, ins Labor zu kommen, während wir da sind. Wir haben bereits einen Kriminaltechniker herbeordert, er hat allerdings erst morgen Zeit. Bis dahin sollten wichtige Informationen nicht im Labor besprochen werden."

Mo fragte sich, ob er den neuen Laborschlüssel – allen Sicherheitsvorschriften zum Trotz – überhaupt dem Hausmeister geben sollte. Denn der Gedanke, dass ein anderer unkontrolliert in sein Labor kommen könnte, war ihm ausgesprochen unangenehm.

Sie wanderten noch ein wenig durch den botanischen Garten, vorbei an der Zaubernuss und anderen Gewächsen, die, richtig zubereitet, die menschlichen Sinne benebeln können. Die Kenntnisse darüber waren in allen Kulturen sehr umfangreich und so alt wie die Menschheit selbst.

*

Die Klassen waren wieder Klasse, vor allem die Zwillinge haben sich heute besonders ins Zeug gelegt. Insgesamt habe ich nicht weniger als vier eineiige Zwillingspärchen in meinen Klassen - hälftig Mädchen und Jungs. Sie sind schon etwas Besonderes, gehen einerseits sehr vertraut miteinander um, legen aber auch besonderen Wert darauf, als Individuen behandelt zu werden. Da sie sich so ähnlich sehen, fällt es mir schwer, sie auseinander zu halten, aber so langsam kann ich es am Verhalten erkennen. Allen gemein ist eine besondere Lebendigkeit und Nähe zueinander.

Gut gelaunt tauche ich auf der Uni auf, aber ein Besuch bei Mo ist wieder nicht möglich, er wimmelt mich ab und meint, dass er keine Zeit hat. Im Seminar sitzt Jens neben mir, der Frischluft-Freak ist von einigen Tagen Wanderung in den Alpen leicht gebräunt. Doch er ist ganz still, nur seine Finger trommeln nervös auf die Tischplatte. Ob seine Schüler ihn nach den Ferien in die Mangel genommen haben? Nein, erklärt er mir nach der Stunde. Er hatte eine Unterrichtsprobe gehabt, mit der er zunächst sehr zufrieden war. So war er frohen Mutes in die nachfolgende Besprechung gegangen.

Doch das war ein Fehler gewesen. Denn die Fachleiterin hatte die Stunde als absolut schlecht empfunden, denn schließlich sei der Stoff nicht dem Leistungsstand der Klasse angemessen gewesen. Als er ihr gesagt hatte, dass sie bereits eine Woche vorher, in den Ferien, die komplette Ausarbeitung zur Stunde bekommen habe, war sie ausgeflippt.

„Wollen Sie mir die Schuld für Ihr Versagen geben?“ hatte sie losgekreischt und bemerkte schließlich spitz, dass es kein Wunder sei, wenn er Lehrprobe auf Lehrprobe in den Sand setze. Er mache ja offensichtlich lieber Urlaub als zu arbeiten, wie seine Gesichtsfarbe zeige. Ein guter Referendar habe keine Freizeit und eine Freundin natürlich auch nicht.

“Das sagt mir diese Schreckschraube! So wie die aussieht und sich verhält, wundert es mich nicht, dass sie keinen Partner hat. Ihren Frust darüber lässt sie dann an anderen aus!” kommentiert er bitter.

Ich kann ihn kaum beruhigen, er scheint auf dem unendlichen Marsch durch die Hürden der Lehrerausbildung ein zweites Mal und damit endgültig gescheitert. Tatsächlich, klagt er, ist dieser Marathon von nicht zu überbietender Perfidität: Zunächst mindestens drei Jahre Studium, dann ein über ein ganzes Semester laufendes erstes Staatsexamen mit stundenlangen schriftlichen und mündlichen Prüfungen in mehreren Fächern und einer ersten Examensarbeit. Das aber ist alles dann wieder gar nichts wert, denn darin schließt sich das Referendariat an. Eineinhalb bis zwei Jahre muss man parallel zum Unterricht an den Studienseminaren teilnehmen und etliche Lehrproben liefern, mit Arbeit und Schikanen reichlich gespickt. Das aber ist alles auch wieder fast nichts wert, denn dann kommt die zweite Staatsexamens-Arbeit, die für sich aber auch wieder belanglos ist, weil sich dann die Examens-Lehrprobe anschließt. Läuft alles andere gut, aber die daneben - oder was immer der Fachleiter dafür hält - waren die jahrelangen Mühen sinnlos. Dieselbe Unterrichtsstunde kann problemlos gut oder schlecht geredet werden.

„Sollte man es dann geschafft haben und endlich Lehrer sein“ fährt Jens fort, „folgen jährliche Beurteilungen durch die Schulleitung für die Personalakte. Glaube bloß nicht, dass dich das System irgendwann einmal frei gibt. In dieser ganzen sogenannten Ausbildung kommen nicht ein einziges Mal die zu Wort, die die Qualität des Unterrichts tatsächlich betrifft und die sie auch beurteilen können: Die Kollegen, die Eltern und die Schüler” fährt er fort. “Wen wundern da noch die Ergebnisse der Pisa-Studie? Pisa passiert nicht, Pisa wird gemacht!”

Ich will mich von seiner Verbitterung nicht anstecken lassen und verabschiede

mich zu meinem Treffen mit Christel. Auf dem Parkplatz vor der Burg sind noch ein paar Plätze frei. Chrissie ist noch nicht da und so gehe ich schon einmal hinein. Vom Wachtturm mit dem Feuerkorb hat man eine fantastische Sicht auf das Rheintal und auch die B9 liegt ausgebreitet vor meinen Augen.

Tatsächlich brauche ich nicht lange zu warten, bis das Cabrio mit seiner auffälligen Lackierung aus Richtung Bingen kommt. Es folgen einige Autos, aber alle fahren Richtung Trechtingshausen weiter, als Christel auf den Burgparkplatz einbiegt. Die Nummernschilder kann ich ohne Fernglas nicht erkennen. Ich bleibe zunächst auf meinem Aussichtspunkt und beobachte weiter, aber ein grauer Omega Caravan ist nicht zu erkennen.

“Hallo Ronni!”

Christel ist inzwischen im oberen Innenhof mit dem Münzbrunnen angekommen und steigt die schmale Treppe zu meinem Aussichtsplatz empor. Sie sieht in ihrem engen erdfarbenen Pulli und den hautengen Jeans sehr sexy aus.

“Hallo Chrissie. Ich habe keinen Omega gesehen und auch einen Astra Caravan konnte ich nicht erkennen.”

“Doch, da muss einer sein! Ich spüre es genau. Der ist bestimmt weiter gefahren. Logisch, dass der sich nicht direkt neben mein Auto stellt.”

“Wo will er das Auto dann hinstellen?”

Tatsächlich ist von unserem luftigen Aussichtspunkt kein Omega zu entdecken.

„Siehst du, du glaubst mir auch nicht! Ihr haltet mich alle für blöd, aber ihr werdet euch noch wundern! Ich habe mehr drauf als die meisten, ha, als alle von euch Männern!“

Müde der endlosen Anwürfe sage ich erst mal nichts dazu und gehe Christel vor in die kleine Gaststätte neben der Burgkapelle.

Eine Transportschienenbahn windet sich den Hang bis unmittelbar vor Gaststätten-Eingang hinauf. Es sind nur wenige Gäste da, die alle schon vor uns gekommen sind. Wo bleibt der angebliche Verfolger?

Das Gespräch mit Christel schleppt sich nur so dahin. Ich zweifle, ob es klug ist, sie noch einmal nach ihren Treffen mit Haiger und Wendig zu fragen und lasse es lieber. Sie scheint mit ihren Gedanken woanders zu sein, schaut mitunter wie gehetzt um sich und hört gar nicht recht zu. Neue Gäste kommen nicht und einige derer, die schon vor uns da waren, zahlen und gehen.

Nach einer Stunde brechen wir dann auch auf und starten einen letzten Versuch, den Verfolger zu stellen – falls es ihn wirklich gibt. Zunächst fahre ich los und halte am Ortseingang von Bingen auf dem Seitenstreifen am Binger-Loch-Stollen. Mit ein paar Minuten Abstand fährt dann Christel an mir vorbei und ich versuche den Wagen mit dem Kaiserslauterner Kennzeichen zu finden.

Ich brauche nicht lange zu warten - tatsächlich kommt ein Ford Focus mit diesem Kennzeichen an mir vorbei. Ich erinnere mich - der hatte am unteren Ende der Lastenbahn gehalten, so dicht an einem Busch, dass ich das Nummernschild nicht erkennen konnte. Sofort hänge ich mich hinter ihn und frage mich, was da abläuft. Denn der Wagen sollte ein grauer Opel Kombi sein, hatte Chrissie gesagt. Wie kann das sein? Hat sie ein falsches Auto mit dem richtigen Nummernschild verbunden? Und das wiederum fährt in unserer Nähe herum? Das sind mir ein paar Zufälle zu viel.

Neugierig folge ich dem Wagen, der hinter Christel Richtung Mainz fährt. Am Mainzer Dreieck fährt sie geradeaus weiter, aber der verfolgende Focus biegt rechts ab Richtung Wiesbaden und verlässt die A643 an der Abfahrt Mainz-Mombach. Das spricht nun eindeutig gegen eine Verfolgung – Christel hat sich etwas eingebildet, das ist klar. An der Aral-Tankstelle am Mombacher Kreisel tanke ich meinen Golf mit Erdgas auf, fahre in die Neustadt und stelle den Wagen unter den Bäumen der Goetheallee ab. Fast das ganze Laub liegt auf dem Boden, nur noch vereinzelte Blätter hängen an den fast kahlen Bäumen.

Ich bummele ein wenig ziellos herum und gehe wieder zurück zum Auto, als ich den Ford mit der Kaiserslauterner Nummer plötzlich wieder sehe. Er kommt langsam von der Boppstraße her und fährt in die Tiefgarage des Polizeipräsidiums. Nachdenklich bleibe ich stehen und so langsam wird mir einiges klar – anderes aber eher unklar. Nachdem ich wieder zu Hause bin, rufe ich Christel an. Sie ist wieder mal weg und so spreche ich auf Ihren Anrufaufzeichner, dass sie tatsächlich von der Polizei überwacht wird.

*

Der kleine Gerätekoffer, den Fabian Fritz auf dem großen Labortisch im Zytolab aufklappte, hatte es in sich. Neben einer Anzahl von Kabeln und Adaptern waren zwei elektronische Geräte darin, die mit beeindruckend vielen Skalen und Anzeigen bestückt waren. Der jugendliche, schlaksige Kriminaltechniker mit seiner Intellektuellen-Brille hatte pünktlich um acht an der Labortür des Zytolab geklopft und war von Mo zunächst mit einem frisch gebrühten Tee empfangen worden. Doch Fabian hatte kein gemütliches Beisammensein im Sinn, da er noch mehr Einsätze an diesem Morgen hatte. So begann er schon nach dem zweiten Schluck mit der Arbeit.

Zunächst untersuchte er den Bereich unter dem Abzug, an dem Wendig sich zu schaffen gemacht hatte. Es war auch ein Loch da, aber es war nur ein Dübelloch und ging nicht durch die Wand ins Nachbar-Labor.

„Fehlanzeige" murmelte Fabian zu sich. Es wäre auch zu einfach gewesen, ein Loch zum Nachbarraum zu bohren und dann ein kleines Mikrofon durch zu stecken – zumal man dann den Verursacher sofort kennen würde. Im nächsten Schritt ließ er seinen mitgebrachten Sender ein Signal auf alle Frequenzen senden. Damit konnte man Funkmikrofone erkennen, die das aufgenommene Signal verstärkten und sich so mit einer kreischenden Rückkopplung verrieten. Immerhin hatte es ja gepfiffen, als Wendig herüber gekommen war, um es angeblich oder tatsächlich abzustellen. Gespannt wartete er auf eine Reaktion – aber es tat sich nichts. Er schaute sich noch einmal die ganze Zu- und Abwasserkonstruktion an und fand, dass das Eckventil an Mos Wasseranschluss tatsächlich auch Wendigs Labor mitversorgte. Das war nichts Ungewöhnliches, wenn beispielsweise aus Kostengründen ein Raum mit einem Anschluss durch eine Wand in zwei Hälften mit jeweils eigenem Wasseranschluss geteilt wurde. In diesem Altbau war das absolut vorstellbar – in der kargen Nachkriegszeit waren viele Provisorien geschaffen wurden, die noch 50 Jahre später Bestand hatten.

Auch war das Pfeifen einer Wasserleitung eigentlich nicht der Rede wert. Es entstand beispielsweise, wenn sich durch Verkalkung der Rohrquerschnitt verringerte oder das Eckventil nicht ganz aufgedreht war. Das konnte man einfach durch weiteres Öffnen des Ventils beseitigen.

Es könnte also sein, dass Wendigs Besuch wirklich nur dem Pfeifen der Wasserleitung gegolten hatte. Zwar hätte er es theoretisch durch Abstellen des eigenen Wasserhahns beseitigen können. Dass er es nicht tat, könnte aber auch einfach daran gelegen haben, dass er einen Vakuum-Versuch laufen hatte, den er mit einer Wasserstrahlpumpe betrieb. Da musste er das Wasser laufen lassen – und da nervte das Pfeifen auf Dauer sicher ganz schön. Auch jetzt rauschte wieder die Wasserleitung im Labor nebenan und Mo hatte Wendigs Schritte auf dem Gang gehört. Der Herr Dozent hatte also seinen normalen Wochenplan verändert und war nicht wie sonst üblich am Dienstag Nachmittag nach Berlin gefahren. Das konnte viel bedeuten, aber nichts, was Mo wirklich interessierte.

Inzwischen hatte Fabian sein Standardprogramm abgespult – und nichts gefunden. Daraus zu schließen, dass nichts Ungewöhnliches vorlag, wäre allerdings verfrüht.

So jung er noch war, so sehr hatte er schon ein Gefühl dafür entwickelt, wenn etwas faul war und er empfand es immer wieder als neue Herausforderung, auch die kniffligsten Probleme zu lösen.

Eine herkömmliche Abhörtechnik war hier also nicht im Einsatz. Was gab es noch? Die Geheimdienste nutzten Laser, um Räume abzuhören. Wenn man in einem Raum spricht, schwingt die Luft und überträgt den Schall. Diese Schallwellen werden von dem Trommelfell im Ohr aufgenommen und im Gehirn analysiert – so weit, so gut. Aber die Luftschwingungen treffen auch irgendwann auf die Fensterscheiben in diesem Raum und auch diese fängt an zu schwingen – umso besser, je dünner sie ist. Diese Scheibenschwingung kann man mit einem auf die Scheibe gerichteten Laser von außen auffangen und wieder in die Sprache zurück verwandeln. Auch wenn dieses Verfahren sehr aufwändig war – ausschließen konnte man es nicht.

Was hatte Wendig bei seinem kurzen Besuch noch gemacht? Mo überlegte laut. Er war herein gekommen, hatte die Leute begrüßt, dann mit der Rohrzange unter dem Abzug hantiert und wieder gegangen.

„Mit der Rohrzange in der Hand begrüßt?“ fragte Fabian.

„Nein ...“ Mo überlegte, „ ... er hatte sie irgendwo hin gelegt ... in den Abzug! Etwa hier!“

Er zeigte auf eine Ecke des Abzugs, die der Kriminaltechniker sich genau anschaute. Tatsächlich - da spannte sich ein durchsichtiger Nylonfaden von der verschiebbaren Seitenscheibe des Abzugs zur Wand. Wie er dort befestigt war, konnte man nicht sehen, weil die Stelle überstrichen war.

Schnell holte sich Fabian ein Blatt und schrieb darauf:

Ich werde ihnen jetzt sagen, dass wir leider nichts finden können und dann gehen. Bitte rühren Sie nichts in dieser Ecke an. Wir treffen uns in einer halben Stunde in der Cafeteria der Mensa. OK?

Mo nickte. Fritz probierte noch hier und suchte da, zuletzt am Telefon und verkündete schließlich mit sicherer Stimme, dass er nichts gefunden habe. Er müsse jetzt gehen, Herr Moustafa solle sich keine Sorgen machen. Vom Dienstwagen aus telefonierte der Kriminaltechniker kurz mit Hessinger, dann ging er zum Treffen mit Mo. Dabei erfuhr der Wissenschaftler, dass sein Labor abgehört werde. Der Nylonfaden, der auf den ersten und zweiten Blick als Provisorium zum Festhalten der Abzugs-Scheibe durchginge, sei in Wirklichkeit nichts anderes als ein Dosen-Telefon. Denn der Faden verschwinde straff gespannt in der Wand, ohne dass eine Befestigung auf dieser Seite zu erkennen sei. Also müsse die Befestigung auf der anderen Seite der Wand, in Wendigs Labor liegen. Da der Faden aber an der Scheibe angebracht sei, würden diese Schwingungen durch den Faden direkt in den Nachbarraum geleitet. Also genau das Funktionsprinzip des Dosentelefons aus der Kindheit und dem Physik-Unterricht: einfach, effektiv und elektronisch nicht zu orten.

Mo möge dies bitte bei seiner Arbeit berücksichtigen, aber das System auf keinen Fall derzeit verändern oder gar beseitigen. Der Biochemiker war wie immer kompromissbereit und beschloss, wichtige Dinge vorerst nicht mehr am Telefon oder im Labor zu besprechen. Sein netter Kollege Wendig hörte ihn also ab - dann könnte er auch hinter der Probenmanipulation stecken. Solche linken Touren mochte Mo ganz und gar nicht und er wollte gern mithelfen, dem Superschlaumeier eins auszuwischen.

Fabian Fritz informierte Herbert und Hajo unmittelbar nach seiner Rückkehr ins Büro und alle drei schmiedeten einige Zeit an einem Plan, mit dem der Fisch den Angler fangen wollte.

*

Was ist Freundschaft? Wenn man sich auch dann respektiert und unterstützt, wenn mal etwas nicht gut läuft. Oder gar richtig schief läuft wie in diesem Falle. Dass Herbert die Überwachung von Christel ohne mein Wissen anordnet, dazu meine Information über ihr Treffen mit Haiger verwendet, mag ja dienstlich begründet sein, aber die feine Art unter Freunden ist das natürlich nicht. Und dann ist da die Neugier, was denn nun bei der ganzen Aktion um Haigers Tod heraus gekommen ist. Mo hatte mehrfach Besuch von der Kripo gehabt, äußert sich aber auch nur in Floskeln über nette Leute, die mal zum Tee vorbei schauen und ein wenig quatschen wollen.

Die Geheimnistuerei ärgert mich langsam und ich beschließe den Stier bei den Hörnern zu packen, sprich Herbert nach telefonischer Voranmeldung direkt in seinem Büro zu besuchen. In der Schule hatten zwei recht leistungsstarke Schüler aus der achten Klasse ausprobiert, was so alles wie weit durch die Luft fliegen kann – leider nicht im Physik- sondern im Englisch-Unterricht. Das gab natürlich ein Donnerwetter meinerseits und in dieser Stimmung bin ich auch jetzt noch, als ich von der Rheinallee in die Goethestraße einbiege.

Doch auch Herbert und Hajo sind nicht viel besserer Laune, als ich in ihr Büro komme. Missmutig schauen mich beide an und man glaubt, die Rädchen in ihrem Kopf arbeiten zu hören. Doch keine Zeit für Sentimentalitäten - ich will schließlich etwas los werden.

„Wisst ihr eigentlich, was ihr da mit Christels Überwachung anstellt? Die ist ein reines Nervenbündel, seit ihr dieses Auto mit Kaiserslauterner Kennzeichen hinter ihr her schickt!"

„Weißt du eigentlich, was du damit angerichtet hast, dass du dem Auto nachgefahren bist und das deiner Freundin erzählt hast? Die hat gestern hier ihren Anwalt anrufen lassen – direkt bei meinem Chef! Der war natürlich gar nicht erfreut."

Herbert funkelt mich mit einer Mischung aus Kampfeslust und Frustration an.

„Dass ich nicht gleich auf die Idee mit dem Wechselkennzeichen gekommen bin, als ich dem zum Focus mutierten Omega nachgefahren bin, ärgert mich. Das ist für euch ja eine Standard-Methode."

„Ja, du weißt eigentlich schon ein bisschen zuviel über unsere Arbeit. Und plauderst es auch noch aus."

Sie sagen nichts zur Sache - die beiden wollen mich wohl aushorchen. Doch was habe ich zu verlieren? Ich stichele weiter.

„Es wundert mich allerdings, dass ihr das Beschattungsauto nicht gewechselt habt, nachdem ich euch von Christels Verdacht berichtet habe. Nein, das stimmt so nicht – ihr habt das Auto gewechselt, aber das Nummernschild auf den neuen Wagen übernommen."

Beide schauen mich nur finster an und sagen nichts. Da werde ich frech.

„Hmmmm .... könnte es sein, dass da etwas amtsintern schief gelaufen ist?"

Herbert läuft rot an und auch Hajo schaut noch ein wenig finsterer. Volltreffer!

„Jetzt reicht es aber, Ronni!" faucht mich Herbert an, „Auch wir machen Fehler, sind schließlich auch nur Menschen. Wenn du die kleine Nachlässigkeit mit den Nummernschildern an die große Glocke hängst, sind wir die längste Zeit Freunde gewesen!"

Unsere Freundschaft werde ich natürlich nicht aufs Spiel setzen und so erspare ich mir die bereits zurecht gelegte nächsten Fragen, ob denn die Überwachung weiter geführt wird und warum überhaupt. Eine Antwort darauf würde ich wahrscheinlich, nein sicher, sowieso nicht bekommen. Immerhin haben die beiden indirekt zugegeben, dass sie Christel bereits eine ganze Weile beschatten lassen. Sie selbst hatte ja auch schon von ihrer Befragung berichtet und dass sie ein Alibi für den Tatzeitpunkt hatte. Da sie allein lebt, weiß ich nicht, wieso sie das so problemlos aus dem Hut zaubern konnte. Auf jeden Fall hatten die beiden das Alibi für die Zeit nach Mitternacht offensichtlich akzeptiert, Christel hatte es mir geradezu triumphierend berichtet. Dennoch wurde sie weiter überwacht. Wie passte das alles zusammen?

Aus den Mienen der beiden kann ich den Wunsch heraus lesen, dass ich endlich aus dem Büro verschwinde und sie ihre Arbeit machen lasse. Dem komme ich nach ein paar höflichen Abschiedsfloskeln auch nach. Von der Pforte aus kann man gut in den Innenhof des Polizeipräsidiums sehen. Auch wenn die meisten Autos in der Tiefgarage parken, stehen doch ein Omega ohne Kennzeichen und ein Focus mit KL-V 750 direkt im Hof. Grinsend schaue ich nach oben in Richtung auf Herberts Büro. Der alte Fuchs wollte mir wohl noch einen kleinen Abschiedsgruß mitgeben. Wenn Christels Überwachung weiter läuft, dann offensichtlich mit einem anderen Wagen.

So ganz lässt mich das Ganze aber auch nicht kalt und ich ertappe mich dabei, wie ich immer wieder selbst in den Rückspiegel schaue, ob mir jemand folgt. Ich kann aber niemand erkennen, als ich die Mombacher Auffahrt auf die A643 Richtung Bingen fahre. Ein Beschleunigungsstreifen fehlt, es geht bergauf und die Straßenbauer haben auch noch Geländer angebracht, die die Sicht auf den aus Wiesbaden anrollenden Verkehr verhindern. So ist die Auffahrt an dieser Stelle ausgesprochen gefährlich, wie etliche Unfälle bereits zeigten. Jeden Tag stehen hier unsichere Fahrer, bis sie sich irgendwann doch trauen, aufzufahren. Dennoch sind die Geländer immer noch da, auch wenn sie völlig überflüssig sind – denn einen Fußweg gibt es an dieser Stelle ohnehin nicht.

*

Als Ronni endlich weg war, atmeten Herbert und Hajo sichtbar auf. Herbert fragte sich, ob er vielleicht zu grob mit seinem Freund umgegangen war, aber Hajo beruhigte ihn.

„Da muss er durch. Ronnis Nähe zu einigen offensichtlich in den Fall verstrickten Personen wie Christel ist schon beunruhigend. Ich fühle mich da nicht wohl.“

„Ich auch nicht. Allerdings gibt es keinen Hinweis darauf, dass er selbst in den

Mord an Haiger verstrickt ist."

„Streng genommen ist das Alibi durch seine Kinder nicht ganz wasserdicht und ein Motiv könnte man durchaus aus seiner Auseinandersetzung mit diesem – wie nannte er ihn noch – Gröpaz ableiten."

„Ach komm, konzentrieren wir uns auf die wichtigsten Spuren. Wer hat kein Alibi? Da wäre zunächst Wendig, der angeblich mit seinem Computer gearbeitet hat. In der Nacht von Sonntag auf Montag – sehr glaubhaft ist das nicht bei einem, der offensichtlich seine Arbeitszeiten auf dem absoluten Minimum hält. Seine Computerdatei zeigt nur, dass irgend jemand um diese Zeit gearbeitet hat, aber nicht wer. Aber so dünn sein Alibi ist, so wenig kann ich ein Motiv sehen. Schließlich hat Mister Teflon ja selbst zugegeben, dass er durch Haigers Tod mehr Arbeit hat als zuvor – ob er sie macht, ist eine andere Frage. Einen Haiger-Nachfolger gibt es wohl erst in einigen Monaten, hat mir der Dekan bedeutet. Andererseits: Was wurschtelte Wendig in Mos Labor herum? Unser Fabian hat gesagt, dass die Abhöranlage sehr speziell war ... vielleicht hatte irgend etwas daran gerade nicht funktioniert?"

„Dann der Rechtsanwalt Börder aus Frankfurt, Vertreter der Yvonne Erdmann, von deren Handy etliche Gespräche zu Haiger liefen und jetzt auch zu dem, der das Haiger-Handy übernommen hat. Der hat auch nur ein Larifari-Alibi von einer Szeneparty, aber wie sollen wir es widerlegen? Schon wieder so ein Teflon-Typ, nach Auskunft der Offenbacher Kollegen auch mal Kokain-Konsument. Wieso sollte er beim Tod von diesem Dr. Äger merkwürdige Anzeigen für jemand anderes aufgeben? Hmmm ... könnte der Bogen in die Zeit vor Wendig und Haiger zurück bis zu Wendigs Vorgänger Äger reichen? In den Siphons hatten sich auch ältere Spuren von Kokain-Abbauprodukten abgelagert. Zwar mit geringeren Mengen, aber durchaus relevant."

„Willst du einen aus der Erde buddeln?" Wülfing konnte sich auch nach so vielen Jahren im Dienst nicht mit der Exhumierung von Leichen anfreunden. Ihn ekelte davor, verwesendes Fleisch auf einem sterilen Tisch vor sich zu sehen. So sehr er auch die Arbeit von Zweipfennig schätzte, er hätte diesen Job nie machen können. Oder vielleicht wäre auch er dann abgestumpft? Er mochte es sich gar nicht weiter vorstellen.

„Wenn es denn der Wahrheitsfindung dient?" grinste Hessinger. Der hatte mit solchen Szenarien offensichtlich weniger Probleme.

„Wobei nicht unbedingt ein Mandant der Auftraggeber der Anzeige gewesen sein muss, der Anwalt könnte es auch selbst getan haben. Denn hinter dem

Mandantenschutz kann sich jeder Anwalt ganz nach Bedarf verstecken – auch wenn es keinen Mandanten gibt. Erinnert irgendwie an das Beichtgeheimnis. Und was ist, wenn es diesen oder diese Mandanten tatsächlich gibt? Welches Interesse hätten diese, Haiger zu ermorden? Die Konkurrenz im Rauschgiftmilieu ist hart und der Zweck heiligt da jedes Mittel."

„Denken wir an Christel. Ihr Alibi ist nicht sehr fein, aber bestätigt worden. Wenn Ronni wüsste, mit wem er es da zu tun hat! Ihre Kontakte zu Haiger und Wendig sind nach unserer Überwachung plausibel zu erklären, aber dennoch ist die personelle Verstrickung offensichtlich. Vielleicht ging ihr Kontakt mit Haiger ja über das uns bekannte Motiv hinaus – und vielleicht ist es jetzt mit Wendig wieder genau so?"

„Zusammengefasst: Alle haben entweder ein Alibi – wenn auch oft fadenscheinig - oder aber kein Motiv. Wenn da nicht der unzweifelhafte Tatbestand der Rauschgift-Produktion wäre, der Mord und dieses ominöse Handy. Wo ist dieses Mistding? Auf diesem Weg kommt selbst ein nicht sehr intelligenter Kleindealer einfach an den Stoff, aus dem die Alpträume sind, während sein Lieferant im Dunkeln bleibt."

„Und das Handy ist nach Haigers Tod offensichtlich immer noch in Betrieb, die Proben in Mos Labor werden manipuliert und Mo wird abgehört. Irgend jemand mischt munter mit."

„Doch ein unbekannter Dritter?"

„Wer immer das Handy hat, betreibt das Geschäft weiter. Bisher hat nach unserem Stand lediglich die Erdmann mit der fraglichen Person gesprochen und die verweigert über ihren Anwalt Börder jede Aussage. Hat der Börder selbst das Handy und mit seiner Mandantin gesprochen? Wäre theoretisch auch denkbar, wenn auch nicht sehr wahrscheinlich."

„Konkret: unsere einzige Verbindung zum Dealer und eventuell auch Mörder sind das Handy und auch die Abhöranlage im Zytolab."

„Da ist noch etwas."

„Der Bedarf der Suchtkranken. Wenn es Leute mit genügend Geld sind, wie es hier zu sein scheint, können die sich natürlich einen gewissen Vorrat zulegen. Aber auch der ist irgendwann aufgebraucht. Und dann werden die ganz schnell sehr nervös."

Ihr Fax klingelte plötzlich, der Ventilator summte und kurz danach fiel mit einem schleifenden Geräusch eine Seite in den Eingangskorb. Eine Mitteilung von t-online, dass das verschwundene Handy wieder angerufen worden war – mit dem bekannten Ergebnis: Keiner hatte abgenommen. Der Anruf war von einem öffentlichen Telefon im Terminal 2 des Frankfurter Flughafens geführt worden. Es war kurz vor dem Wochenende und es war offensichtlich, dass die meisten Handy-Kontakte am Wochenende erfolgt waren. Was war am Wochenende anders als an anderen Tagen? Manche Orte wie Diskos waren belebter als sonst, manche wie ausgestorben, beispielsweise irgendwelche Behörden oder die Uni. Vor allen Dingen hatten die Leute Zeit für ganz persönliche Dinge – und die mussten nicht immer legal sein.

Zwar hatte ihnen der unbekannte Anrufer einen Streich gespielt, da er nicht von einem Handy aus angerufen hatte, aber die Kenntnis von Haigers Handynummer war Beleg genug dafür, dass es jemand aus der bereits bekannten Kontaktliste war. Solche Nummern zu billigem Stoff wurden von den Mitwissern sicher nicht freimütig weiter gegeben – man konnte sich auf diesem Weg unentbehrlich machen.

Wer aus Frankfurt wusste, dass die Nummern überwacht wurden und hatte daher einen besonderen Anreiz, vom bekannten Handy abzuweichen? Bisher nur der Anwalt Börder und seine "Mandantin" Erdmann, ehemalige Besitzerin von diesem schwarzen ehemaligen Zottelmonster in seiner Wohnung. Denn nachdem Elvira auf dem neuen Flurteppich schon nach ein paar Tagen wieder viele lange, schwarze Haare gefunden hatte – die unzweifelhaft nicht von Herbert stammen konnten – hatte sie kurzerhand zur Schere gegriffen. Mit dem neuen Kurzhaarschnitt sah Gyelpo zwar mehr aus wie ein Pudel, rannte aber jetzt noch schneller als vorher und freute sich an der neu gewonnenen Bewegungsfreiheit. Ganz anders hatte die Besitzerin eines durchgestylten Collies reagiert, die sie beim Gassigehen schon öfter getroffen hatte. Die hatte erst konsterniert geschaut und sie dann eine Tierquälerin geschimpft, denn „... so wie der Hund jetzt aussieht, wird er Selbstwertprobleme bekommen."

Dass sie nicht gar einen hündischen Selbstmord angekündigt hatte, hatte gerade noch gefehlt.

*

Freitags bricht in manchen Instituten der Unis so etwas wie Hektik aus. Nicht die Hektik, die vor allem in kleineren und mittleren Unternehmen eigentlich die ganze Woche prägt, wenn ein Auftrag für einen Kunden fertig gemacht werden muss. Nein, an deutschen Hochschulen kann Hektik bereits entstehen, wenn es darum geht, den Absprung ins Wochenende nicht zu verpassen.

Mo amüsierte sich immer wieder darüber, wie die universitären Angestellten und Dozenten an Freitagen ihre Autos möglichst nah am Institutsausgang parkten, um nur ja nicht nach ihren Kollegen ins Wochenende zu starten. Es hatte schon erbitterten Streit in den Instituten gegeben, wenn jemand auf der Suche nach ein paar Freisekunden mehr die Parkhierarchie nicht eingehalten hatte. Mo war das egal, er arbeitete auf eigene Rechnung und seine Kunden waren ihm wichtig, denn er lebte von ihnen.

Der Wissenschaftler rauchte weiter seine Pfeife und fütterte das Analysengerät mit der nächsten Probe. Gegen ein Uhr nachmittags war das Institut wie leer gefegt und auch der geteerte Parkplatz vor der großen Eingangstreppe hatte sich schon weitgehend geleert. Es war alles wie gewöhnlich – aber nur fast. Denn Wendig war immer noch da, wie die Geräusche aus dem Nachbarlabor verrieten – obwohl sein Auto nicht vor dem Institut stand. Es sah nicht so aus, als ob er an diesem Freitag nach Berlin fahren würde und Mo hatte wirklich keine Ahnung, warum sein Labor-Nachbar nicht wie gewohnt am Dienstag Nachmittag schon weg gefahren war.

Mo zuckte die Schultern, stopfte noch etwas Tabak in die Pfeife und notierte die Ergebnisse der letzten Fruchtsaft-Probe. Alle Werte waren in Ordnung und er schickte gerade ein Fax mit den Ergebnissen an seinen Auftraggeber, als er hörte, wie ein Wagen vor dem Institut hielt. Er schaute hinunter. Es war ein Cayenne S mit Frankfurter Kennzeichen, eines der neuerdings in Mode gekommenen sogenannten SUVs, einer Art völlig übermotorisierten Geländewagen. Diese ebenso unpraktischen wie unzeitgemäßen Mobile stellten ständig neue Rekorde in Spritverbrauch und Umweltverschmutzung auf und schöpften ihre Verkaufserfolge aus der originären Triebfeder des Autokaufs selbst: Größer zu erscheinen, wenn man ein größeres Auto fährt. Zu einem solchen Vehikel gehörten untrennbar eine möglichst aggressiv erscheinende Frontpartie, überdimensionale Reifen, ein möglichst großer Auspuff und eine schwarze Lackierung. Durch die große Bodenfreiheit und den Aufbau lagen die Sitze in diesen Lifestyle-Autos so hoch über Straßenniveau, dass kleinwüchsige Fahrer dadurch ihre Größe kaschieren konnten – bis beim Aussteigen die Wahrheit an den Tag kam.

„Small driver – big car. Über zwanzig Liter auf hundert Kilometer“ murmelte Mo und schaute interessiert zu, wie tatsächlich ein recht kleiner, blonder Mann ausstieg, kurz nach oben schaute und dann entschlossen in den Bau ging.

Kurz danach hörte er Schritte auf der Treppe, dann klopfte es laut an Mos Labortür.

Noch während Mo „Herein, die Tür ist offen“ rief, trat der Mann ins Labor und schloss die Tür mit einem kräftigen Druck hinter sich. Er war recht klein, vielleicht einssiebzig, blond und offensichtlich gut durchtrainiert, wie seine V-förmigen Schultern und die schmale Taille zeigten. Sein enges schwarzes T-Shirt trug den weißen Aufdruck „5uck my d1ck“ und seine schwarzen Jeans sahen aus wie frisch aus dem Designershop. Die Haare waren kurz geschnitten, ein millimeterdünner, genau gestutzter Bart verzierte das Kinn. Hatte er die Barthaare gefärbt? Die Augen waren hell, die Haare blond, die Augenbrauen auch, doch der Bart eher schwarz. Seine Augen wanderten zunächst ziellos im Labor umher und blieben dann an Mo hängen, der einfach in seinem Drehstuhl sitzen blieb und dem Besucher höflich entgegen sah.

„Guten Tag, womit kann ich dienen? Tee, Kaffee, Saft? Bitte setzen sie sich, Herr ...“

Der Besucher sah ihn durchdringend an.

„Daniel. Wo hast du den Stoff?“

„Sie haben es eilig?“ Mo lehnte sich genüsslich zurück.

„Komm schon Alter, ich kann auch anders! Wo ist das Zeug?“

„Es gab eine kleine Panne“ Mo zeigte auf eine Ecke im Labor, wo sich ungeordnet Glaskolben und Schläuche stapelten. „Montag habe ich alles da.“

„Das war so nicht abgemacht!“ Daniel klang bedrohlich. „Ich brauch ...“

Es klopfte unvermittelt an der Tür und Wendig steckte seinen Kopf herein.

„Entschuldigung Herr Kollege, haben Sie vielleicht ... Oh, Entschuldigung. Ich wusste nicht, dass Sie Besuch haben. Ich vermute, es ist geschäftlich, dann will ich nicht länger stören.“

„Nicht direkt geschäftlich, Herr Wendig. Herr Daniel interessiert sich für Labortechnik. Vielleicht will er sich sogar selbst ein kleines Labor zu Hobbyzwecken aufbauen.“

„Ja, das ist eine interessante Idee, Herr Daniel, schauen Sie doch mal bei mir hinein, wenn Sie fertig sind. Ich habe auch das eine oder andere, was Sie interessieren könnte. Dann will ich nicht länger stören, Herr Kollege“ er lächelte noch einmal Mo und Daniel zu und verschwand dann wieder.

Daniel setzte eine finstere Miene auf.

„Ich brauch das Zeug! Glaubst du denn, dass ich Spaß mache?“

„Langsam, Herr Daniel. Auch wenn das hier so aussieht, ich kann nicht hexen.

Montag Mittag kann ich liefern."

Daniel war das nicht recht und er stieß noch ein paar Verwünschungen aus, bevor er hinaus ging und die Tür knallen ließ. Offensichtlich hatte er Wendigs Einladung nicht vergessen, denn dann klopfte es nebenan. Das Gespräch über Laboreinrichtungen war offensichtlich recht fruchtbar. Als Mo eine halbe Stunde später selbst Besuch bekam, war der fremde Besucher immer noch in Wendigs Labor.

*

Der Jahrhundertsommer scheint nicht enden zu wollen. Sogar jetzt, nach den Herbstferien, ist es immer noch trocken und sonnig, auch wenn die Nächte empfindlich kalt werden. Der Wind kommt von Osten, was ich spätestens daran erkennen kann, dass bei dieser Windrichtung die großen Passagierjets und grau am Himmel hängenden amerikanischen Militärtransporter im Landeanflug zum Frankfurter Flughafen wesentlich tiefer und näher über Appenheim, besonders aber Ober-Hilbersheim, fliegen. Es ist immer noch kalt und die Scheiben der auf der Straße parkender Autos sind voller Reif, als ich mich auf den Weg zur Schule mache. Überall in der Gemarkung sehe ich Winzer mit ihren Traktoren, Traubenwagen und kleinen Anhängern voller Erntehelfer, die in der Nacht den Eiswein gelesen haben und nun auf dem Weg nach Hause sind.

Im Gegensatz zum „normalen" Wein, der überwiegend mit Vollerntern gelesen wird, ist das Lesen von Eiswein in vielerlei Hinsicht strenger reglementiert. So darf er nur per Hand und bei einer Temperatur unter minus sieben Grad gelesen werden. Dieser Knochenjob ist vielen Winzern zu aufwändig, aber die Eigenvermarkter lassen immer noch einige Reihen der besten Trauben nach der ersten Lese hängen, um diese imageträchtigen Weine zu gewinnen. Tatsächlich haben auch einige meiner Schüler mitgelesen, wie ich erfahre, aber die sehen eher ausgeschlafener aus als die anderen. Das schöne Wetter ist ein prima Antrieb und als ich mich vor den Klassen beklage, dass ich das Schön-Wetter-Alzheimer habe, wenn wir gut vorankommen, haben alle Mitleid mit mir. Leider vergesse ich danach tatsächlich ganz zufällig die Hausaufgaben fürs Wochenende. Einige Kollegen und Eltern haben schon gemeckert, dass ich zu wenig Aufgaben verteile, aber die Testergebnisse sind in meinen Klassen meist besser als in den Nachbarklassen, so dass ich mir nicht zu große Sorgen machen muss. Als Schüler hatte ich Hausaufgaben gehasst und nun sehe ich nicht ein, meine Klassen damit über Gebühr zu traktieren, wenn sie in der Schule gut mitarbeiten.

Die Schulbusse sind heute alle pünktlich und so bin ich kurz nach eins auf dem Weg ins Wochenende. Längst sind die Winzer von den Feldern verschwunden, als ich durch Biebelnheim kurz entschlossen auf die Autobahn nach Mainz fahre. Denn die Geheimniskrämerei von Herbert und Hajo geht mir auf die Nerven. Aus denen werde ich nichts heraus bekommen, aber vielleicht weiß ja Mo etwas? Ich will ihn ebenso unverbindlich wie überraschend besuchen, auch wenn beides natürlich gelogen ist.

Mo empfängt mich ganz entspannt mit einem wissenden Lächeln und serviert mir einen starken, süßen Tee.

„Na Ronni, schön, dass du vorbei kommst. Wie war die Schule? Was führt dich zu mir?“

Drumherum reden mag ich nicht, außerdem kann er das viel besser. Also sage ich es gerade heraus.

„Die Schule war schön, aber mich interessiert, was hier vorgeht.“

„Mit Chrissie? Immer noch Interesse? Kann ich gut verstehen, eine klasse Frau!“

„Komm, lass mich doch nicht am langen Arm verhungern. Was ist mit ihr, was hat sie mit Wendig zu tun?“

„Bist du eifersüchtig? Genau weiß ich es nicht, ganz ehrlich, aber was Festes scheinen die nicht zu haben. Er ist ja normalerweise in Berlin und auch jetzt, wo er schon eine Woche da ist, kommt sie nur manchmal zu ihm und bleibt nicht sehr lange.“

Ob Mo davon weiß, dass die Kripo Christel beschattet hat oder vielleicht sogar noch beschattet? Was kann ich verlieren, wenn ich es sage? Ich schaue ihn fragend an. Er lächelt entspannt zurück.

„Aber lass uns ein wenig nach draußen gehen, Ronni. Der Botanische Garten ist jetzt besonders schön.“

Das kenne ich vom Stubenhocker Mo gar nicht – warum will er spazieren? Neugierig folge ich ihm die Treppe hinunter, nachdem er sorgfältig die Labortür hinter sich abgeschlossen hat. Das Pendel schwingt wieder in seinem unerschütterlichen Rhythmus, aus dem Kellergeschoss leuchten grün die Leuchtdioden seines Anzeigekranzes. Ein Durchlauf dauert hier, am 50. Breitengrad, etwa 33 Stunden, was sich mit einer komplizierten Formel ausrechnen oder einfacher mit einem Pendel nachvollziehen lässt.

An einen weltumspannenden Spaziergang scheint Mo allerdings nicht zu denken, denn wir laufen – zunächst schweigend – zunächst zur Cafeteria im ReWi-Gebäude. Scheinbar zufällig sieht er dabei öfter zurück. Warum ist er dann aus dem Labor gegangen? Ich schaue genauer hin, was ihn denn so am Gebäude interessiert. Ist es dieser schwarze Protz- und Motz-Schlitten vor dem Eingang? Kaum zu glauben, ist Mo doch ein klarer Verfechter der „Hauptsache-es-fährt" Fraktion. Vergeblich warte ich darauf, dass Mo das Gespräch eröffnet.

„Warum sind wir überhaupt rausgegangen, Mo, wenn du sowieso nichts sagst?"

„Tja, Ronni, ich darf dir leider im Moment nichts sagen, so gern ich es auch täte."

„Hat es was mit Christel zu tun?"

„Eigentlich dürfte ich dir auch das nicht sagen, aber es ist anders, als du vielleicht denkst."

Das ist nicht sehr ergiebig, aber wir sind bereits bei der Cafeteria angekommen und stellen uns schweigend am Kaffeeschalter an. Wir gehen mit den Plastikbechern in der Hand zurück und setzen uns unter die Pferdeskulptur, den Eingang zum Altbau Organik im Blick. Wir brauchen nicht lange zu warten und es passiert etwas.

Zunächst leuchten plötzlich die Blinkleuchten des schwarzen Geländewagens auf und ein kleiner blonder Mann kommt aus dem Gebäude. Praktisch zeitgleich kommt Christel mit ihrem Cabrio angebraust. Der Mann stutzt und spricht sie an, worauf sich die beiden unterhalten. Dann zieht er sein Handy heraus, wählt eine Nummer und beide lachen. Schließlich reichen sich beide die Hand und der Mann fährt mit röhrendem Motor davon, während Christel mit raschem Schritt ins Gebäude geht.

Die ganze Zeit über ist Wendigs Silhouette am Laborfenster zu sehen, offensichtlich beobachtet er die ganze Szene genau. Dann verschwindet er vom Fenster, wohl um Christel die Tür zu seinem Labor zu öffnen. Oder geht sie zu Mo?

Als ich zur Seite schaue, sehe ich keine Regung in Mos Gesicht. Er hat seinen Kaffee ausgetrunken und stopft sich voller Seelenruhe seine nächste Pfeife, obwohl er ja angeblich keine Zeit für einen Kaffee in der Cafeteria hat. Offensichtlich weiß er mehr als ich – oder aber ihm ist alles um ihn herum egal. Das aber kann ich nicht glauben. Vielleicht ist Christel bereit, mir mehr zu sagen?

*

„Da tut sich was!“

Triumphierend reichte Hessinger das Fax seinem Kollegen, auf dem t-online mitteilte, dass am Vortag um 19.17 Uhr eine SMS mit den Zahlen 49.9383 / 49.5618 und einer Zeitangabe (Sa 11.00h) aus dem Internet an das Handy der Yvonne Erdmann gegangen sei. Danach sei um 22.13h in Universitäts-Nähe das verschwundene Haiger-Handy vom Mobiltelefon der Yvonne Erdmann angerufen worden – wieder ohne dass der Anruf entgegen genommen worden wäre. Am Morgen schließlich sei um 7.30h vom Haiger-Handy SMS an die Nummer einer Christel Kraus gegangen.

Der Inhalt war ebenfalls aufgeführt: Eine Zeitangabe (So 11.00h) und eine lange Zahlenkolonne (8.03333 / 49.93333).

„Das sind wohl die Koordinaten eines Treffpunktes. Da haben wir wieder alle zusammen – die Frankfurter, die Christel und das alte Geschäftssystem. Wer immer es ist, durch unsere Aktivitäten ist er oder sie nicht wirklich beunruhigt. Lass uns mal die ersten Koordinaten mit dem Navi suchen. 49 Punkt neunirgendwas muss in der Nähe von Mainz sein, denn der 50. Breitengrad geht mitten durch den Mainzer Dom.“

„Also nehmen wir den Benz?“

„Aber klar“ grinste Hessinger. Er wusste, dass Wülfing trotz seiner Tendenz zur Bequemlichkeit den neuen Mercedes nicht so gern mochte wie den guten alten Mondeo, aber bald würde er sich sowieso umstellen müssen, da dieser zur Ausmusterung mit anschließender Versteigerung anstand. Vor allem aber hatte der Benz ein Navigationssystem und der Mondeo eben nicht. Obwohl Ford ja vor mehr als 40 Jahren den Taunus 15m mit einer Weltkugel auf dem Kühler verziert hatte.

Während sich die Ausfahrtschranke hob, beobachtete der Hauptkommissar fasziniert, wie sein Kollege mit spitzen Fingern die Zahlen auf dem Mäuseklavier des Geräts eingab. So jedenfalls kam ihm die winzige Tastatur vor. Er fühlte sich mit diesem neumodischen Krimskram nie so ganz wohl. Immer piepste es irgendwo und nie wusste man, woran man war. Aber was half´s? Die Gegenseite nutzte die heftig beworbene neue schöne Kommunikationswelt – also musste es die Kripo auch. Als sie kurz nach zehn auf die Straße rollten, meldete sich das Navi mit einem triumphierenden Piepsen und die Fahrtroute flammte auf dem integrierten Monitor auf. Das Ziel lag irgendwo zwischen Bretzenheim und Drais.

„Fahren Sie nach links in die Moltkestraße“ ertönte eine Frauenstimme aus dem Navi-Lautsprecher, „nach zwanzig Metern fahren Sie an der Kreuzung rechts ab in die Goethestraße. Folgen Sie der Goethestraße zweihundertsiebenundsiebzig Meter. Biegen Sie dann rechts ab. Biegen Sie jetzt rechts ab.“

„Das Ding nervt!“ meckerte Wülfing, schaltete mit einem entschlossenen Knopfdruck die Sprachausgabe aus und verfolgte interessiert, wie sich das Bild auf dem Display immer wieder drehte, wenn sein Kollege den Wagen um die Ecke fuhr. Schnell waren sie am Taubertsberg vorbei und der Punkt, der auf dem Monitor anzeigte, wo sie sich gerade befanden, näherte sich schnell dem Endpunkt der eingezeichneten Strecke. Hessinger schaltete die Sprachausgabe wieder ein, um nichts zu verpassen, als sie die Umgehungsstraße an der Uni vorbei Richtung Bretzenheim fuhren.

„Biegen Sie nach zweihundertvierzig Metern rechts ab“ meldete die Stimme. Doch da war kein Weg, sondern die Bushaltestelle und dahinter die von der Straße zum Feld aufgeschüttete Böschung.

„Das Ding funktioniert nicht!“ meinte Wülfing, doch sein Kollege fuhr ungerührt weiter.

„Unsere Karte ist nicht auf dem neuesten Stand. Wir suchen einen neuen Weg.“

Ein Stück hinter der Feuerwache bog er rechts ein und die Stimme meldete: „Sie verlassen jetzt die Straße.“

Stimmt ausnahmsweise mal, dachte Hessinger, schaltete die Stimme aus, auf Koordinaten-Darstellung um und folgte einem betonierten Feldweg nach rechts. Hinter dem Hofgut mit Bauernladen und Straußwirtschaft kam freies Feld. Das einzige Objekt in der Nähe war eine Tonne mit eingebauter Kasse für Blumen zum Selbstschneiden, aber auch hier waren die angegebenen Koordinaten noch nicht erreicht. Erst etwa zweihundert Meter weiter blinkte schließlich das Display und beide stiegen aus. Es war ein abgeerntetes Getreidefeld, die Stoppeln bereits für den Winter untergepflügt. Sonst war nichts zu sehen. Beide stiegen aus, schauten sich um.

„Wie genau sind solche Koordinaten, Hajo?“

„Zehn Meter vielleicht. Plusminus.“

„Ich sehe nichts. Siehst du irgendwas?“

„Nein, aber wir sind ja auch noch früh. Der Uhrzeit nach sollte das, was hier stattfinden sollte, um elf stattfinden. Hier können wir jedenfalls nicht stehen bleiben.“

Nachdem sie noch einmal das Feld im Umkreis von zwanzig Metern rund um das Auto abgesucht und nichts Auffälliges entdeckt hatten, schauten sie sich die Tonne genauer an, fanden dort aber auch nichts und fuhren schließlich zurück zum Gehöft im Bergweg. Mit einem Fernglas ließ sich das Feld gut im Auge behalten. Nach dem recht kühlen Morgen wurde es zunehmend wärmer und es fuhren vermehrt Einkäufer auf den Hof, die frisches Obst und Gemüse direkt beim Erzeuger kauften.

Was sich nicht zeigte, war irgend etwas Aufregendes auf dem Feld. Lediglich zwei etwas füllige Frauen kamen mit Nordic-Walking-Stöcken aus Richtung Kisselberg und bogen an der Blumenkasse rechts Richtung Lerchenberg ab, ohne stehen zu bleiben.

Die Temperaturen stiegen weiter, um zwölf waren es außen 22Grad – ungewöhnlich warm für die Jahreszeit. Wülfing und Hessinger beschlich der arge Verdacht, dass ihre Samstagmorgen-Aktivität wohl ein Schlag ins Wasser war. Was war schief gelaufen?

Als auch sie im Bauernladen einkaufen gingen, fragten Sie den Hofbesitzer, ob ihm in der letzten Zeit etwas Ungewöhnliches auf dem Feld aufgefallen sei. Nein, soviel Ungewöhnliches passiere hier auf freiem Feld nicht, beschied der. Zwar hätten vor einigen Jahren ein paar Chemie-Studenten eine selbstgebastelte kleine Sprengladung in einer Klopapier-Rolle auf seinem Feld gezündet, aber das sei mehr als 20 Jahre her. Danach sei der Acker zwar im Umkreis von 20 Metern voll mit kleinen Papierfetzen gewesen, aber die seien schnell verrottet.

Habe es etwas Ungewöhnliches seit dem Vorabend gegeben?

Die Kassentonne hatte er am Abend geleert, da sei alles in Ordnung gewesen. Lediglich spät in er Nacht habe er Autogeräusche gehört und auf dem Acker Autoscheinwerfer leuchten sehen. Einen Autotyp habe er nicht erkennen können. Vielleicht habe der Fahrer sich verfahren, denn er sei kurz danach umgekehrt und wieder auf die L426 Richtung Lerchenberg zurück gefahren.

Wann das etwa gewesen sei? Auf jeden Fall seien die Kinder vorher schon im Bett gewesen, also nach zehn.

Kurz danach oder lange danach? Eher kurz danach, denn die Kleine sei noch einmal aufgestanden und habe sich etwas Milch in der Küche geholt, vielleicht weil sie vom Motorengeräusch aufgewacht sei.

Wülfing und Hessinger sahen sich an. Da waren sie wohl zu spät zum Treffpunkt gekommen. In Sachen Handy waren sie immer noch nicht recht weiter und es blieb bei all dem die Frage, warum die Zeitangabe falsch war. Die SMS davor hatte keine Zeitangaben enthalten. Warum? War es ein Ablenkungsmanöver von jemand, der sie an der Nase herum führen wollte? Dann sollte es jemand sein, mit dem sie im Zuge der Ermittlungen schon Kontakt gehabt hatten – aber das waren einige. Christel, Wendig, die Frankfurter Szene?

Wülfing seufzte. Die Verbrecher wurden heute auch immer schlauer und die Kripo hinkte den immer neuen Methoden technisch oft hinterher. Immerhin: Täter oder die Täterin schienen sich sehr sicher zu fühlen. Und Arroganz ist ein ausgesprochen dummer Charakterzug, denn man soll seine Gegner nie unterschätzen – speziell nicht die Kripo. Selbst wenn der Hauptkommissar in einem Alter ist, in dem andere bereits ihren Ruhestand genießen.

*

Wie eine typische Studentenbude aussieht, weiß eigentlich jeder. Papier allenthalben und in wildromantischer Unordnung über ein kreatives Möbelchaos von Ikea und Sperrmüll verteilt. Ungespülte Kaffeetassen türmen sich im Waschbecken, Wäsche dekoriert malerisch den ungesaugten Teppichboden. Der Kühlschrank ist bunt mit Sonderangeboten aus den nächstgelegenen Supermärkten bestückt und vor der Wohnungstür wartet eine Mülltüte auf den Abtransport Richtung Abfalltonne. An den Wänden sind die Plakate von Che Guevara zwar inzwischen in der Regel sinnreichen Sprüchen aus dem grün-alternativen Umfeld gewichen, aber die grundlegende Ordnung oder treffender Unordnung hat sich wohl seit Beginn des Studentenlebens weit gehend erhalten. Auch bei meinen Kommilitonen, die so wie ich schon über 40 sind und bereits ein Studium absolviert haben, hat sich dieses Phänomen erhalten.

Wo der typische Student wohnt, ist auch klar. Nahe der Uni in einer kleinen Bude mit einer mehr oder weniger fürsorglichen Vermieterin, nicht allzu weit von der nächsten Kneipe entfernt. Was er fährt? Einen billigen Kleinwagen.

Wenn auch diese Klischees auf viele Studenten zutreffen, Christel gehört sicher nicht dazu. Nachdem ich die ganze Nacht über ihre Verbindung zu Wendig gerätselt hatte, hatte ich sie nach dem Mittagessen angerufen und sie hatte mich – ganz unvermittelt – zu sich zum Kaffee eingeladen. Sie wohnt im Drususwall, einer wunderbare Wohngegend im Mainzer Grüngürtel zwischen Unikliniken und Innenstadt, mit Anbindung an den Volkspark. Ihr Cabrio steht vor dem Gartentor, das Haus ist etwas nach hinten versetzt.

Sie erwartet mich aufgebrezelt, wie es in Rheinhessen heißt, ihr Parfum duftet nach Vanille. Aber sie wirkt ängstlich und nervös, ihre Augen wandern unstet hin und her und sie schließt die Tür hinter mir sorgfältig ab.

Ihre Wohnung ist groß und hell und perfekt aufgeräumt. Alles hat seinen Platz, an der Wand hängen geschmackvolle Drucke moderner Maler und ihr Arbeitsplatz in einer Ecke wirkt mit dem großen Flachbildschirm und dem modefarbenen Laptop geradezu gestylt. Auffallend sind große Plüschfiguren auf dem Sofa und den Ecken des Wohnzimmers. Als ich einen Blick in ihr Schlafzimmer erhasche, sehe ich eine ganze Reihe von großen Plüschtieren und Diddls auf ihrem Bett. Wie kann sie sich diese Wohnung leisten? Wieso hat sie mich gerade jetzt eingeladen? Vor allem aber: Welche Verbindung hat sie zu Wendig?

Christel wuselt herum, kredenzt mir einen Kaffee, setzt sich schließlich zu mir auf das Designer-Sofa und wirft mit entschlossenem Griff einen Plüsch-Pluto in die Ecke.

„Du willst sicher wissen, was ich bei Wendig gemacht habe“, beginnt sie mit einem vorwurfsvollen Ton, der so gar nicht zu ihrer Einladung passt. „Aber auch Frauen haben ihre Geheimnisse.“

„Langsam, langsam. Ich will dich ja nicht aushorchen, aber da ist doch etwas faul im Institut. Erst stirbt dieser unsägliche Äger, dann der genauso unerträgliche Haiger, Mo sagt mir nicht, was er weiß und Wendig macht irgendwas und keiner weiß was. Du schließlich warst mit Haiger zusammen und bist jetzt die ganze Zeit bei Wendig.“

„Lüge! Gleich werfe ich dich raus! Du verstehst das alles nicht!“ Sie kreischt gleich los und wirft das nächste Stofftier vom Sofa wütend in die Ecke.

„Wie soll ich es auch verstehen, wenn du mir nicht sagst, was du mit Wendig und Haiger zu tun hattest – beziehungsweise hast?“

„Dazu sage ich dir nichts, da kannst du lange warten. Aber was hast du mit der Überwachung zu tun? Ich werde immer noch verfolgt!“

„Dasselbe Auto?“

„Du hältst mich wohl für blöd. Das hätte ich längst gesehen. Natürlich ein anderes.“

„Und welches?“

„Das weiß ich nicht, aber du weißt es. Gib zu, du weißt es!“

„Nichts weiß ich, das kannst du mir glauben. Woher willst du denn überhaupt wissen, dass du überhaupt verfolgt wirst?“

„Ich weiß es. Eine Frau hat auch ihre Quellen und ihren siebten Sinn. Ihr Männer glaubt immer, ihr seid so schlau. Da kann ich ja nur lachen." Sie nimmt einen tiefen Schluck aus der Kaffeetasse und ich sehe, wie ihre Hände zittern.

„Was willst du dann von mir dummem Mann?" stichele ich ein wenig. Ich hatte mir einen gemütlichen Nachmittags-Kaffee vorgestellt und nun das.

„Du musst mir helfen!"

„Warum?" stichele ich weiter.

Sie wird böse. Ihre Augenbrauen ziehen sich drohend zusammen und ihre Augen, die mich zunächst so fasziniert hatten, senden warnende Blitze.

„Du bist mir etwas schuldig. Und glaube nicht, dass ich das vergesse. Erst schläfst du mit mir und dann lässt du mich im Regen stehen. Und mit deinem anderen Verhalten bringst du mich auch noch in Schwierigkeiten."

„Was meinst du überhaupt?"

„Warum sollte ich dir das sagen? Das verstehst du sowieso nicht! Männer!" stellt sie mit einem Ton fest, der keine Widerrede duldet. „Du hast mich in Schwierigkeiten gebracht und jetzt musst du das wieder regeln. Das bist du mir schuldig! Ich verlange nicht viel. Ich muss morgen etwas abholen und ich möchte, dass du dabei bist."

Nachdem ich ihr zugesagt habe, wird es doch noch ein recht netter Nachmittag. Als ich gehen will, fragst sie mich sogar, ob ich mit ihr schlafen will, aber das ist mir entschieden zu widersprüchlich. So gehe ich und es bleibt die Verabredung für den Sonntag – ob Vor- oder Nachmittag wollte sie mir nicht sagen.

*

Dichter Nebel, der sich gar nicht auflösen will, liegt über der Landschaft. Die letzten Zugvögel sind schon längst Richtung Afrika geflogen und die Amseln stochern unter den vermodernden Blättern nach verwertbarem Futter. Auch die Igel sind noch recht rege und fressen sich mit Schnecken und Streuobst ein möglichst großes Fettpolster für den Winter an.

Es klopft.

„Ronni, steh endlich auf, du Schlafmütze!"

Der Stimme nach ist es Chrissie, die da an mein Schlafzimmerfenster klopft und mein gemütliches in-den-Morgen-Dämmern schlagartig beendet. Ich ertappe mich bei dem Gedanken, dass sie sich jetzt zu mir legen würde und wir uns gemeinsam recken und strecken würden, aber das wäre natürlich Unsinn, steht doch einer Beziehung zu viel entgegen. Christel jedenfalls denkt offensichtlich nicht im Geringsten daran, denn schon wieder trommelt sie gegen das Fenster.

„Jetzt mach schon. Du hast es mir versprochen! Wenn es nicht klappt, bist du schuld!"

„Es". Was ist „Es"? Ich weiß immer noch nicht, worum es geht, aber das wird sich ja jetzt bald klären, hoffe ich. Sie will nicht hineinkommen und so ziehe ich mich in Eile an und lasse das Frühstück ausfallen. Als ich in ihren Smart steigen will, weist sie mich ab und sagt mir, dass ich mit meinem Auto hinter ihr her fahren soll. Schon sind wir unterwegs, zunächst leicht bergan, die Kreisstraße Richtung Aspisheim.

Der Wind frischt auf, immer wieder neue kurze Regengüsse verwandeln die Herbstblätter auf den Straßen in eine Rutschunterlage und die abgeernteten Ackerflächen in einen Brei, der scheinbar nicht ablösbar an jedem Schuh oder Stiefel hängen bleibt. Kaum haben wir die Hochebene erreicht, biegt sie rechts in die Panzerstraße ein, die zum ehemaligen Depot führt. Auf dem höchsten Punkt hält sie an und gibt mir Handzeichen, dass ich an dieser Stelle warten soll. Bei dem Schmuddelwetter kann ich aber nicht weit sehen und verfolge nur den hellen Punkt ihrer Scheinwerfer.

Christel fährt weiter aufs Depot zu, wird immer langsamer und stoppt schließlich. Sie steigt aus und hebt etwas auf, legt es ins Auto und kommt dann wieder zu mir gefahren. „Fahr hinter mir her" ruft sie mir durchs Fenster zu, dreht erneut und fährt dann zügig den Promille-Schleichweg Richtung Kloster Jakobsberg weiter, vorbei am Gelände fürs Dromersheimer Waldfest und biegt rechts auf den Betonweg Richtung Laurenziberg ein. Er wird immer schlechter und sie umkurvt die Schlaglöcher sehr langsam. In der Ortsmitte ist die Straße wieder asphaltiert und sie fährt so schnell es der Nebel zulässt Richtung Gau-Algesheim.

Der Nebel lockert sich etwas auf und Chrissie düst durchs Welzbachtal herunter an Gau-Algesheim vorbei, dann Richtung Ockenheim und biegt in der Ortsmitte ab Richtung Gaulsheim. Offensichtlich folgt sie dem Navigationssystem in ihrem Wagen, sonst würde sie diese für Auswärtige etwas versteckten Wege nicht fahren. Dann kommt wieder dasselbe Spiel. Sie biegt zum Hundeübungsplatz Kempten ab, stellt ihr Auto unter dem Flutbogen ab und bedeutet mir, oberhalb zu warten. Dann verschwindet sie hinter dem Torbogen Richtung Bahn. Etwas später höre ich ein irres Lachen aus dieser Richtung und mache mir Sorgen, doch da kommt sie schon wieder. Sie wirkt genervt und steigt in ihr Auto und fährt weiter. Es geht durch Bingen hindurch auf die B9 Richtung Koblenz, vorbei am Stadtbahnhof und dann über die Nahe. Was bezweckt sie mit dieser Herumfahrerei am Sonntag Morgen? Wer hat an der Hindenburgbrücke so gelacht?

Der Himmel hellt sich langsam auf, aber die häufigen Regenschauer vom Morgen haben sich inzwischen in einen typisch rheinhessischen Landregen verwandelt. Der Verkehr wird langsam dichter und allenthalben streben Kirchgänger unter schwarzen Regenschirmen dem nächsten Gotteshaus zu.

Ich folge unbeirrt dem Smart die B9 entlang, vorbei an den Rheinkribben und muss nicht lang warten. Christel wird langsamer und biegt dann auf den Parkplatz vor Schloss Rheinstein ein. Ich stelle mich daneben und wieder bedeutet sie mir, zu bleiben. Sie geht ein paar Meter und etwas später ertönt wieder dieses irre Lachen. Doch etwas ist anders, als sie wenig später zurück kommt – sie sieht sehr zufrieden aus. Und es geschieht noch etwas Unerwartetes: Als wir wieder in unsere Autos eingestiegen sind, fahren zwei Wagen so hinter uns, dass wir nicht heraus fahren können. Eins aus Richtung Trechtinghausen kommend und eins aus Richtung Bingen, beide mit Mainzer Kennzeichen.

Ich steige aus, um die Neuankömmlinge mal gründlich anzufauchen, doch was ich sehe, lässt mich innehalten. In dem aus Richtung Bingen gekommenen Wagen sitzt ein nettes älteres Ehepaar und vom Rücksitz verbellt ein schwarzer kurz geschorener Hund den Rest der Welt vor lauter Freude. Was machen Herbert, Elvira und Gyelpo hier? Mir kommt ein arger Verdacht, der sich schnell bestätigt.

Denn aus dem anderen Auto steigen zwei Männer aus, stellen sich neben die Fahrertür, zeigen mit einem „Kripo Mainz" ihre Dienstausweise und erklären Christel, dass sie festgenommen sei und aussteigen solle. Erst schaut sie fassungslos, dann zucken ihre Mundwinkel und übergangslos fängt sie an zu weinen, steigt aus und steht dann heulend neben ihrem Wagen. Elvira steigt auch aus, um Christel zu trösten und muss sehr darauf achten, das Gyelpo nicht aus dem Wagen springt, weil starker Autoverkehr herrscht. Sie lässt sich stocksteif von Elvira in den Arm nehmen und ihr Heulen wird langsam schwächer, während Gyelpo unvermindert weiter schwanzwedelnd bellt. Unterdessen durchsuchen die Beamten den Smart und in der Handtasche auf dem Beifahrersitz werden sie fündig. Demonstrativ halten sie ein kleines Tütchen mit weißem Pulver hoch, was bei Christel zu einem erneuten Heulausbruch führt.

Auf die Frage, wo sie denn das Rauschgift bekommen habe, zeigt sie wortlos den Hang zur Burg hinauf und die beiden Beamten gehen mit ihr den Weg hoch, der an vielen Stellen abgerutscht ist und aufwändig gesichert werden muss. Derzeit führen hölzerne Stege über die gefährdeten Stellen, sicher keine Lösung auf Dauer. Während sie unterwegs sind, kann ich endlich Gyelpo begrüßen, der mich am liebsten komplett abschlabbern und dann vor lauter Freude auf die Straße laufen würde. Dann übergebe ich Gyelpos Leine wieder Elvira und möchte von Herbert wissen, wie es denn zu der ganzen Aktion gekommen ist.

„Wie lange seid ihr uns schon gefolgt? Du kannst mir nicht erzählen, dass das eine kurzfristige Aktion war."

„Nein, Ronni, das kannst du dir selbst ausrechnen. Es war und ist sehr aufwändig und wir hatten keine Wahl, diese Rauschgift-Quelle ist enorm gefährlich."

„Und wer ist es? Oder kannst du nichts darüber sagen?"

Er lächelt, aber es wirkt aufgesetzt.

„Nein, noch ist es nicht zu Ende. Aber einiges kannst du dir ja sicher zusammen reimen."

„Wo ist eigentlich Hajo?"

„Auch das gehört zum Reimen."

Ein interessanter Tipp.

„Und was wollt ihr mit Christel machen?"

„Das werden wir sehen, aber ich würde mir an deiner Stelle nicht zu große Sorgen machen. Du bist übrigens als Zeuge sehr wichtig, also halte dich mit Äußerungen zurück, vor allem in der Presse. Trotz der Lehrerkarriere auf deine alten Tage dürftest du ja noch deine Drähte haben."

So ist das also – ich wurde offensichtlich schon eine ganze Weile beobachtet und jetzt darf ich auch noch den Kronzeugen spielen. Christel wird von den beiden Kripobeamten im Auto mitgenommen, Herbert bedeutet mir, hinterher zu fahren und Elvira fährt den Smart nach Mainz. Wir bilden eine regelrechte Wagenkolonne, bis wir in Mainz-Mombach abfahren und, durch den Mix aus stechend riechenden Faulgasen des Klärwerkes und dem köstlichen Röstgeruch der Nestlé, zum Valenciaplatz fahren.

Meine Vernehmung erfolgt in Herberts Büro durch die zwei Kripobeamten, die von Trechtingshausen her zur Burg gekommen waren. Herbert selbst sitzt am Schreibtisch, spielt den Kellner und trinkt selbst einen Kaffee nach dem anderen. Er sagt kein Wort und wirkt recht angespannt.

Auch die beiden Beamten wirken recht angespannt, fragen ihr Standardprogramm ab und ich erzähle ausführlich den Tagesablauf und weshalb ich mit Chrissie zur Burg fuhr. Im Hintergrund läuft das Tonband, aber der Text wird auch gleich in den Rechner getippt. Das meiste scheint den beiden allerdings bekannt zu sein, sie haben kaum Nachfragen. So sind wir bereits nach einer halben Stunde fertig und ich lese gerade das Vernehmungsprotokoll für die Unterschrift durch, als das Telefon klingelt und Herbert erwartungsvoll nach dem Hörer greift. Zwar kann ich nicht verstehen, was er hört, aber sein Kopf läuft rot an und ein fassungsloses „Sag das noch einmal" verraten genug. Da ist etwas schief gelaufen!

Tatsächlich hat er es plötzlich sehr eilig und auch ich bin sofort nach der Unterschrift unter das Protokoll entlassen. Kaum bin ich auf dem Gang, geht auch schon Herbert mit einem „Du kennst den Weg nach draußen ja" schnell an mir vorbei, gefolgt von den zweien, die mich vernommen hatten. Aus dem Nachbarzimmer höre ich Christels Stimme. Sie wird immer noch vernommen und ich hoffe, dass sie durch das ganze Prozedere nicht noch mehr aus dem Gleichgewicht gerät. Ihre so demonstrativ nach außen gezeigte Stärke war schon bei der vorläufigen Festnahme an der Burg Rheinstein zusammen gebrochen.

Als ich das Gebäude verlasse, fährt schon der Benz aus dem Hof und Herbert klatscht vom Beifahrersitz ein Blaulicht aufs Wagendach. Der jüngere meiner beiden Vernehmungsbeamten sitzt am Steuer. Als der Wagen in die Goethestraße zur Rheinallee hin einbiegt, hält sich Herbert mit verkniffenem Gesicht an dem Haltegriff über der Tür fest. Ich folge dem Wagen zunächst, verliere ihn aber schnell aus den Augen, weil für mich die Geschwindigkeitsbegrenzung auf der Rheinallee gilt, für die Polizei im Einsatz aber nicht. An der Aral-Tankstelle am Mombacher Kreisel fülle ich noch meinen Gastank auf und fahre dann über die A60 Richtung Bingen nach Hause.

Wo mag Herbert so schnell hin gefahren sein?

Wenn Christel an Burg Rheinstein das Rauschgift geholt hat, was hat sie dann an den Stellen vorher gemacht? Da die Kripo uns auf Burg Rheinstein überwachte, müsste sie das auch vorher getan haben, um uns überhaupt folgen zu können. Das alles erinnert mich fatal an eine Schnitzeljagd! Da gab es doch einen Verbrecher namens Dagobert, der die Polizei nach diesem Prinzip mehrfach bei der Lösegeld-Übergabe genarrt hatte, aber im Endeffekt dennoch geschnappt worden war.

Wurde hier das gleiche Prinzip angewandt? Da wollte wohl der Geldempfänger im Dunkeln bleiben und schickte seine Kunden und deren Verfolger durch die Gegend, wohl wissend, dass die Kripo personell nicht immer zu einer lückenlosen Überwachung in der Lage ist, zumal am Sonntag. Dann lief wohl etwas schief, was Herberts Reaktion am Telefon erklärt. Im bin gespannt, ob meine Spekulationen zutreffen und entschließe mich, die Punkte abzufahren. Meine Kamera habe ich dabei und zum bescheidenen Aushilfslehrer-Salär kann ich ja noch ein wenig dazu verdienen.

Von der Autobahn am schnellsten zu erreichen ist die Hindenburg-Brücke. Es dämmert bereits, als ich dort eintreffe, und zu allem Überfluss fängt es langsam zu nieseln an. Tatsächlich ist der Bereich direkt an dem Brückenturm zur Bahn hin mit einem rotweißen Plastikband abgesperrt und mit Halogenscheinwerfern hell beleuchtet. Auch Herbert ist da, gar nicht erfreut über mein Auftauchen. So mache ich ein paar Fotos vom Einsatzort und fahre wieder weg.

Macht es Sinn, zu Burg Rheinstein zu fahren? Ich denke nicht, denn wenn dort der Drogenlieferant gewesen wäre, wäre er sicher erkannt und festgenommen worden. Bleibt noch das Depot am Dromersheimer Hörnchen, erfreulich nahe an zuhause. Dort noch ein paar Fotos und dann kann ich den Bericht schreiben und rechtzeitig für die Montagausgabe an die Zeitungsredaktionen schicken. Gemütlich kurve ich über Ockenheim und das Kloster Jakobsberg bergan, dann in den Promille-Schleichweg, der zwischen dem Gelände des Dromersheimer Waldfestes und den Sand- und Kiesgruben verläuft.

Der Nebel wird wieder dichter, das Depot ist fahl von Neonlampen beleuchtet. Beim Näherkommen sehe ich rechts einen dunklen Schatten in der Kurve, wo der Weg scharf nach links abbiegt. Als ich näher komme, erkenne ich den Cayenne. Das kann kein Zufall sein! Schnell rufe ich mit dem Handy Herbert an, der gar nicht gut drauf ist.

„Welche wichtige Entdeckung hast du?“

„Der Pseudo-Geländewagen, den ich auf der Uni schon gesehen hatte und dessen Fahrer mit Christel gesprochen hatte, steht am Bundeswehr-Depot, wo sie zuerst gehalten hatte. Das wisst ihr doch sicher.“

„Sagen wir mal, wir haben davon gehört. Welches Kennzeichen hat denn das Fahrzeug?“

„F-CF 2003.“

„Hmmh“ kommt es zögernd durch den Hörer, „bleib da weg und fahre nach Hause. Der Weg ist für den öffentlichen Verkehr gesperrt, wenn ich mich nicht irre.“

„Aber der Wagen hat bestimmt etwas mit dem Fall zu tun.“

„Schön, dass du so gut informiert bist.“

Seine Stimme klingt genervt und spöttisch.

„Also gut, dann komme ich gleich vorbei, bin in zehn Minuten da."

Er unterbricht die Verbindung.

Da rührt sich etwas vor mir, ein Mann kommt den Zaun entlang aus dem Wald! Es passt – das ist dieser kleine Blonde von der Uni, diesmal allerdings nicht im Designerhemdchen, sondern in einer robusten Lederjacke und mit einer Taschenlampe in der Hand. Als er mich sieht, stutzt er und fixiert mich. Dann zieht er ein Handy aus seiner Jacke und telefoniert, wobei er mich im Auge behält. Schließlich zuckt er die Schultern und geht wieder in den Wald, sorgsam mit der Taschenlampe den Boden am Zaun ableuchtend.

Wann kommt Herbert endlich? Zehn Minuten von Gaulsheim zum Dromersheimer Hörnchen sind realistisch, erst durch Gaulsheim, dann durch Ockenheim durch und schließlich steil den Jakobsberg mit seinem Kloster hoch. Der Nieselregen wird dichter und bildet auf der Frontscheibe dicke Tropfen, die mit zunehmender Schnelligkeit die Scheibe herunterlaufen. Fünf Minuten sind um, noch ist nichts von Herbert zu sehen. Sechs Minuten, sieben Minuten. Nichts.

Dann kommt der Mann plötzlich aus dem Wald gelaufen, setzt sich in sein Auto, hantiert kurz mit irgend etwas herum, startet den Motor und fährt sofort los. Die Reifen drehen im Matsch durch und der schwere Wagen beschleunigt so stark auf dem Betonweg, dass graue Wolken aus den nicht weniger als vier Auspuffrohren kommen.

Hat er Herberts Kommen bemerkt? In mir erwacht das Jagdfieber. Im Nebel kann er mir sicher nicht wegfahren. Der Porsche fährt zügig los, stoppt aber am Eingang zum Depot und fährt dann wieder recht schnell zur Kreisstraße. Dort biegt er Richtung Appenheim ab und kurz danach scharf rechts Richtung Appenheimer Wäldchen. Den Weg kenne ich genau, ich bin ihn schon oft mit dem Rad gefahren. Mein Handy klingelt, aber darum kann ich mich natürlich jetzt nicht kümmern.

In den engen Kurven des schmierigen, nassen Betonwegs schafft auch mein betagter Golf einen eleganten Powerslide, aber am Ende des Waldstückchens verwandelt sich der Betonweg in eine Graspiste, in der ich mich festfahren würde. So halte ich an und die Rückleuchten des allradgetriebenen Cayenne verschwinden schnell im Nebel Richtung Ober-Hilbersheim.

Ich schaue auf die Uhr – weniger als eine Minute ist vergangen, seit ich am Depot los gefahren bin. Und schon wieder klingelt mein Handy. Herbert schimpft gleich los.

„Was machst du da für einen Unsinn! Verfolgungsjagden auf eigene Faust!"

„Ich dachte, dass ..."

„Ja, ja, die Hobby-Kriminalisten. Fast hättest du ein echtes Problem verursacht. Du fährst jetzt sofort nach Hause, ich komme gleich dahin."

Da ist jemand richtig sauer, aber warum? Erst tut er so, als ob ihn das alles nicht interessiert, dann will er doch kommen und schließlich ist wieder alles falsch. Zwei Minuten später bin ich zuhause und fahre meinen matschverschmierten Wagen in die Garage. Dann dampft die mit Espressopulver gefütterte Kaffeemaschine, denn Herbert mit schlechter Laune und dazu noch ohne Kaffee ist keine besonders prickelnde Vorstellung. Tatsächlich klingelt es kurz danach und der Hauptkommissar steht in der Tür, die Lederjacke glänzend, die Cordhosen mit dunklen Feuchtigkeitsflecken. Nach der ersten Tasse Kaffee hebt er zu einer Moralpredigt an.

„Also noch einmal, mein lieber Ronni. Halte dich aus dem Fall raus, wir haben schon Probleme genug. Du und deine Verfolgungsjagd um der lieben Schlagzeile willen!"

"Sehr interessant ... woher weißt du überhaupt von der Verfolgungsjagd? Erzähle mir nicht, ich hätte es dir gesagt. Das habe ich nämlich nicht!"

Herbert läuft rot an und sagt erst mal nichts.

„Dann kann dich ja nur der angerufen haben, dem ich gefolgt bin. Richtig?"

Er sagt wieder nichts, schaut zur Decke und nimmt den nächsten kräftigen Schluck.

„Da der Täter oder jemand aus diesem Umfeld wohl kaum die Kripo anrufen würde – und dann noch ausgerechnet den, der die Operation leitet – dürfte das also einer deiner Kollegen gewesen sein, der da am Depot im Wald herum suchte."

„Na gut, angenommen, du hast richtig geraten, dann solltest du wissen, dass du davon die Finger lassen sollst."

„Langsam, so einfach geht das auch nicht. Wie heißt es so schön: Freie Fahrt für freie Bürger. Aber was mich viel mehr interessiert, ist dieser blonde Porsche-Jüngling – entschuldige, wenn ich deinen Kollegen noch nicht mit Namen benennen kann. Der war ja auf der Uni unterwegs und hat von sich aus Kontakt zu Christel aufgenommen. Hat er sie in eine Falle gelockt? Solche Dinge macht ihr doch öfter in der Rauschgift-Fahndung. Und wo ist Christel jetzt?"

In Herbert gärt es, das ist deutlich zu sehen. Seine Wangen laufen rot an und er spielt mit dem Kaffeelöffel herum.

„Nun gut, also was Christel betrifft, kann ich dich beruhigen. Sie durfte inzwischen nach Hause fahren und damit hat sie mit unserem Einsatz, so wirst du sagen, offensichtlich nichts zu tun."

„Wohl wahr. Der Einsatz selbst aber war wohl nicht sehr erfolgreich, vermute ich."

„Woher willst du das denn jetzt schon wieder wissen?"

Herbert schaut mich mit einem verwunderten Blick an, der mir sagt, dass mein Schuss ins Blaue ins Schwarze traf.

„Wenn ihr euren Täter oder eure Täterin hättet, bräuchtet ihr nicht tausend Leute in der Gegend herum fahren und auf irgend etwas warten lassen. Zum Beispiel der blonde ..."

„Nenne ihn Müller ... ich kann Porsche-Jüngling nicht mehr hören ..."

„... der blonde Müller. Der wollte doch sicher da warten, bis du kommst. Dann aber fährt er scheinbar unvermittelt los – da hat er also eine neue Information bekommen und ist mit seinem Geländehobel querfeldein gefahren."

„Tja, da du so gut raten kannst, brauche ich dir ja jetzt nichts mehr zu sagen."

„Doch, wie es weiter geht."

„No comment."

„Und wo habt ihr den Spritfresser her? Bei einem Drogenbaron konfisziert und in den Staatsdienst eingegliedert?"

„Ich sehe, du bist gut informiert. Gib mir noch einen Kaffee und dann muss ich nach Hause. Elvira hat eben angerufen, sie braucht Hilfe beim Aufbauen des neuen Sofas."

„Das alte war doch noch gut gewesen. Oder hat Gyelpo dort Gassi gesessen?"

„Nicht ganz, aber fast" Herbert seufzt und schaut zur Decke. „Ich war vor ein paar Tagen mal mit Elvira aus. Sie hat nicht eher locker gelassen, bis wir ins Astoria tanzen gegangen sind. Da war das schwarze Monster natürlich allein zu Haus, hat vor Langeweile das komplette Sofa zerlegt, die Hälfte gefressen..."

„... und natürlich wieder ausge ..."

„Erinnere mich nicht daran!"

Schon wieder klingelt sein Handy und nachdem er die Nummer auf dem Display gelesen hat, nimmt er das Gespräch entgegen. Er hört gespannt zu und äußert nur öfter ein „wo?" und „wann?", schließlich ein „bin schon unterwegs". Das ist wörtlich zu nehmen, denn er leert hastig den Rest in der Kaffeetasse und wenige

Sekunden später sitzt er im Auto und startet Richtung Aspisheim. Da ist was im Busch – hastig greife ich meine stets bereit stehende Kameratasche und das Diktiergerät und folge ihm durch den dichter werdenden Nebel.

An der Einmündung zur L414 taucht links von Ober-Hilbersheim kommend mit recht hoher Geschwindigkeit der Cayenne wieder auf und fährt Richtung Aspisheim an uns vorbei. Wie kann der bei dem Nebel so schnell fahren? Hat die Kripo jetzt Radar in den Wagen?

Herbert scheint das nicht zu kümmern, er folgt dem Wagen und ich hänge mich an Herbert. Diffus hört man die Geräusche schwerer Maschinen und gespenstisch leuchten vereinzelt auf den Äckern der Umgebung die grellen Scheinwerfer der Zuckerrüben-Lade- und Erntemaschinen, monströser Ungetüme, die auf den passenden Namen „Maus" hören. Sie beladen LKWs mit Anhängern, die dann über die Feldwege und schließlich die Autobahn zu Südzucker nach Groß-Gerau fahren. Die Feldwege sind danach meist ruiniert und die Straßen mit Matsch verschmiert, aber die Brüsseler Agrarsubventionen halten die Zucker-Überproduktion aufrecht.

Die Scheinwerferkegel unserer Autos tasten sich an den Leitplanken der sich steil am Hang entlang windenden Serpentinen entlang. Die beiden vor mir nutzen die ganze Fahrbahnbreite aus, wohl in der Hoffnung, entgegen kommende Wagen an ihrem Scheinwerferlicht erkennen zu können. Und was ist, wenn ein unbeleuchteter Traktor in einer der unübersichtlichen Kurven entgegen kommt oder ein Reh oder Igel die Straße kreuzt? Etwas Schwund ist immer, würde Torben bei den Fahrten zur Uni argumentieren und sich das nächste Stück Fliegerschokolade in den Mund schieben.

Müller vorn und Herbert dahinter argumentieren nicht, sondern fahren, was die Reifen auf der nassen, schmierigen Straße hergeben. Für mich ist das kein Risiko, sehe ich doch die Rücklichter vor mir und kenne die Strecke sehr gut, aber Müller im ersten Auto scheint die Grenzen seines Wagens etwas oberhalb der Realität anzusetzen. Aber bestimmt hat der ja jede Menge elektronische "Fahrsicherheitshilfen" für solche Verhältnisse.

In Aspisheim lichtet sich der Nebel, der Porsche schießt voran und biegt dann scharf nach links Richtung Horrweiler ab. Als Herbert und ich ihm folgen, ist er bereits über die Kuppe am Ortsrand verschwunden. Wenn das mal gut geht! Diese Straße ist stark abschüssig, uneben und hängt zum Tal hin – ich fahre da bei trockener Straße mit höchstens 80 durch.

Kurz hinter der Kuppe, sehen wir, dass es nicht gut ging. Links im Weinberg leuchten rote Lichter in merkwürdiger Anordnung. Gerade an der Stelle, wo sich vor einigen Jahren eine Bekannte mit ihren drei Kindern in ihrem Wagen überschlagen hatte, liegt jetzt der Cayenne. Den Spuren nach ist er offensichtlich von der Fahrbahn abgekommen, hat einige Rebreihen umgelegt und liegt umgekippt etwa 20 Meter von der Straße entfernt. Der blonde Müller kriecht nach oben zur Beifahrertür heraus, flucht und klettert dann mit einem Gerät in der Hand über die umgerissenen Spanndrähte und Rebreihen. Herbert hat ebenfalls angehalten und die Warnblinker eingeschaltet, seine Scheinwerfer beleuchten die peinliche Szene deutlich. Schnell zücke ich meine Kamera und mache ein paar Fotos. Redaktionsschluss für die Montagsausgabe ist am Abend um acht. Da ich dank Digitaltechnik keine Entwicklungszeit mehr brauche, kann ich weiter am Ball bleiben, ohne den Redaktionsschluss zu gefährden.

Müller schaut böse zu mir herüber, während er zu Herbert geht, der das Blaulicht eingeschaltet hat und sich mit grimmigem Gesicht die Bescherung ansieht. Als Müller auf der Fahrerseite in Herberts Auto einsteigen will, wird dieser kurz laut und deutet unmissverständlich auf den Beifahrersitz. Er wirft mir noch ein genervten Blick zu und weiter geht es – mit geringerem Tempo. In Müllers Haut möchte ich nicht stecken. Da hat die Kripo mal einen solch superteuren Wagen und dann so etwas!

Die Strecke führt über den Bahnhof Gensingen, dann rechts Richtung Dromersheim. Wohin fährt Herbert? Wenn er nach Dromersheim fahren wollte, hätte er direkt von Aspisheim dahin fahren können. Warum also der Umweg über Horrweiler, vor allem, wenn er ein Navigationssystem im Auto hat. Hat er neue Informationen bekommen? Schade, dass ich den Polizeifunk nicht mithören kann. Der Nebel wird langsam lichter und so kann ich mehr Abstand zu den beiden halten.

Dann verblüfft mich Herbert: Im Kreisel nahe der Bahnüberführung dreht er sehr langsam gleich mehrere Runden, bevor er schließlich Richtung Autobahn ausfährt. Auch im Kreisel vor der Auffahrt auf die A60 wiederholt sich das Spiel, bis er schließlich tatsächlich Richtung Autobahn fährt und dann stark beschleunigt. Da kann ich mit meinen 75-PS-Golf nicht lange mithalten. Bereits bei Gaulsheim verliere ich Herberts Mercedes aus den Augen, nur das sich rasch entfernende rhythmische Leuchten des Blaulichts lässt seine Position erahnen. Doch wenig später scheint es sich zu verlangsamen – oder ist das nur Einbildung?

Gespannt fahre ich weiter und tatsächlich komme ich der Stelle immer näher – direkt an der Auffahrt Ingelheim-West steht Herberts Mercedes vor einem Rübenlaster mit Anhänger. Was wollen die von dem? Schnell fahre ich ab, parke das Auto am nächsten Kreisel, fotografiere ein Übersichtsbild von der Brücke über die Autobahn und gehe dann zum Durchlass durch die neue Lärmschutzmauer. Der Rübenlaster steht genau vor mir und Herbert beobachtet mit rotem Gesicht, wie sein Kollege Müller auf dem Anhänger herumsteigt.

Und dann steigt auch der Fahrer aus: Es ist mein Nachbar Erich auf seiner alljährlichen Rübentour. Der Fahrerjob ist ein willkommenes Zubrot für viele Landwirte nach Abschluss der Weinlese. Ein zweiter Wagen von der Polizeiinspektion Ingelheim trifft ein und kurz danach machen sich gleich drei Beamte gleichzeitig auf dem Anhänger zu schaffen. Sie wühlen in den Rüben herum, dass es eine Freude ist. Was suchen sie da? Was hat Erich damit zu schaffen? Wohl kaum etwas – denn er beobachtet mit einem leichten Grinsen die Aktivitäten der Kripo.

Endlich ist es soweit: Thriumphierend hält Müller etwas hoch, das aber zu klein ist, um es von meinem Platz aus erkennen zu können. Herbert scheint nicht so zufrieden, als die drei Beamten wieder vom Rübenanhänger herunter klettern.

Als der Laster wieder Richtung Groß-Gerau in Fahrt kommt, setzen sich auch die anderen Wagen in Bewegung. Ich beende meine Tour für den Tag, um meinen Bericht zu tippen und die Bilder an die Redaktionen der AZ und MRZ zu schicken.

Danach spiele ich zur Ablenkung noch ein wenig Go im Internet. Gleich eine ganze Reihe interessanter Spieler sind online, Rocket aus Houston ebenso wie ZOOM, ein erfolgreicher Cartoonist aus Slowenien. Ich spiele zunächst gegen Sophie, die sich den kgs-Namen Ryoma gegeben hat und dann gegen Karoline, die sich Miregal nennt. Egal ist beiden das Brettspiel aber überhaupt nicht. Sie kämpfen verbissen um jeden Punkt und werden in schwindelerregendem Tempo besser – genauso wie mein Sohn Dominik. Es kann nicht mehr lange dauern und alle werden besser spielen als ich. Dagegen spiele ich ausgesprochen ausgeglichen: Ich fange meine Spiele schwach an, lasse dann aber stark nach. Zum Schluss schaue ich mir noch ein Spiel zweier Meisterspieler, einem 4- und einem 6-Dan, an. Der Captain aus Vancouver in Kanada spielt gegen Minue aus Korea. Beide sind begnadete Kämpfer und veranstalten ein transatlantisches Go-Spektakel für die internationale Go-Gemeinde. Natürlich entwickelt sich der erwartete heftige Kampf auf dem Brett und die launigen Kommentare wie "Ich mache aus dem Captain Hundefleisch!" oder "Ich ziehe dir die Hammelbeine lang und verarbeite dich zu Sushi" sorgen für zusätzliche Unterhaltung.

Als ich endlich ins Bett gehe, versuche ich beim Einschlafen die Puzzlestückchen der Rauschgift-Geschichte zu sortieren, komme aber zu keinem Endergebnis. Da

Chrissie sich das Rauschgift selbst holen musste, scheidet sie aller Wahrscheinlichkeit als Produzentin des Stoffs aus. Allerdings sind oft Konsumenten auch als Dealer tätig, um ihre Sucht zu finanzieren - auch sie? Dann könnte sie nicht nur als Konsumentin belangt werden. Wer aber produziert dann den Stoff? Was hat das mit Haigers Tod zu tun? Warum jagt die Polizei Rübenlaster? Fragen über Fragen. Vielleicht kann mir Erich ja am nächsten Tag ein paar beantworten? Um Mitternacht ist er immer noch nicht zu Hause – Erich fährt am längsten. Die ganze Nacht hindurch hört man noch die Geräusche der riesigen Rübenernter.

*

Herberts Büro platzte aus allen Nähten, aber er wollte die Lagebesprechung nicht im frisch renovierten Besprechungszimmer durchführen. Nicht, dass es zu weit weg gewesen wäre – gerade einen Stock unter seinem Büro. Aber das hätte bedeutet, dass er an den Büros seiner Kollegen hätte vorbei gehen müssen, die bestimmt schon von der Sonntags-Aktion gehört hatten und bestimmt wohlmeinende, gefühlvolle Kommentare dazu beisteuern wollten, etwa „Schade, Herbert, leider voll in die Sch... gegriffen. Wirklich schade, ehrlich“ oder „Ja, Autofahren müsste man können“ oder „Richtig spannend, so ein Einsatz. Hatte mir leider nur das Sonntags-Matsch im Fernsehen angesehen“. Nein, das konnte Herbert nun wirklich nicht gebrauchen. Außerdem gab es keine Kaffeemaschine im Besprechungsraum – ein klares Versäumnis der Inneneinrichter. Also verteilten sich die beiden Kollegen, die den Zugriff auf Burg Rheinstein durchgeführt hatten, Kollege Daniel (der übrigens tatsächlich Müller hieß) und natürlich Hajo dekorativ auf die zwölf Quadratmeter von Herberts Büro.

Man begann mit einer Bestandsaufnahme. Wundenlecken könnte man das auch nennen, denn die sehr aufwändige Aktion hatte bisher keinen überzeugenden Erfolg gezeitigt. Die Überwachung von Christel hatte viel Geld gekostet, aber außer ihrer vorläufigen Festnahme und Freilassung nicht viel gebracht – auch wegen der Sache mit den Nummerschildern, in deren Folge die Überwachung aufgeflogen war. Dann hatte es die erste Panne beim Depot am Dromersheimer Hörnchen gegeben, obwohl zunächst alles nach Plan gelaufen war. Hajo und Müller waren Christel wie abgesprochen gefolgt, was nicht schwer war, da sie über die Handy-Überwachung aus der SMS bereits die GPS-Koordinaten kannten. Doch dann war sie weiter gefahren und das verursachte ein Problem. Denn einerseits musste das Depot weiter beobachtet werden, um den Rauschgift-Lieferanten festnehmen zu können, der sich bisher noch nicht hatte blicken lassen. Andererseits musste sie kontinuierlich überwacht werden.

Ihr folgten die beiden Kollegen, die eigentlich die Umgebung des Depots überwachen sollten, während Hessinger und Müller sich den Übergabeort genauer anschauten. An der Stelle, wo sie Christel zuletzt gesehen hatten, waren sie ausgestiegen und hatten die überwachte Handynummer angerufen. Tatsächlich hatte es einige Meter weiter hinter einem Busch am Zaun geklingelt, in einem grauen Kasten, der direkt am Zaun angebracht war und ein Zugangsschloss vor dem Regen schützte. Im Kasten waren das Haiger´sche Handy und 1000 Euro in bar - offensichtlich von Christel. Der Rauschgift-Lieferant wollte das Geld wohl erst später holen. Also musste der Platz unbedingt weiter überwacht werden, keine leichte Aufgabe bei dem immer dichter werdenden Nebel. Immerhin war die Vertriebsschiene nun klar. Die per SMS übermittelten GPS-Daten gaben den ungefähren Ort an, an dem die Rauschgift- oder Geldübergabe stattfinden sollte. Da GPS aber nicht auf den Zentimeter genau funktioniert, diente das Handy als akustischer Finder für die letzten Meter, nach dem Prinzip des Schlüsselfinders.

So klar nun der Vertriebsweg war – den Lieferanten hatten sie immer noch nicht. Der aber musste irgendwann das Geld holen. Was aber, wenn dabei etwas schief ging und er mit dem Geld weg war? Nachdem schon soviel schief gegangen war, wollte Hessinger kein Risiko mehr eingehen.

Also stellten sich die beiden an eine nicht einsehbare Stelle in der Nähe und informierten Wülfing über die neue Entwicklung. Der unterbrach seinen Sonntagausflug mit Elvira und Gyelpo und holte schnell aus dem Büro präpariertes Geld samt einem Mini-Peilsender, der bei Ortsveränderungen automatisch Alarm gab. Dieses Paket gab es gewissermaßen ständig auf Vorrat, um Diebe zu ver- und dann zu überführen. Der Austausch gegen die hinterlegte Summe war schnell bewerkstelligt und irgendwann würde der Rauschgift-Lieferant auftauchen, um seine Bezahlung zu holen. Das nächste Problem gab es, als an der Hindenburgbrücke noch einmal dasselbe passierte wie am Depot - wer sollte Christel folgen? Herbert war sofort nachgekommen, hatte Hajo an der Hindenburgbrücke abgesetzt und war den beiden Kollegen zur Burg Rheinstein gefolgt. Daniel aber hatte allein mit dem Peilsender weiter am Depot gewartet und den Zugang zur Ablagestelle des Geldes überwacht.

Ein paar Spaziergänger waren vorbei gekommen, dann zwei Mädchen auf einem morgendlichen Ausritt und schließlich fuhren Jugendliche zum Motocross in die Sandgruben der Firma Gaul. Sonst war scheinbar nichts passiert – bis sich plötzlich der Empfänger des Peilsenders meldete - aber aus Richtung Ober-Hilbersheim! Wie sollte er dahin gekommen sein? Schnell untersuchte er den Kasten - Geld und Sender waren weg, ein Loch war in der Rückwand, der Maschendrahtzaum an dieser Stelle von innen fein säuberlich mit Bolzenschneidern aufgetrennt. Das war genauso peinlich, als würde man die Vordertür überwachen und der Dieb durch die Hintertür das Haus ausräumen. Aber warum hatte der Peilsender nicht gleich Alarm gegeben?

Als Daniel – von Ronni verfolgt - dem Sendersignal gefolgt war,verstärkte es sich zunächst verschwand dann wieder. Schließlich hatte er es wieder aufgefangen und die Verfolgungsjagd folgte. Offensichtlich hatte der Täter den Minisender auf einen Rübenlaster geworfen und das Geld eingesteckt. Fraglich blieb bei alledem, wieso der Sender bis nach Ober-Hilbersheim stumm geblieben war. Denn auf der Hochebene gab es definitiv keinen Funkschatten. Fragen, die man erst nach der Festnahme des Täters klären konnte.

Sie waren immer noch nicht recht weiter gekommen, mehr noch: Dem Täter musste klar sein, wie knapp sie ihm auf den Fersen waren. Was würde er also machen? Spuren verwischen, sich ruhig verhalten. Wülfing musste am Drücker bleiben, sonst hatte er keine Chance. Er setzte große Hoffnungen auf den auf dem Rübenlaster gefundenen Sender, denn den hatte der Täter definitiv in den Händen gehalten. Er setzte auch auf das präparierte Geld, das jeden Gegenstand, mit dem es in Kontakt kam, mit kaum ablösbaren fluoreszierenden Nanopartikeln versah. Wenigstens darauf, so hoffte der Hauptkommissar, müsste sein Gegenüber hereingefallen sein, denn diese Technik war noch sehr neu.

*

Als Wülfing und Hessinger am Montagmorgen unausgeruht ins Büro kamen, waren sie erstaunt, bereits den Untersuchungsbericht über den Peilsender und die am Depot und der Hindenburgbrücke gefundenen Handys zu finden. Außerdem war der Bericht mit nur einer Seite erstaunlich kurz und das machte beide skeptisch. Ihr Misstrauen wurde bestätigt: Klipp und klar stand da, dass am Sender zwar Erdpartikel gefunden wurden, aber keine verwertbaren Spuren. Dasselbe galt für die an der Hindenburgbrücke und Burg Rheinstein sichergestellten Handys, deren Klingelton ein irres Lachen war.

„Fehlanzeige – oder auch nicht."

Wülfing reichte Hessinger das Blatt, lehnte sich in seinem Stuhl zurück und schaute ins Leere.

„Wie meinst du das?"

„Da hat einer offensichtlich mit Handschuhen gearbeitet, denn sonst hätte er Spuren hinterlassen. Hätte er den Sender abgewischt, wäre keine Erde mehr dran gewesen."

„Und es sind keine Fusseln dran – also waren es keine Stoffhandschuhe, sondern Kunststoff-Handschuhe, wie sie beispielsweise von Reinigungskräften oder Laborkräften getragen werden. Schon wieder die Verbindung zur Uni. Ob der Täter auch das präparierte Geld nur mit Handschuhen angefasst hat?"

„Die Chancen sind da, denn das Geld hat er ja wahrscheinlich behalten. Vielleicht dachte er, dass der Sender die einzige Sicherung war und irgendwann wollte er vielleicht mal selbst das Geld in seinen Fingern spüren. Wenn es äußerlich erkennbar gefärbt gewesen wäre, hätte er es wohl bemerkt. Aber dass die Färbung der Nanopartikel erst einen Tag nach Öffnen des Bündels und Zutritt von Luftsauerstoff einsetzt, wird dem hoffentlich auch unbekannt sein. Eine kleine Überraschung mit Zeitverzögerung sozusagen."

„So tötet man heute auch Ratten, denn die sind schlau, lassen erst einmal ein Mitglied ihrer Familie fressen und beobachten, was passiert. Passiert erst einmal nichts, fressen auch die anderen Mitglieder der Sippe. Also bekommen sie ein Gift, das erst nach mehreren Tagen wirkt und man kann so alle erwischen, was bei einem sofort wirkenden Gift nicht ginge."

„Ein bildhafter Vergleich ... wer könnte das nun konkret gewesen sein?"

„Eigentlich Wendig, unser Mister Teflon, oder einer aus der Frankfurter Szene. Wie bekommen wir Wendig?"

„Ohne Durchsuchungsbefehl kommen wir nicht weiter - den zu begründen, ist allerdings nicht leicht. Und falls Wendig unser Mann ist, wird er bereits alle möglichen Spuren beseitigen wollen. Da unser Mann den Minisender erkannt und auf den Rübenlaster gelegt hat, weiß er, dass wir ihm auf den Fersen sind. Andererseits - vielleicht macht er gerade unter Druck einen entscheidenden Fehler."

Nachdem sie den Durchsuchungsbefehl mit viel Formulierungskünstenbeantragt hatten, diskutierten sie über die noch offenen Punkte auf ihrer Liste. Da waren auch noch die älteren Fingerabdrücke im Drogenlabor – ob die auch zu Wendig gehörten? Aber sie waren älter als Hägers Abdrücke und Wendig war erst danach an die Uni gekommen. Die Abdrücke waren von kleinen Fingern, wahrscheinlich von einer Frau - Christels Fingerabdrücke waren es allerdings nicht. Das hatten sie nach ihrer Festnahme routinehalber, aber ohne rechte Überzeugung, mit negativem Ergebnis überprüft. Was aber war geschehen, dass mit Haigers Auftauchen plötzlich keine neuen, kleinen Abdrücken mehr zu finden waren?

„Natürlich!“ rief plötzlich Wülfing aus, „wie konnte ich nur so blind sein!“

„Was?“

„Die nicht identifizierten Abdrücke im Labor lagen doch alle vor Haigers Abdrücken. Mit großer Wahrscheinlichkeit muss es jemand aus dem Institut gewesen sein, der irgendwann nicht mehr im Labor mitgearbeitet hat. Oder jemand, der nur vorübergehend bei den miesen Geschäften mitmachte - vielleicht diese Laborantin Frau Wald, die nach Ronnis Meinung ja ein Verhältnis mit Haiger pflegt?“

„Schon verstanden – ich besorge die Mitarbeiter-Liste.“

Am frühen Nachmittag hielten sie die Liste der Institutsangestellten in den Händen. Zwar war auch denkbar, dass aus benachbarten Abteilungen jemand mitgemischt haben könnte, aber sie hielten sich zunächst einmal an die Abteilung Chemie. Die hatte sich in den vergangenen Jahren nach der Einstellung von Haiger nur wenig geändert. Frau Wald war gekommen, eine bereits seit Jahren in der Abteilung arbeitende Lehrbeauftragte nach der Promotion als Lehrerin an eine Schule in Altenkirchen gegangen, Dr. Äger war gestorben und schließlich war Wendig eingestellt worden. Frau Wald also schied aus, war sie doch erst nach Haiger gekommen. Dasselbe galt für Wendig, und so blieb nur die Chemie-Lehrerin. Sofort bat Wülfing die Kollegen der Westerwälder Kripo darum, sie zu befragen und wenn möglich, Fingerabdrücke zu nehmen. Gespannt warteten sie auf das Ergebnis.

Es kam schon kurz nach zwei in Form eines Telefonanrufs und eines zeitgleich einlaufenden Faxes vom Leiter der Rauschgift-Kommission aus Altenkirchen.

„Hallo Kollege Wülfing, wenn es immer so einfach ginge, wäre unser Job schön. Wir haben Frau Schmittke sofort nach ihrem Unterricht angesprochen und sie war erst misstrauisch. Als sie dann hörte, worum es ging, hat sie aber gleich kooperiert. Sie ist wohl nicht gut auf die Abteilung Chemie zu sprechen, in der sie ja einige Jahre gearbeitet hatte. Können Sie sich das erklären?“

Wülfing und Hessinger schmunzelten gleichzeitig, bedankten sich für die schnelle Arbeit, schickten die Fingerabdrücke von Frau Schmittke in den Erkennungsdienst und studierten dann das Vernehmungsprotokoll. In der Tat, Frau Schmittke war offensichtlich auch mehr als ein Jahr nach ihrem Ausscheiden gar nicht gut auf die Abteilung zu sprechen, sprach von jahrelanger Willkür, Selbstherrlichkeit und zweifelhaften Entscheidungen schon seit Ägers Zeiten.

„Als der Giftzwerg dann noch Haiger einstellte, war es ganz aus."

Hessinger zitierte aus dem Vernehmungsprotokoll.

„Ist Gift in diesem Falle nur übertragen gemeint? Man weiß es nicht."

„Dann Zwerg ... war der wirklich so klein?"

„Du meinst ...? Fragen wir sie einfach."

Hessinger griff zum Telefon und rief bei Frau Schmittke an, einer der Stimme nach gebürtigen Berlinerin mit frecher Schnauze. Entsprechend direkt beschrieb sie Dr. Äger als zittrigen, kleinen Gnom, der wohl kaum über einsfünfzig gewesen sei. Das eröffnete neue Perspektiven, denn jemand, der so kleinwüchsig ist, hatte mit recht guter Wahrscheinlichkeit auch kleine Finger und hinterließ damit kleine Fingerabdrücke. War also Äger der Giftmischer vor Haiger gewesen, stammten die ältesten Fingerabdrücke im Drogenlabor von ihm? Um das zu klären, müssten sie möglicherweise die Leiche exhumieren lassen, eine nicht sehr verlockende Vorstellung. Aber vielleicht gab es auf der Uni noch persönliche Gegenstände von Äger?

Das Fax brummte und spuckte zunächst den Durchsuchungsbeschluss für Wendigs Labor- und Büroräume und dann die Analyse des Erkennungsdienstes aus. Frau Schmittkes Fingerabdrücke stimmten mit den noch nicht identifizierten Abdrücken im Drogenlabor nicht überein.

„Dann können wir loslegen, Hajo. Wie spät ist es? Vier."

Der Oberkommissar nickte, warf sich die Lederjacke über die Schultern und griff sich den Mondeo-Schlüssel vom Schreibtisch. Denn ein Navigationssystem brauchten sie für den Weg zur Uni wirklich nicht. Da konnten sie sich ganz von ihrem Instinkt leiten lassen.

*

Noch sind es einige Wochen hin, aber die Schülerinnen und Schüler in den von mir unterrichteten siebten und achten Klassen scheinen in Gedanken schon bei Weihnachten zu sein. Genauer: bei den Geschenken. Noch genauer: bei MP3-

Playern und natürlich irgendwelchen Handys mit einer endlosen Palette an Funktionen inklusive Kamera. Wenn man den Jugendlichen glauben darf, ist das noch nicht alles. Man soll mit diesen Dingern sogar telefonieren können!

Nach dem aufregenden Wochenende mit ein paar Euro mehr für den Bericht hat mich der Schulalltag wieder. Danach die Uni mit dem Examensseminar, wo der Vortrag einer Kommilitonin ansteht. Wendig verhält sich merkwürdig passiv, sitzt in der Ecke und kaut an den Fingernägeln. Was ist mit ihm los? Zuviel Arbeit? Frau Wald hatte am Morgen gesagt, dass er zur Vorbereitung eines Vortrags das ganze Wochenende über gearbeitet habe. Das sähe ihm allerdings nicht ähnlich.

Der Vortrag läuft nicht gut und ich versuche durch geschickte Fragen zu unterstützen. Doch die Studienkollegin wird immer nervöser, wirft alles durcheinander und weiß wahrscheinlich inzwischen schon ihren eigenen Namen nicht mehr. Wie hasse ich Prüfungssituationen! Was man wirklich kann, ist völlig irrelevant, es geht nur ums Quälen und das Ausüben von Macht. Und wieder kommt mir der Spruch in den Kopf: Die Sau wird nicht beim Wiegen fett. Wie wahr ist der und wie weit sind große Teile unserer Schul- und Universitätsausbildung davon entfernt!

Dennoch: Wendig fällt nicht über die Kommilitonin her, scheint die Umgebung kaum wahrzunehmen. Als es dann an der Tür klopft, zuckt er zusammen. Er geht dann schließlich hin und ich höre Stimmen, die mir sehr bekannt vorkommen. Hajo und Herbert sind gekommen. Doch Wendig will erst den Vortrag zu Ende hören und lässt die beiden draußen warten. Während die Studienkollegin zu Ende vorträgt, packt Wendig schon seine Sachen zusammen, die auf dem Tisch verstreut liegen. Dann ist das Seminar zu Ende und wir gehen hinaus. Ich grüße Herbert und Hajo kurz und gehe hoch zu Mo, denn die beiden wollen sich bei ihrer Arbeit sicher nicht stören lassen. Sie gehen mit Wendig in sein Büro, während nicht weniger als fünf Kollegen von der Spurensicherung in Wendigs Labor gehen und auch der Rauschgifthund ist mit dem Hundeführer wieder dabei.

*

Von Wendigs Selbstsicherheit, die ihn bei der ersten Vernehmung so ausgezeichnet hatte, war nicht mehr viel zu spüren. Er war bemüht, Ruhe zu demonstrieren, aber seine zittrigen Hände, die wippenden Fußspitzen und das überschnelle Reagieren auf Geräusche, die von draußen herein drangen, sagten genug. Hier saß jemand, der Angst hatte, das war Hessinger und Wülfing klar. Ebenso klar war aber auch, dass sie immer noch nichts Konkretes gegen ihn in der Hand hatten und wenn das hier ein Schlag ins Wasser war, würden sie sich den Spott der Kollegen anhören müssen. Der Durchsuchungsbeschluss war letztlich eher Herberts Formulierungskünsten als gerichtsfesten Beweisen zu verdanken. Immer noch war da die Möglichkeit, dass es mit der Frankfurter Szene zu tun hatte oder ein anderer aus dem Institut der Gesuchte war. Hätte Wendig in der kurzen Zeit, in der er seinen Job hatte, diese ganze Organisation mit Produktion und Vertrieb aufbauen können? Andererseits hatte er bisher auf jede Frage der Kripo eine Antwort gewusst, so schnell, als ob er die Fragen schon vorher gekannt hatte, als ob ihm Polizeiarbeit bestens bekannt sei. Nun also war er nervös. Hatte er einen Fehler gemacht, von dem er wusste, aber die Kripo noch nicht? Den er sofort beseitigen würde, wenn er die Gelegenheit dazu hätte?

Zunächst kontrollierte Hessinger sehr langsam und genau mit einer kleinen Multifunktionslampe, die von Ultraviolett- auf Weißlicht umzustellen war, Wendigs Hände und Kleidung auf die fluoreszierenden Nano-Partikel, mit denen das Übergabe-Geld imprägniert worden war. Sie lösten sich bei Berührung leicht ab und hafteten dann an der Haut ebenso gut wie an Kleidung. Auch deshalb war das präparierte Geld immer in Kunststoff-Tüten eingepackt. Doch damit hatte er keinen Erfolg. Weder der Anzug, den Wendig trug, noch das im Schrank hängende Hemd und die Hose, die er nach eigenem Bekunden am Vortag getragen hatte, zeigten Spuren des Präparationsmittels. Während Wülfing und Hessinger weiter suchten, klopfte es und ohne auf ein „Herein" zu warten, kam der Hundeführer mit Fridolin, dem Rauschgift-Spürhund, in Wendigs Büro. Sein Schulterzucken verriet genug: Der Hund hatte kein Rauschgift in Wendigs Labor aufgespürt. Auch Wendig entging das nicht und er schaute etwas entspannter.

Nun rannte Fridolin scheinbar ziellos im Büro hin und her, schnüfffelte am Schrank, dem Rollcontainer am Schreibtisch, sprang auf den Tisch und untersuchte dann den Heizkörper und das Waschtisch-Schränkchen. Dort gab er Laut und kratzte an der Schranktür. Wendig erbleichte. Hajo ging auf die Knie, öffnete die Schranktür und leuchtete mit der Taschenlampe hinein. Fridolin steckte gleich den ganzen Kopf hinein und wedelte mit maximaler Intensität mit dem Schwanz. Im Halbdunkel sah Hajo auf der Nase des Hundes leuchtetende fluoreszierende Punkte, die verschwanden, wenn er auf Glühlampenlicht umschaltete. Woher hatte der Hund diese Punkte? Dann sah er im Hintergrund etwas Metallisches glitzern, das in der ausgeschäumten Durchführung des Abflussrohrs eingesteckt war. Er nahm einen Kunststoff-Handschuh und zog den glitzernden Gegenstand heraus, einen silberfarbenen Schlüssel. Dabei wedelte ihm ständig der Hund mit dem

Schwanz ins Gesicht und seine Nase klebte wie ein Magnet an dem Gegenstand. Es war eine ungewöhnliche Ausführung mit nicht weniger als vier Bärten auf beiden Seiten.

Als Wendig den Schlüssel sah, erbleichte er. Wozu er passe und warum er dort versteckt sei? Er wisse es nicht. Doch Hessinger und Wülfing waren keine Anfänger – diese Ausführungen waren typisch für Tresore. Ein Geldschrank aber stand unzweifelhaft vor der Tür, angeblich schon seit Jahren nicht mehr benutzt, weil der Schlüssel verloren worden sei. Ob das wirklich so war? Die Probe aufs Exempel war schnell gemacht. Die schwere Tresortür öffnete sich scheinbar widerwillig, als wollte sie den Inhalt nicht freigeben, doch dann war es soweit. Als erster steckte natürlich auch hier Fridolin seine Nase hinein.

Auf drei Etagen waren fein säuberlich eine ganze Reihe an Gegenständen verteilt. Ganz oben lagen einige elektronische Geräte neueren Datums, dazu ein Navigationssystem. Eine Etage tiefer stapelten sich Hunderte der bei Jugendlichen so beliebten japanischen Manga-Karten.

„Tausche zwei Leben gegen zwei Abhängigkeiten“ kommentierte Wülfing bitter. Er hatte Wendig inzwischen an einen Kollegen der Spurensicherung weiter gegeben, der herunter gekommen war, um die ersten Ergebnisse der Laboruntersuchung mitzuteilen.

Noch eine Etage tiefer fanden sich mehrere Geldbündel, aber nicht das, was die Kripobeamten erwartet hätten – nämlich ihr eigenes, markiertes. Es waren auf den ersten Blick etwa 10000 Euro in 100-Euro-Scheinen. Die Funde genügten Hessinger und Wülfing, um Wendig vorläufig fest zu nehmen und sie ließen ihn sofort ins Präsidium zum Verhör bringen.

Doch so ganz klar war die Sache noch nicht. Noch fehlte bisher der Beweis, dass Wendig derjenige war, der am Vortag das Rauschgift hinterlegt und das Geld genommen hatte. Wo war das Geld? Wieso zeigten sich bei Wendig keine Markierungsreste?

Immerhin hatte Fridolins Nase geleuchtet, also hatte er irgendwo Kontakt mit dem Geld gehabt. Wo war er gewesen, bevor er in Wendigs Büro gekommen war? In Wendigs Labor! Sofort gingen alle noch einmal hoch und durchsuchten dort mit Hajos UV-Lampe vor allem die dunklen Ecken. Tatsächlich wurden sie im Bereich unter dem Abzug fündig. Verräterisch leuchteten dort Handschuhe aus Vinyl, wie man sie beispielsweise in Kliniken oder im Labor einsetzt, um die Hände vor Chemikalien zu schützen oder Verunreinigungen zu vermeiden. Es ist nur ein kleiner Nebeneffekt dabei, dass man damit auch keine Fingerabdrücke hinterlässt.

*

Auf meine Bitte hin hat Herbert die Pressekonferenz im Polizeipräsidium auf den Nachmittag gelegt, so dass ich nach der Schule dabei sein kann, wenn die Ergebnisse im Fall Haiger präsentiert werden. Als ich am Valenciaplatz ankomme, bin ich überrascht, auch Mos Auto dort geparkt zu finden. Er ist scheinbar auch neugierig, zumal seine Ergebnisse und Mitarbeit entscheidend zur Aufklärung beigetragen haben.

Man sieht Hajo und Herbert ihre Zufriedenheit an, nach sechs Wochen einer zunächst scheinbar aussichtslosen Suche und einigen Ermittlungspannen positive Ergebnisse präsentieren zu können. Entsprechend genüsslich sitzt Herbert auf dem Podium, während Hajo die Pressekonferenz eröffnet. Er hat zur Feier des Tages einen Anzug angezogen und sogar die Krawatte ist richtig gebunden.

„Meine sehr geehrten Damen und Herren, vielen Dank für ihr zahlreiches Erscheinen.“

Tatsächlich sind nicht nur die regionalen, sondern sogar die überregionalen Zeitschriften mit ihren Journalisten präsent. Das Thema “Rauschgift Made in Germany“ sorgt natürlich für enormes Publikumsinteresse. Mo hat einen Platz in der ersten Reihe, er war offensichtlich frühzeitig da gewesen.

„Wir sind froh, dass wir jetzt einen Fall abschließen können, der uns über viele Wochen sehr intensiv beschäftigt hat. Wir konnten ein Labor ausheben, in dem synthetische Rauschgifte hergestellt wurden und haben eine beträchtliche Menge Kokain sichergestellt. Über das Verfahren können wir Ihnen nichts sagen, um keine Nachahmer zu ermutigen. Bemerkenswert war einerseits, dass das Rauschgift sehr rein war und damit leicht zu tödlichen Überdosierungen führen konnte. Außerdem war es so billig, dass es vor allem für Jugendliche eine besondere Gefahr darstellte. Auch wenn wir diese Quelle verstopft haben, müssen wir natürlich weiter die Augen offen halten.“

Dann nimmt Herbert das Mikrofon und wartet einige Sekunden, bevor er zu sprechen beginnt.

„Im Zuge der Ermittlungen und infolge der umfangreichen Funde bei der Festnahme des dringend Tatverdächtigen können wir sagen, dass die Rauschgiftherstellung zunächst mehr zum Eigenbedarf erfolgte und dann zum profitablen Geschäft ausgebaut wurde. In diesem Zusammenhang musste die Exhumierung einer Leiche erfolgen, der zunächst eine natürliche Todesursache bescheinigt worden war, deren Ableben aber nun als Mord eingestuft werden muss. Es handelt sich um Herrn Doktor Äger, den ehemaligen Leiter der Abteilung Chemie. Der Mörder indes wurde inzwischen selbst umgebracht und auch diesen Mord haben wir aufklären können. Dringend tatverdächtig ist Herr Professor Wendig, der geständig ist."

Ein Raunen geht durch den Raum. Offensichtlich ist es für die breite Öffentlichkeit noch etwas Ungewöhnliches, wenn einzelne Staatsdiener ihre Freiheiten über alle Grenzen ausdehnen. Mich wundert das nicht, wird aus rein bürokratischen Erwägungen doch allzu oft der Bock zum Gärtner gemacht. Ob das Ministerium bei der Neubesetzung der Stellen einmal praxis- und schulnahe Kriterien anlegt und nicht Systemkonformität zur obersten Maxime erklärt? Es wäre schön, aber wenig wahrscheinlich, denn wer soll in einem solchen auf Subordination basierenden System gerade wachsen?

Die Pressekonferenz dauert fast eine Stunde und die Journalisten sind zufrieden. Der Lesestoff ist für die nächsten Tage gesichert, mit Mord und Totschlag, Sex and Crime.

Sex ... was hatte Christel eigentlich mit Haiger und Wendig zu tun? Nach der Pressekonferenz gehen Mo und ich gemeinsam zu Herbert und Hajo. Bei einem Kaffee in ihrem Büro frage ich gerade heraus, was mir auf der Seele brennt:

„Was ist nun mit Christel? Die Geschichte mit diesem Daniel ist ja wohl mies gewesen!"

„Tja Ronni, wir mussten in diesem Fall ganz vorsichtig agieren. Daniel brauchten wir, um Wendig zu einer Kontaktaufnahme von sich aus zu bewegen, sonst wären wir nie an ihn rangekommen. Dass Daniel gern den flotten Hirsch macht, passte gut zur Rolle und so ist halt auch Frau Christel Kraus hinein geraten. Das war aber nicht geplant, glaube mir. Mo haben wir verboten, dich darüber zu informieren, damit die Show auch glaubhaft war."

„Und was hatte sie mit Haiger und Wendig zu tun? Ging es nur um den Stoff? Dazu braucht sie doch nicht mit denen in Mainzer Hotels zu gehen!"

„Ja, der Eifersüchtige."

Herbert lächelt milde.

„Viele scheinbar komplizierte Dinge erklären sich oft ganz einfach. Zum einen war sie durch das Kokain mal gut drauf und mal nicht, daher ihre

Stimmungsschwankungen. Was du mir von diesem amtlich anerkannten und bestallten Choleriker aus dem Praktikum erzählt hast, dürfte auch damit zu tun gehabt haben. Aber Christel brauchte das Zeug auch, um ihr äußerst anstrengendes Leben auszuhalten. Sie suchte im Luxus Selbstbestätigung und da hat sie im Escort-Service Geld verdient, gut verdienende Leute zu Veranstaltungen oder auf Reisen begleitet. Sozusagen der intelligente Schmetterling, mit dem man sich schmückt."

„Du meinst, sie hat mit denen ..."

„... geschlafen? Nein, sagt sie und das glaube ich ihr sogar. Denn sie ist ganz und gar Geschäftsfrau. Was nicht inbegriffen ist, ist nicht dabei. Fertig."

„Und da frage ich mich noch, wieso ihr Ägers Tod nicht gleich als Mord eingestuft habt."

„Auch das war nicht so einfach. Äger hatte Epilepsie und Asthma. Da können schnell lebensbedrohliche Zustände eintreten. Von Rauschmitteln wussten wir ja zunächst nichts."

"Und wie seid ihr darauf gekommen?"

"Der Tresor war eine Fundgrube. Zum einen waren darin Wendigs Gerätschaften, die er wohl über Stasi-Kontakte bekommen hatte. Darunter war auch der Störsender, der unseren Peilsender außer Betrieb setzte, als er das Geld holte."

"Und danach seid ihr ja hinter dem Rübenlaster her gefahren."

"Richtig - das hat er raffiniert gemacht. Erst nimmt er das Geld und unterdrückt das Sendersignal und dann wirft er einfach den Sender auf einen Rübenlaster. Es war sehr schwierig, Wendig dingfest zu machen, weil er persönlich nie dabei war, wo das Geld oder der Stoff den Besitzer wechselten. Wenn wir bei der Durchsuchung seines Büros den Tresorschlüssel übersehen hätten oder unser Spürhund nicht die Kokainreste daran gerochen hätte, wäre er heute noch auf freiem Fuß. Er hat immer Handschuhe getragen, wenn er sich die Finger schmutzig machen konnte - im Labor, beim Abholen des Geldes. Aber dass der Tresor schon vorher als Koks-Depot diente und von daher Rauschgiftspuren am Schlüssel klebten, daran hatte er nicht gedacht. Mit der Präparierung des Geldes haben wir ihn dann schließlich bekommen."

"Blaue Fingerkuppen? In Geldtransportern wird bei Überfällen der gesamte Inhalt mit nicht ablösbarer Farbe markiert und damit entwertet."

"Du bist mal wieder gut informiert. Nein, unsere neuen Markierungen siehst du erst im UV-Licht. Das kannst du nur vermeiden, wenn du Handschuhe anziehst - so wie Wendig."

“Aber?”

“Aber dann sind deine Hautschuppen im Handschuh - und mit einer DNA-Analyse haben wir ihn dann bekommen. Ihn, der selbst offensichtlich DNA-Spuren zur gezielten Irreführung genutzt hat. Beispielsweise bei den Fragmenten eines Luftballons. Hier fanden wir in dem Teil, der im dritten Stock noch lag, also dort, wo Haiger abstürzte, Haigers Speichel. In dem Teil im Keller aber nicht. Das aber konnte nicht sein, wenn Haiger den Ballon selbst mit dem Mund aufgeblasen hätte. Dann wären in allen Fragmenten Speichelreste gewesen. Da hat Wendig das beim Platzen des Ballons weggeflogene Fragment übersehen .”

“Der Tresor ist scheinbar eine echte Wundertüte.”

“Das kann man wohl sagen! Nach den Fingerabdrücken darin haben sowohl Haiger als auch Äger den Tresor genutzt. Außerdem fanden wir darin eine alte Inhalationsdose für Asthmakranke und in deren Düse Kokain. Ein interessantes System, denn in jeder Umgebung konnte man sich damit problemlos den nächsten Kick genehmigen.”

Ja, meine Ratgeberin Jana hatte mir auch schon davon erzählt. Das kurzfristige Vergessen von Problemen durch Rauschgifte verlockt viele Menschen - gesunde wie kranke. Für Menschen mit psychischen Problemen ist es besonders verlockend und gefährlich zugleich, können diese durch diese Möglichkeit der kurzfristigen Erleichterung doch das vorhandene Ungleichgewicht vollends ins Kippen bringen. Herbert fährt mit seiner Schilderung fort und ich lasse mein Diktiergerät wieder mitlaufen.

“Der entscheidende Punkt für unsere Vermutung, dass Haiger Äger tötete: Auf Ägers Dose waren auch Haigers Fingerabdrücke und in der Düse hochreines Kokain - sehr ungewöhnlich, denn normalerweise nimmt man etwa zehnprozentigen Stoff, der Rest ist mit allerlei weißem Kram gestreckt, im Dealerjargon “Edelweiß” genannt. Wahrscheinlich hat Haiger vorsätzlich den ungestreckten Koks in die Düse gebracht und so bei Äger den tödlichen Anfall ausgelöst. Äger wusste sicher, dass er hochreinen Koks nicht direkt inhalieren durfte, denn die Aufnahme über die Schleimhäute erfolgt sehr schnell und effektiv. Aber das ist nun müßig zu diskutieren - beide sind tot.”

“Ist es sicher, dass Haiger von Wendig umgebracht wurde?”

“Nach den Funden im Tresor war klar, dass Wendig unser Mann ist und wir haben natürlich seine Privaträume und Labors in Berlin durchsuchen lassen. Man soll es nicht glauben, aber dieser sterile Mensch hatte offensichtlich die Schwäche, gut erhaltene Dinge nicht weg zu werfen. Und so fanden wir die Schuhe, deren

Abdrücke wir im dritten Stock gefunden hatten, also direkt an der Stelle, von der Haiger nach unten gestürzt wurde."

"Und hat er sie auch selbst getragen?"

"Eine gute Frage, die haben wir uns natürlich auch gestellt. Sie ließ sich über eine DNA-Probe der Hautschuppen in den Schuhen schnell positiv klären. Das Geld haben wir - ganz trivial - in seinem Auto gefunden. Aber der Strafrichter hat da natürlich jetzt ein kleines Problem: Lebte Haiger noch, als er herunter gestürzt wurde oder nicht?"

"Wieso?"

"Lebte er noch, ist es nach unserer Rechtslage eigentlich Mord, es sei denn, es geschah ungeplant, dann wäre es Totschlag, schätze ich mal. Lebte er nicht nicht mehr, ist es irgend etwas dazwischen. Und wie ist der Herzinfarkt ausgelöst worden? Wenn von Wendig, dann wie? Mord durch den Knall eines Luftballons? Da wird die Presse wieder gutes Futter haben und der Richter sich fragen, ob das Mordabsicht oder Spaß war oder oder oder."

"Und weshalb hat Haiger Äger umgebracht und Wendig dann wieder Haiger?"

"Die Motive für den ersten Mord dürften jetzt kaum noch zu klären sein. Ob Wendig etwas über die Motive für den zweiten Mord sagt, wird sich zeigen. Vielleicht waren es einfach aus der Kontrolle geratene Machtkämpfe um akademische Pöstchen oder um Geld."

"Die hatten doch alle fette Planstellen und eigentlich keinen Bedarf mehr."

"Keinen tatsächlichen, da hast du recht. Aber gerade die, die viel Geld ohne Anstrengung verdienen, werden gierig nach noch mehr. Wie auch die Börsenmakler in Frankfurt. Der Unfall auf der Theodor-Heuss-Brücke hatte wohl auch direkt mit ihrem Kokain-Konsum zu tun."

"Wie das?"

"Beide hatten zeitgleich eine SMS mit denselben Koordinaten für den Koks bekommen fuhren logischerweise sofort los. Da sie die Koordinaten in ihre Navigationssysteme eingegeben hatten, fuhren sie,, von der Elektronik geleitet, den gleichen Weg. Ebenso zwangsläufig haben sie sich unterwegs getroffen und sind natürlich aneinander geraten. Ob es Absicht war, dass beide die gleiche Information bekamen? Kaum - warum sollte jemand seine Kunden aufeinander hetzen? Vielleicht war es einfach nur ein Vertippen beim SMS-Versand."

Ja, da hat er recht. Für die Kripo ist der Fall geklärt ... gehen wir weiter zur Tagesordnung über. Hajo scheint meine Gedanken gelesen zu haben.

"Wie geht es bei dir weiter, Ronni? Du willst in einem Alter noch Lehrer werden, in dem sich andere ausgebrannt dauertherapieren oder pensionieren lassen müssen?"

Diese Fragen bewegen mich schon seit Beginn meines Lehramtsstudiums und tatsächlich bin ich in dieser Frage zerrissen.

Da ist einerseits die teilweise wunderschöne Arbeit mit den Kindern, aber wie sieht das auf Dauer aus? Die Reform der Schulausbildung ist teilweise mit integrativen Konzepten auf dem richtigen Weg, in anderen Teilen schier unreformierbar bis in kleinste Verästelungen zersplittert. Wie schreibt die Gewerkschaft Erziehung und Wissenschaft so schön: Man soll nicht mit Fröschen über die Stillegung von Sümpfen diskutieren. Aber was geschieht? Die Frösche werden beauftragt, die Sümpfe zu sanieren! Da darf man sich nicht wundern, wenn über Jahrzehnte nichts geschieht.

"Nun, Hajo, danke der Nachfrage. Tatsächlich bin ich mir nicht sicher, ob ich es weiter machen soll. Die Bürokraten verleiden einem die Ausbildung für diesen an sich tollen und dringend benötigten Beruf weitgehend."

"Und wie könnte man das ändern?"

"Wenn wir die Ergebnisse der Pisa-Studie nehmen, brauchen wir gar nicht weit zu schauen. Beispielsweise verwalten sich in Finnland die Schulen und Universitäten selbst, so dass die absurde Bürokratie überflüssig ist."

"Dann aber dürften die Schüler machen, was sie wollen und die Qualität müsste sinken. Wenn ich nicht das bekomme, was ich will, gehe ich woanders hin."

"Sollte man denken, aber die Pisa-Studie sagt genau das Gegenteil. Offensichtlich ist das Leistungsprinzip für alle Beteiligten vorteilhaft, denn eine gute Schule motiviert Lehrer und Schüler gleichermaßen. Alle konkurrieren darum, besser zu werden - das genaue Gegenteil zum deutschen Beamtenhabitus, der jeden Ansatz eines Leistungsprinzips als statusgefährdend im Keim erstickt. Wenn es in einer finnischen Klasse nicht gut klappt, unterstützt man den Lehrer , will man ihn und die Schüler doch auf der Schule halten. Im gleichen Fall werden deutsche Lehrer mit ihren Problemen alleine gelassen, reagieren ihre Überforderung mitunter an den Schülern ab und brennen irgendwann aus."

Dagegen haben sich die Platzhirsche in der Lehrerausbildung durchaus verständlich ihre stressarme immergrüne Wiese gesichert. Platzhirsche ... was macht eigentlich Gyelpo? Hat er das nächste Sofa auch schon aufgefressen? Ich muss gleich einmal bei Herbert nachhören ...

Weitere Bücher von Jean C. Becker

Tod beim Rotweinfest

Noch bevor das Rotweinfest richtig begonnen hat, findet ein Jogger am frühen Morgen die Leiche einer Familienrichterin an der Ingelheimer Rheinfähre. Merkwürdige Umstände stellen die Kripo von Anfang an vor Rätsel. Wieso weist die Tote keine äußeren Verletzungen auf? Und was haben die vielen toten Käfer neben der Leiche zu bedeuten?

ISBN 3-936929-03-3
Euro 9.90

"Ein mehr als viel versprechendes Debüt." Mainzer Allgemeine Zeitung.

Haie im Mainzer Becken

Als sich an einem schönen Sommermorgen die Mainzer Elite auf dem Dach des Staatstheaters versammelt, deckt der spektakuläre Sturz einer Skulptur ein Verbrechen auf. Plötzlich bedrohen die Sünden der Gegenwart die Geschäfte der Gegenwart. Die Spuren führen zunächst in die Mainzer Unterwelt und dann viel weiter. Denn die Baukorruption ist international...

ISBN 3-936929-02-5
Euro 9.90

"Der Autor nutzt seine Hintergrund-Informationen aus Wirtschaft und Kommunalpolitik, um sie mit fiktiven Verbrechen zu verquicken ... Mord in Mainz - funktioniert das unter Markt-strategischen Gesichtspunkten? Und ob!"

Der Mainzer

Eine Mordsgegend

Kriminalistische Idyllen in Rheinhessen, Mainz und entlang des Rheins.

100 Seiten, etwa 150 größtenteils farbige Abbildungen, fester Einband, Fadenheftung, 234 x 24 cm

ISBN 3-936929-04-1 Euro 9.90

"... zeigt der Autor ... mit einzigartigen Aufnahmen die Orte, die man sonst nie zu Gesicht bekommt ..." Mainzer Rhein-Zeitung

Leichentanz an Fassenacht

Als ob das Leben nicht schon kompliziert genug wäre, tischt das Rheinhochwasser Hauptkommissar Herbert Wülfing ausgerechnet zu Fassenacht eine Leiche auf, deren Todesursache so gar nicht in herkömmliche Kategorien passen will. Die zunächst gut voran kommenden Entwicklungen geraten ins Stocken und werfen immer neue Fragen auf, die bis in den Zweiten Weltkrieg und die Zeit der Kelten zurück reichen. Wie passen die vielen Fakten zusammen?

ISBN 3-936929-01-7 Euro 9.90

Ebenfalls erschienen im Selztal-Verlag

Mundartiges & Unartiges

Ein einzigartiger, erfrischender Querschnitt durch rheinhessische Mundart Mit Beiträgen von Alfons Molitor, Wilfried Hilgert, Marie-Luise Brehm, Baptist Lager, Fritz Kleemann, Boijemaaschder.

Musik von Billy Crash. Grafik von Robert Annweiler.CD mit 60 Minuten Laufzeit.

ISBN 3-936929-00-9 Euro 9.90

Billy Crash

Tel: 06136-925114

www.billy-crash.de

CDs:
alle Are Musikverlag Mainz

Vollmondaache LC 09084

Quetschkommod LC09084

Es Krokodil,
Widder hoom nooch Meenz LC 04881

Feier im Bauch